枫江漫

古诗词里巡游吴江

徐一湖 著

南方出版社

· 海口 ·

图书在版编目（CIP）数据

枫江漫 : 古诗词里巡游吴江 / 徐一湖著 . -- 海口 : 南方出版社，
2024. 12. -- ISBN 978-7-5501-9215-7

Ⅰ . I207.2

中国国家版本馆 CIP 数据核字第 2024GC0607 号

枫江漫：古诗词里巡游吴江
FENG JIANG MAN：GUSHICI LI XUNYOU WUJIANG

徐一湖 ◎ 著

书名题字：杨　谔
责任编辑：姜朝阳
出版发行：南方出版社
地　　址：海南省海口市和平大道 70 号
邮　　编：570208
电　　话：0898-66160822
传　　真：0898-66160830
经　　销：全国新华书店
印　　刷：广东虎彩云印刷有限公司
版　　次：2024 年 12 月第 1 版
印　　次：2025 年 1 月第 1 次印刷
开　　本：787mm×1092mm　1/16
印　　张：17
字　　数：223 千字
定　　价：58.00 元

小序 一部写给吴江的情书

"枫落吴江冷",一句唐诗的断句点亮了吴淞江边的枫林,无限秋色中,吴江有了枫江的别称。

枫江这个称呼如今似乎仅成为文学记忆了,像一抹微风,虽看不见,却始终在场。

时光千载,浸漫其间,偶然捡拾到几缕轻风,所有的诗情意味便穿越世代,融于一个所在。

这个所在,丝丝缕缕编织而成《枫江漫》———一部写给吴江的情书。

以地域文化为依托,我在脑海中的诗词地图上勾勾画画:时间为经,空间为纬,诗词掌故编织其间,演化一段段历史的背影。时光映画,千年一梦,寻一寻我们的中华梦,根在何处,去往哪里。

我在现代吴江的实景中得遇远古而来的诗情,感受吴江这条古老的江水,流淌在古往今来的诗韵里,亦演变成一处城郭的地名。它是吴文化的一支文脉,本土传统文化在诗文传递中生长,那些诗、那些人、那些曾经的时代,人世更迭中，吴江、吴江人以及羁旅吴江的人，让吴江的文脉生命旺盛地延续。这些充满意趣的文化印记，通过不同世代的不断书写，与当下时空相连接，也融入新时代的传承。

对于苏州吴江，我并非本乡生人，从外来旁观者角度，在古诗词的汪洋里盛取一瓢浅饮深酿，十分畅快，然而读者或许未必满足，因为取材会有视域、学识和喜好偏向的局限，难以面面俱到，我谨在尊重史实、注重考证的前提下，对部分个体作文学阐发，讲述我所理解的吴江，一个诗情浸漫的枫江……

水上烟波中，诗文在分行拐角处让出历史的空间，那里星河摇动，重新显出时间的走向，我心中的江南，草木正芬芳。

2023 年春于松陵

目　录

第一章　问水

吴江，一条古老的江

1

又一年踏春好时节。

这是公元纪年的第 2023 个春天，这片土地上已经不止两千多个春天了，数千上万个春去春又回，春日的江畔再次拂柳垂岸，花影重重。

春天每年都是新的，却又亘古不变，吹面不寒的杨柳风，似乎也来自千年之前。春风又绿江南岸，那些深深浅浅的绿，像是积攒了多少年又泼洒出来，收都收不住，走在其间感觉也染得满身青翠了。

"吴淞春水绿，摇荡半江云。岚翠窗前落，松声渚际闻。"我寻望着元代画家倪瓒眼里的江岸风光，看见水边绿野里几个阿婆正蹲着身子细心地拨弄着什么，走近了瞧，果然如我所想是在挑荠菜，应了江南古谚"三月戴荠花，桃李羞繁华"。她们动作娴熟如行云流水，围裙兜得快满了。阿婆身边绕着几个跌跌撞撞的小娃儿，懵懵懂懂在嫩草间玩耍，像新草尖一样可喜，这就是新的春天呀。

我走远了还回头看，诗经里采芣苢时流畅的"薄言襭之"，大概就类似这样的画面吧。花草间云雀欢鸣，远处的他们"黄发垂髫怡然自乐"，像时空定格了多年的世外桃源，这种古意或许也来自于身旁这条古老的江水——吴淞江。

吴淞江更古老的名字叫松江，也叫吴江，直到元朝至元十五年（1278），华亭府（今上海）改称"松江府"后，这来自吴地的松江才改作"吴淞江"以示区分。

据《苏州山水志》记载，这条江也称作松陵江、笠泽江。春秋时期吴越争霸的决定性鏖战就是发生在这条江上——《左传·哀公十七年》记："三月，越子伐吴，吴子御之笠泽，夹水而陈。"这是公元前478年的春天，在吴江入太湖处，两军隔江对阵，激烈斯杀，这场著名的江河进攻战史称"笠泽之战"，此战过后，吴国逐渐走弱，地缘死结的吴越争霸棋局已见分晓。

吴江在诗文中也曾泛指来自吴地的江水，李白写鹦鹉洲时作"鹦鹉来过吴江水"，感怀祢衡时抒写"吴江赋鹦鹉，落笔超群英"，都是因为流经武昌一带的长江在三国时期属地东吴，称之为吴江。李白在江上送别友人时作的"吴江女道士，头戴莲花巾"，到底是长江还是吴淞江，就见仁见智了。而我身旁这条从古至今流淌不息的江水，则是货真价实的"吴江"，它来自江南的母亲湖——太湖。

我对太湖的认知是一点一点建立起来的，因为古老的太湖有好些个"马甲"：笠泽、震泽、具区、五湖，都是太湖的不同叫法。它是如何形成这片汪洋一般的水域，古往今来有许多说法，有河流淤塞说、地壳运动说、陨石风暴说等等，不一而足，至今仍无有定论。

没有科学定论，就有了神话传说：孙悟空大闹蟠桃会时打翻了王母娘娘的一个聚宝盆，落下来就成了这个大湖泊，盆里有七十二颗翡翠珠子就变作了洞庭山等太湖七十二座峰，白玉雕琢的几样小玩意就变成了白鱼、白虾和银鱼，即太湖里著名的"三白"湖鲜。

如此说来，太湖的造物主竟是孙大圣，倒也生动有趣。孙大圣一棒子打出个天湖来，大到无边无际——太湖——《广雅》中释义"太"有极大之意。

太湖之大，之广阔，给人以怎样的震撼？唐代湖北籍诗人皮日休初见太湖时激动得留下诗句（皮日休《初入太湖》节选）：

> 闻有太湖名，十年未曾识。今朝得游泛，大笑称平昔。
> 一舍行胥塘，尽日到震泽。三万六千顷，千顷颇黎色。
> 连空淡无颣，照野平绝隙。好放青翰舟，堪弄白玉笛。
> 疏岑七十二，嶙嶙露矛戟。悠然啸傲去，天上摇画舻。

来自云梦泽的诗人也被太湖征服，太湖的浩大可想而知，在他的笔下简直天地相连没有边际。彼时太湖有五道口，菱湖、游湖、莫湖、贡湖、胥湖，因此古太湖亦别名"五湖"，诗人所言三万顷碧波并非浪得虚名。即便在今时今日，每当我游览太湖，也会被"一波才动万波随"的气势所感染，欣赏与敬畏盈满胸怀。

苏州地区独占太湖水域七八成，其次是无锡，再次有常州、湖州等地，旧时民间常说"八百里太湖跨三州"指的是苏州、常州、湖州，没提无锡是因为古时无锡归属常州或苏州，境域已包含在内。不过旋律优美、现代人耳熟能详的歌曲《太湖美》倒是在无锡唱响的，使得无锡太湖名声在外。"太湖美呀太湖美，美就美在太湖水"，苏州话版本的软糯柔美流进了千家万户。

古人也吟唱太湖的美，常以震泽、五湖之名出入诗文，唐代温庭筠："谁解乘舟寻范蠡，五湖烟水独忘机。"明朝唐伯虎："大江之东水为国，其间巨浸称震泽。泽中有山七十二，夫椒最大居其一。"元时赵孟頫："渺渺烟波一叶舟，西风落木五湖秋。"

七十二玉峰，三万顷碧水，有这样一位盛大广博的母亲，吴江自然也不会弱，古诗云"吴淞之水震泽来，波涛浩瀚走鸣雷"——吴淞江就是这样从广阔的太湖里浩浩荡荡走出来的，像是要离家干一番大事业的样子。它一路向东，汇入江南运河，水流重新组合后，一部分跟随大运河而去，一部分继续向东穿行，浪奔浪流到达上海，成为上海的母亲河，催生了几乎大半个古代上海。十九世纪四十年代上海开埠后，上海境内这段吴淞江被称作苏州河，沿用至今。

溯源而望，远古的这一江水，从养育古老的部落开始与人类发生交集，断发文身的先民依水而居，活跃在水上岸边，繁衍生息，那时称"裸国"——因时常下水，不穿上衣。他们身上刺着像"龙子"的花纹，以避水神和蛟龙之害，祈天地和谐。

寒来暑往，上千个春天过去后，有了著名的"泰伯奔吴"的故事，泰伯给尚在刀耕火种的太湖流域带来了中原文明，成为东吴始祖，建立了"句吴"，吴人的历史进入了文字记载的视野——当然这些也未必就是历史真实，千万年的时光里许多错位的故事已经难以真正考证，但是，此处生息的先民留下的印记已确切存在了六七千年。

据考古资料，苏州这片古老的土地在一万年前已经醒来，史前时代先后出现三山遗址、马家浜文化、崧泽文化、良渚文化。近年有考古发现吴江桃源广福村有马家浜文化遗址，距今 6000 多年；吴江平望梅堰镇有龙南村落遗址。距今 5300 余年，为太湖流域发现的良渚文化第一座村落遗址，其以河道为中轴、房屋依河而建的布局模式，江南村镇至今仍在延续。

从太湖奔流而出的吴淞江隔出了吴越两国，历史沉淀在时光的河床，不时露出一些痕迹。春秋争霸的烟火早已消散，但在吴江七都，至今还有一个名为"吴越战"的自然村，村庄附近经常挖出古兵器。二十世纪七十年代，在庙港出土了一批春秋时期的青铜兵器，沉甸甸的战争工具牵出了多少家庭的支离破碎，这些吴越征战的遗迹深埋地下千年之后以历史的面目平静出现。

汤汤吴江悠悠流淌，见证过古文化的演变，亲历过春秋鏖战争雄，参与了大运河的开通，再后来运送商队出海，促成了上海滩的商埠地位，就是一部流动的江南发展史。

当我望着江水，就像看见了它的前世今生，波澜壮阔的历史随着江水缓缓流向远方，似无声，似有声。

远处一垂钓者进入我视线，他正在春风中静静闲坐，像已坐了千年，坐成一幅古画，就如明代吴江人姜玄的诗："江边头白老为渔，手弄莲舟任所如。不尽香风吹碧杜，雨山横黛夕阳初。"

这位几百年前的吴江诗人姜玄亦名姜元，自号玉华山人，居住在湖滨，是个博学嗜酒的散淡诗人，不喜欢世俗科考，诗作也不留，每成一首就捐出。这是他的《早春吴淞江小泛》，散落在史书边角，不经意留给了后世吴江人。诗中小舟渔翁，远山淡水，斜阳香风，似乎穿过漫漫时光，依然还在这里展开着。若你愿意，随时可以走进去感受这份古意，似与诗人隔着世代在春江之上相逢一笑，把酒一斛。

这份古今交叠的诗意让人沉醉，春光里晃动的水波深处似乎还有诗人曾经的凝眸。

想起古籍所载"钓雪滩"大约就在此处，旧时滩边芦蒿丛生，鱼类繁多，是垂钓的好去处。元末明初隐居在吴淞江边的青丘子高启曾有《钓雪滩》诗："江流欲渐鱼不起，一蓑犹钓寒芦里。渔村茫茫烟火微，雪满晚篷人独归。"

不知他们钓的是什么鱼呢？是否如张翰"鲈鱼脍，莼菜羹，餐罢酣歌带月行"？吴江之水与张翰（字季鹰），因一首诗而千古相连——"秋风起兮木叶飞，吴江水兮鲈正肥。三千里兮家未归，恨难禁兮仰天悲"（《思吴江歌》）。

张翰的"莼鲈之思"从魏晋时期一直流传到现在成为经久的典故，他让家乡风物名扬千古，引发无数后人的诗情，自己也得到了家乡风物的庇护，归与吴淞江上，保全了性命，也留下了美名。

明世事、知进退的高士历来是被世人推崇和尊敬的，张翰在家乡人眼里与春秋时期的范蠡具有同等的智慧与高蹈，之后又有了唐代的江湖散人陆龟蒙（字鲁望）。于是，在1070年，即宋熙宁三年，吴江知县林肇将这三人画像绘制在鲈乡亭壁上，有了最初的"三高祠"。

三高祠历代诗咏繁多，苏东坡也曾作《戏书吴江三贤画像三首》：

其一（范蠡）

谁将射御教吴儿，长笑申公为夏姬。

却遣姑苏有麋鹿，更怜夫子得西施。

其二（张翰）

浮世功劳食与眠，季鹰真得水中仙。

不须更说知机早，直为鲈鱼也自贤。

其三（陆龟蒙）

千首文章二顷田，囊中未有一钱看。

却因养得能言鸭，惊破王孙金弹丸。

三贤之中"鸱夷子皮"范蠡的故事流传最广，传说也最多，是太湖之上隐逸高古的智者代表。虽然在春秋争霸时期，范蠡是帮助勾践灭吴的，但我在历史的下游回看历史的前端，依然钦佩他洞悉世事的明智。

"江东步兵"张季鹰借来水中仙急流勇退亦成了"水中仙"，不仅苏东坡赞他，李白也曾云："张翰黄华句，风流五百年"，张翰无疑是历代文人、特别是吴江文人眼中魏晋风骨的形象代言。

归于田间水上的"天随子"陆鲁望则是唐代颇具盛名的隐士，与皮日休在吴江的诗词唱和组成《松陵集》传世。鲁望诗文俱佳，善于言谈说笑，他的幽默感是吴地人特有的"隐幽默"。有一个关于他的著名段子——

鲁望隐居时养了许多的鸭子，驯养得极好。有一天，一个驿使经过，弹射击毙了一只，陆曰："此鸭善人言，见欲附苏州上进，使者奈何毙之？"使者闻听，赶紧取出囊中金丸给予赔偿，并问他鸭子会说什么人语。陆不露声色答曰："能自呼其名耳。"使者听了又气又笑，拂袖上马，鲁望这才拦下，还其金子，笑曰："吾戏耳！"

我疑心鲁望先生是此地文人式一本正经胡说八道的老祖，难怪能写出《野庙碑》那样精妙的讽刺文章。

陶朱公范蠡、江东步兵张翰、天随子陆龟蒙三位连苏东坡笑谈之间也不乏艳羡的高士已经成为昔日水中影，三高祠也消失在光阴流水之中了。

世事变迁，昔日浩大的吴淞江也已变身，变作现今平均河宽不足百米的细巧婀娜身姿，很难想象曾经的吴淞江竟是宽处万米，白浪滔天的大江。当时的浩瀚天下闻名，引得晋代索靖感喟："恨不带并州快剪刀来，剪松江半幅练纹归去。"唐代大诗人杜甫的诗中也作："焉得并州快剪刀，剪取吴淞半江水。"宋时王安石亦曾作诗《松江》："宛宛虹霓堕半空，银河直与此相通。五更缥缈千山月，万里凄凉一笛风。"王安石眼里松江水好像与银河相通，足见水域的浩大澎湃。

因其浩瀚，宋庆历年间吴淞江与大运河交汇处修造的垂虹桥，长余千米，宛若游龙，桥通两岸利于往来，所以也称作"利往桥"，为当时江南第一长桥。从此，吴江与长桥、长桥与垂虹亭，成为历代文人骚客争相吟咏的所在，苏轼、秦观、王安石、米芾、姜夔、范成大、唐寅、沈周、文徵明……一连串名士留下的诗赋书画也如江水，滔滔不尽，流淌至今。

词章里四季犹在，桥已不是原来的桥。水上断桥，垂虹落影，并非凭吊，有那些诗文让它曾经的辉煌立于纸上，亦是一种永恒，那是无法忘却的灿烂。

2

听风听雨到清明，明代高僧释宗泐曾在这个时节路过吴江，留下诗作《吴淞江逢清明》：

> 吴淞江上看春雨，客路扁舟三月行。
> 两岸人家插杨柳，不知今日是清明。

三月春雨蒙蒙之中，高僧在一叶扁舟之上穿行吴淞江，看见两岸人家遍插杨柳，才恍然知晓，原来已是清明。

清明插柳的风俗据说可以追溯到魏晋，有祛恶辟邪、消灾祈福之意。时光淘浣，如今的清明节已经没有家家插柳的习俗了，两岸杨柳垂绿，星星点点的柳絮轻飘，落入淡然的江水，不知漂向何方。正像旧时竹枝词："三月吴江柳正青，柳花飞去半为萍。蔬畦麦陇蔷薇架，妆点田家作花屏。"

清明的雨润泽了初醒的春芽，接着迎来谷雨节气，雨生百谷，万物生长，多雨的季节也开始了。天上雨丝，地上水河，江南水网如织，吴江之水自由流淌，带来了丰饶的物产，那是灵性之水的慷慨赠予，依水而居的人们领受了大自然这份恩泽，水生植物中就有了餐桌上著名的"水八仙"——茭白、水芹、莲藕、菱角、鸡头米、荸荠、茨菰、莼菜。

我对于这水八仙甚是喜爱，但是从陌生到熟悉，是从日常饮食开始再到书本探寻，几个来回才成为彼此相熟的老友。

先说茭白，与古诗里的"菰"是同一物种，即李白笔下的"海月破圆影，菰蒋生绿池"，陆游亦有《邻人送菰菜》："张苍饮乳元难学，绮季餐芝未免饥。稻饭似珠菰似玉，老农此味有谁知？"

不过古时候的菰菜与现在不同，茎并不发达，主要食其果实——菰米，也称雕胡（"凋芯"讹音而来）。菰米饭就是陆游诗中"菰似玉"的老农美味，也称雕胡饭，在我国周朝时期贵族就是这么吃的，那时不是说"食五谷"，而是"六谷"，多出来一谷即菰米，《周礼》中即有此记载。但是这种南方水产植物所收菰米产量非常小，一般都用来招待贵客，所以李白在五松山下借宿贫寒的荀媪家时，对这碗雕胡饭的珍贵情意难以忘怀，留下诗句"跪进雕胡饭，月光明素盘"。杜甫也时常忆起这难得的人间美味："滑忆雕胡饭，香闻锦带羹。"

只是不知从何时起，菰突然得了一种感染病，大面积被黑粉菌寄生，根茎开始变得发达，特别是原来细细的茎膨胀得白胖粗大，结不出果实菰米。当饥饿的人们做了一次勇敢的尝试，意外发现这种茎肉特别鲜嫩可口，且无毒无害，就任其生长，甚至主动让它染上黑粉菌，普及成了食用茎肉的日常蔬菜：茭白。

大自然赋予茭白一次神奇的变身，也给人们带来了一次美食的变革。茭白的产地很广，口感却还是这一带"吴江茭"的品质佳，柔嫩鲜洁纤维少。于我个人而言，一盘红焖茭白足以替代一碗红烧肉。

茭白入口好吃，入诗也很美，为茉莉花写过名句"自是天上冰雪种，占尽人间富贵香"的宋代诗人许景迁也为茭白作了诗："翠叶森森剑有棱，柔条松润比轻冰。江湖若借秋风便，好与莼鲈伴季鹰。"写形又写意，好一幅春水茭白的神采画像。

在文震亨《长物志》的"蔬果篇"里读到过江南水生植物茭白就是曾经的雕胡，那么说明雕胡至少在明代已经变身。茭白经历了一场病菌入侵事故，却意外变成了"更好的自己"，世间许多事都是如此令人玩味。

再说荸荠。冬季的荸荠像个白糯香甜的梦，包裹在紫红色的外衣里，脆生生的美。据说苏东坡极爱吃这个"地下雪梨"，长在土里的"小雪梨"

形状像个小马蹄，广东人就称荸荠为"马蹄"。生吃似水果，熟吃是佳肴，作馅料也是美味的搭配。灶前一捧小马蹄对孩童有着极大的诱惑，来不及等大人削皮，直接上嘴啃，一圈圈磕掉外皮，白嫩的荸荠上一溜凹凹凸凸小牙印，然后满足地吃掉。

在从前的农耕时代，冬春交替时节新鲜蔬果最为匮乏，此时的荸荠和水芹都是极好的补充。

水芹要在干净的水源才能生长茂盛，它古老的身影曾出现在《诗经·鲁颂》中，"思乐泮水，薄采其芹"——这是采集水芹以备大典之用。朱熹注解泮水即泮宫之水，芹即水菜。

古时学宫有泮水，入学可采水中芹做菜，因此入学也称"采芹""入泮"。泮芹意味着考取秀才，成了县学生员，采芹人也成了秀才的代名词。《红楼梦》中贾宝玉就以此意为大观园稻香村题过一联："新绿涨添浣葛处，好云香护采芹人。"

我查找着吴江旧学宫，得知遗址就在原吴江中学（后为老年大学），内有文庙，旁有泮池，还有半截泮池石桥遗存，竹影摇曳中不知当年多少吴江采芹人曾在此往来。

想起一则小故事。本地名士柳亚子当年同舅舅一起到苏州考学，寄住在考场外一户人家，考前吃芹菜是入泮佳兆，所以主家特意炒了芹菜，可是备办的芹菜太老，吃草一般嚼不烂，长辈又逼迫着非吃不可，柳亚子勉勉强强只吞下一口，结果就正巧考进县榜最末而幸运入列，因此他戏称自己是"背榜秀才"。

水芹有着非常好的寓意——本身洁身自好，又有读书上进之意，因而本地年夜饭大多有一道清炒水芹，特别是有考生的家庭，在古意之中还加上了现代谐音"勤进"，讨得一年好口彩。

苏州一带对《论语》里的"不时，不食"保持得特别好，已成为一个有系统的风俗讲究，时令与美食相得益彰，每个季节都有特色，"水八仙"

中的鲜藕、水红菱、鸡头米，是每年夏秋时节里的特别风景。

藕与菱从古至今在传统民歌里最为活跃："桃花红来杨柳青，清水塘里栽红菱。姐栽红菱郎栽藕，红菱牵到藕丝根。"藕断丝连，情意绵绵，丝与思的谐音经常在诗歌里一语双关；而红菱色彩美，牛角似的外壳剥开来里面恰是一颗心的形状，粉粉嫩嫩，让人心头软。

民歌缭绕，姑娘小伙同在池塘采菱栽藕的活动变得非常有情趣，写入诗词也是别有风情："一绳界破烟痕瘦，吴娃荡桨来溪口，愁煞镜奁花，秋风又奈他。谁家帘卷处，雪碗供消暑。纤手褪红裳，风情话嫩凉。"（清代吴江诗人柳以蕃《菩萨蛮·水红菱》）

传情达意的鲜藕与菱角吃起来也很美味，不同水域出产的则各有千秋，难分伯仲。唯有鸡头米，却是哪也比不上太湖水域的雪白鲜糯清香弹牙，不是我偏心，真的是只要尝过就会知道。

鸡头米学名芡实。吴江一带芡实叶大如盆，花托形状很像鸡头，故得俗名"鸡头米"，杨万里曾为其作诗，其一赞曰：

> 江妃有诀煮真珠，菰饭牛酥软不如。
> 手擘鸡腮金五色，盘倾骊颔琲千余。
> 夜光明月供朝嚼，水府龙宫恐夕虚。
> 好与蓝田餐玉法，编归辟谷赤松书。

每到秋风起时，煮一碗白玉珍珠般的鸡头米，撒上粒粒金灿的桂花，这碗香甜的糖水几乎醉了整个江南。

鸡头米是老少皆爱的江南珍馐，但"剥鸡头"却是个苦差事。鸡头米外壳极厚实，果实极娇嫩，需要拿捏巧劲，而且不是一剥了事，还得借助工具划开鸡头里面带壳的豆米，去壳，清洗，经过费时费事的工序之后才是我们通常见到的白嫩圆润的珠米。当季吃，鲜洁清香。虽然现在有了机械化的设备，但是这东西必得手工剥剪才完整而香糯，所以每到秋季，就能看见乡民用老手艺劳作的场面，曾有民歌云：

> 蓬门低檐瓮作牖，姑嫂姊妹次第就。
>
> 负暄依墙剪鸡头，光滑圆润似珍珠。
>
> 珠落盘中滴溜溜，谑嬉娇嗔笑语稠。
>
> 更有白发瞽目姬，全凭摸索利剪剥。

这幕景象印入秋色年年上演，一碗白嫩可口的鸡头米都是这样一粒一粒剥剪出来的，当真来之不易。

该说茨菰了。它是一种特别的存在，河浜里，水田间，它都可以生长，非常亲民。它的根茎肥大，露出水面的样子却很美，叶子如燕尾，白色小花成对儿开，开成一长串，摇曳生姿。它的食用部分是球茎，粉粉的口感有点像土豆，又带着些清苦，清苦里又别有一种回甘。口味的诸多层次让人吃了就难以忘怀，喜欢的深深喜欢，是一种亲切的美食；不喜欢的嫌它又土又苦，也就错过了一种人生体验。

茨菰也叫"慈姑"，或许是音译，或许真有亲切慈爱之意，因其帮助过近水的百姓渡过许多饥饿的难关，至少我母亲儿时有过这份对"慈姑"的感情。当漂泊异地多年再度回到江南家乡的时候，茨菰甫一上市，母亲就迫不及待地买来做给我吃，那是在外乡长大的我第一次尝到这水乡茨菰，望着母亲热切期盼的眼神，我似乎品味到了她的童年：微苦。我一直记得这一幕，有慈爱的回忆，母亲不在之后，"慈姑"成了我心与口的纪念。

"水八仙"里说了七仙，最后压轴出场的就是大名鼎鼎的莼菜。北魏农学家贾思勰曾在《齐民要术》里说"诸菜之中，莼菜第一"。

美食家苏东坡对吴地莼菜有过极高评价："若话三吴胜事，不惟千里莼羹。"杨万里则为松江莼菜作了生动描画：

鲛人直下白龙潭，割得龙公滑碧鬐。

晓起相传蕊珠阙，夜来失却水精帘。

一杯淡煮宜醒酒，千里何须更下盐。

可是士衡杀风景，却将膻腻比清纤。

要讲清这首诗，得先请出明代苏州诗人高启，看他眼中的家乡风物莼菜是什么样子的："紫丝浮半滑，波上老秋风。忆共香菰荇，吴江叶艇中。"莼菜叶片正面碧绿，反面暗红，有茎丝，滑溜溜浮在水波之上，因此诗人惯用紫丝来形容。莼菜茎叶间有胶质清液，入口滑腴清新。

杨万里将"紫丝"比喻成白龙的须鬐，莼菜表皮凸起的晶状小球比拟成蕊珠，垒成珠宝宫阙，枝叶间滑溜溜的滴液又比拟成了水精帘，把莼菜写成了神仙之物。如此神物，无需复杂的烹饪，简单水煮就是清淡美味，解腻解酒。最后诗人用了"千里莼羹未下盐豉"的典故，士衡即西晋陆机，会见王济的时候，王济用自己引以为傲的家乡美味羊奶酪招待陆机，并问他：你的家乡有什么可以比得上我这滑润可口的羊酪？陆机是吴地人，答曰"千里莼羹未下盐豉"。后人颇多解释"千里""未下"都是地名，此处暂且不论，只说杨万里在诗中"跺脚"，直叹陆机煞风景，腥膻的羊奶酪怎可与清纤的莼菜羹放在一起比较？这能算作夸赞吗？以此来表示对莼菜羹更深厚一层的喜爱指数。

莼菜不仅是美食，也因西晋张翰而有了人文色彩，成了隐逸理想的陪伴。张翰那个时代的莼菜还是野生的，有着山水野趣，吴江的庞山湖、木渎的灵岩山，都是初始产地，后来灵岩山的和尚将野生的莼菜试着放入五口大缸里养殖，成为山寺之宝。到了明代，苏州洞庭东山两个商人斥巨资买来三缸莼菜，移植到太湖，开始有了人工培植的莼菜，被誉为"水中碧螺春"。这太湖莼菜还传到了杭州西湖，成为江浙一带的特色名菜。

时节过了清明，莼菜就可以摘采嫩叶了，可炒可蒸，做羹最佳，鲜嫩爽口，滑而不腻，唐代时被列为御膳贡品。

由于张季鹰的"莼鲈之思"，让莼菜与松江鲈鱼成为绝配，白居易一想起这口美味就恨不能快点到江东来："犹有鲈鱼莼菜兴，来春或拟往江东。"某一年常在松江边垂钓的皮日休有感而作："雨来莼菜流船滑，春后鲈鱼坠钓肥。"

古时的松江鲈鱼是四鳃带有桂花斑纹的品类，范成大的《秋日田园杂兴》中有这样的诗句："细捣枨齑卖脍鱼，西风吹上四腮鲈。雪松酥腻千丝缕，除却松江到处无。"明代学者屈大均亦有诗曰："吴江风味胜姑苏，玉鲙金莲世所无。桥北三腮休道美，桥南更有四腮鲈。"当时的普遍食用方法是"脍"，即蘸料生食——从江里捕捞出来立马"脍不厌细"而食，讲究的就是肉质新鲜、滑嫩可口。这个食俗由唐朝传入日本后，就有了生鱼片的日本料理。

松江鲈鱼之味美传遍天下，人们纷纷慕名而来，捕鱼者应接不暇。此番景象引发了范仲淹的感触，作《松江渔者》云："江上往来人，但爱鲈鱼美。君看一叶舟，出没风波里。"

"先天下之忧而忧，后天下之乐而乐"的范文正公透过美食看见了水的丰饶，也看见了水的凶险，深刻体会到渔民百姓出没风波的安危疾苦。在苏州任知州期间，正逢洪水泛滥，范仲淹深入研究太湖流域的治水方案，他深知水是这一方土地最大的主角，水有情，亦无情，会带来丰富的物产和便利，但若管理不当，也会成祸患。

3

大约公元八世纪以后，由于地质演变，太湖的主要泄水通道吴淞江、娄江、东江流速减缓，泥沙不断沉积，逐渐淤塞。吴淞江河道日趋萎缩，导致江水泛滥，东海潮汛时几度造成海水倒灌，内涝成灾，于是治理吴淞江成了历代要紧政务。

说到北宋时期太湖地区的治水，不得不提及一个苏州昆山人、苏轼的同科进士郏亶（字正夫），他考察了两百多条河流，结合古人的经验和自己治水的体会撰写了一系列专著，如《苏州治水六失六得》《吴门水利书》等，利用古人塘浦圩田的方法，沿吴淞江每隔五里、七里疏浚开凿出一条条支流曰"浦"，与吴淞江形成纵横，再沿"纵浦"每隔七里或十里，疏浚开凿连接"纵浦"的水道曰"横塘"。如此，"纵浦"和"横塘"把太湖流域划分成无数个"井"字网格，每一个四周被水相围的"格子"即一个"圩"，相联成片。挖出来的淤泥用来加固、提高河塘堤岸，使得河床加阔变深，流水畅通；堤岸加高变厚，贮存了更多的水，也解决了旱季的灌溉问题。

郏正夫治理苏州水田的主张和规划具有科学性也有可行性，他六十六岁卒于温州任上后，儿子郏侨继承父业，成为北宋有名的水利学家，亦著述《水利书》，继续研究太湖水利问题。

南宋以后由于政治中心的南迁，江南人口激增，田地明显不足，于是河流的滩涂被人为地变成耕田，河流逐渐变窄，更加速了淤塞，至元代吴淞江疏浚不下百次。《续资治通鉴·元纪十一》中记载："震泽由吴淞江入海，岁久，江淤塞，豪民利之，封土为田，水无所泄，由是浸淫泛溢，败诸郡禾稼。朝廷命行省疏导之，发卒数万人，彻尔董其役，凡四阅月毕工。"

吴淞江在雨季来临的时候不能及时排洪，到了旱季，又因蓄水不足而造成严重的旱情，下游百姓的生活日渐艰难。元末明初著名学者陶宗仪在《南村辍耕录》中记载了一位检田吏的工作笔记，以诗歌形式记录一个乞讨老农的哭诉，其中讲到受灾状况：

谁知六月至七月，雨水绝无湖又竭。

欲求一点半点水，却比农夫眼中血。

滔滔黄浦如沟渠，农家争水如争珠。

数车相接接不到，稻田一旦成沙涂。

下游灾情到了如此地步，江南水利成了非治不可的重要问题。

明朝永乐元年（1403），朝廷派出户部尚书夏原吉负责根治水患事宜。

夏原吉字维喆，祖籍江西德兴，明朝初年重臣，善于理财、治水，卒后谥号"忠靖"，可见是治世能臣。他领命治理江南苏松水患后，尽职尽责规划分析，在上海诸生叶宗行的辅助下，制定了一系列切实可行的措施，放弃吴淞江海口段，于昆山开河引吴淞江入浏河，由刘家港入海；于众水汇集的淀山湖开范家浜（今上海陆家嘴）排水……夏原吉开范家浜后，原吴淞江支流黄浦江改道范家浜西北至吴淞口入长江。

这个庞大的工程由夏原吉亲自带领十万多役工日夜劳作，终于大功告成，解除了水患。《明史·列传》卷三十七曾有具体记载：

"吉请循禹三江入海故迹，浚吴淞下流，上接太湖，而度地为闸，以时蓄泄。从之。役十余万人。原吉布衣徒步，日夜经画。盛暑不张盖，曰：'民劳，吾何忍独适。'事竣，还京师，言水虽由故道入海，而支流未尽疏泄，非经久计。明年正月，原吉复行，浚白茆塘、刘家河、大黄浦。大理少卿袁复为之副。已，复命陕西参政宋性佐之。九月工毕，水泄，苏、松农田大利。三年还。"

之所以不厌其烦抄录这段文字，并非掉书袋，是读史至此颇为夏原吉这句"民劳，吾何忍独适"而感动。这样负责又体恤的官员太少了，值得被反复书写。

昆山有一条"夏驾河"就是为纪念夏原吉而命名的，原名为下界浦，是吴淞江流经昆山以东的河段，因严重淤塞，泄水困难，夏原吉引下界浦入娄江（浏河）以分水势，引流后自此通畅，老百姓感念其功绩，将下界浦改称为"夏驾河"，沿用至今。

夏原吉在昆山还疏拓了一段北起吴淞江南到淀山湖的水路，即千灯浦，后改称"尚书浦"。

夏原吉治理吴淞江时设置测量水位的石标名曰"忧欢石"——水位正常为欢，水位上涨为忧，这个名称让一个水文监测设施充满了人文色彩。

治理吴淞江期间，夏原吉曾数次到分湖（现名"汾湖"），分湖边有一"芦苇片片之丘墟"——芦墟古镇，这里有座泗洲寺，创建于唐景龙二年（此时芦墟初成集市），相传为泗洲大圣（观音化身）的过化之地（参照顾炎武的学生、吴江学者潘耒《重修泗洲寺记》）。夏原吉游览分湖时见泗洲寺山门浩荡，引发兴致，之后多有往来，与寺内名僧净瑄好似前生有缘，畅谈愉悦，解了繁重工作的心乏，留诗《赠净瑄上人》：

> 行尽吴江逸兴浓，却从萧寺访瑄公。
>
> 未论石上三生约，且喜山中一宿同。
>
> 诗句新题蕉叶雨，茶香熟送藕花风。
>
> 明当八百蒲牢吼，重整云帆向五茸。

夏原吉在吴江一带驻扎了三年之久，统领治水功不可没，水患解除后吴淞江多了许多安逸，两岸风光更添秀美。

江浦合流后，吴淞江的支流黄浦江变成了主流，再到隆庆年间，清官海瑞亦大力治水，日后更广阔的黄浦江诞生了，为将来的"大上海"奠定了地理基础。

时代的洪流不断更新转向，吴淞江与黄浦江"地位"互换，苏州与上海也渐渐互换了主次关系。

4

太湖，吴淞江，水上风光是诗心的流动。

唐代诗人王昌龄是"一片冰心在玉壶"的"七绝圣手"，在一年深秋路过吴江时，擅长边塞豪情的诗人像作了一个温柔水乡梦，留下一首五言诗《太湖秋夕》：

> 水宿烟雨寒，洞庭霜落微。
> 月明移舟去，夜静魂梦归。
> 暗觉海风度，萧萧闻雁飞。

——将入夜，水面一层薄雾轻轻泛起，晕染得洞庭山像落了白霜。独眠在太湖一叶小舟上，夜很静，小船在湖面轻轻移动，好似海风暗中吹拂，远远传来大雁南飞的声音，一切似梦非梦。

这幅宁静的太湖秋夕图，是不是引起了边塞诗人的某种触动？

曾任过苏州知县的北宋白体诗人王禹偁，在一次夕阳西下时独泛吴淞江，写下一首颇具情趣的散淡小诗：

> 苇蓬疏薄漏斜阳，半日孤吟未过江。
> 唯有鹭鸶知我意，时时翘足对船窗。

——独自坐在一只简陋的小舟上渡江，芦苇搭成的蓬顶轻薄稀疏，夕阳斜斜地穿过船篷漏顶，落下光斑点点，忽闪忽闪。小舟漂漂悠悠，我已吟诗半日了还未到达对岸，江上的鹭鸶好像知我心意，站在船窗外，时不时弯起一只脚，立定了静静聆听我的诗句。

这首《泛吴松江》写于宋太宗至道元年，王禹偁二次遭贬，对官场产生厌倦，这一片辽阔的水域映衬着整个天空，给了诗人无限抚慰，他对着鹭鸶鸟儿吟诵的心怀，或许就是"宦途日日与心违，人事纷纷任是非。

却为游山置行李，渔家船舫道家衣"（《言怀》）。

秋水吴淞江，元代诗人顾观途径时留下诗作《过淞江诗》：

> 洞庭一水七百里，震泽与之俱渺茫。
> 鸿雁一声天接水，蒹葭八月露为霜。
> 轻风谩引鱼朗笛，落日偏惊估客航。
> 我亦年来倦游历，解缨随处濯沧浪。

想必是诗人流寓之间的诗作，厌倦了多年来的游荡经历，在江水之上望见两岸风光，听见秋风中传来清扬笛声，起了濯足沧浪的出尘之心。

水天相连，风烟俱静，确实是隐世而居的好场所，如明代文彭曾有《笠泽渔父词》云：

> 吴淞江上是侬家，每到秋来爱荻花。
> 眠未足，日初斜，起坐船头看落霞。

文彭即明代苏州书画家文徵明的长子，也擅诗画，以士大夫的渔父情怀勾勒出一幅秋色芦荻、水上落霞的悠游画面，是所有诗人们的精神理想，这份情志和理想放在最有隐逸情怀的太湖之滨、吴江之上，是最适合不过的了。

秋霞落日，碧水蓝天，这画面并没有随着时间流逝而消失，每当秋风带着金色的翅膀飞到吴江两岸，昔日秋景便又一次历历再现，世代重演。

水岸边的蒹葭、芦花，与秋天相连，不仅带着诗经里的古意摇曳着美丽，生活中也有着实际的用场，芦叶嫩的时候可以用来包粽子，别有清香；有了芦花可以采来做枕芯，轻软好梦，说起来真可算"诗意的栖居"了。

水岸边除了芦荻，还有碧桑。或可想象"袅袅城边柳，青青陌上桑"的春思图卷，或许也曾上演过诗经里《十亩之间》的桑园晚归。桑叶喂养了蚕宝宝，蚕宝宝养活了这一带的丝绸业。早在初唐时期，吴江已出产龙凤、天马等复杂花型的丝织物，成为朝廷贡品。

老传统里，柔滑丝布包裹起的芦花枕、蚕沙枕（干燥后的蚕粑粑），是水乡小儿女来到新生世界的温柔良伴。犹记得我刚生下女儿不久，母亲就喜滋滋捧来这样一个蚕沙小枕头，还有一床小小的蚕丝被，说是好不容易寻到一个乡下阿婆亲手做的，婴儿睡了可安神明目呢。江南风致以这种方式伴入悠梦，真是既朴实又美好。

5

水色吴江，巡游至此，上空似乎总飘荡着一首词，耳熟能详，绕不过去，那就是《一剪梅·舟过吴江》：

一片春愁待酒浇。江上舟摇，楼上帘招。秋娘渡与泰娘桥，风又飘飘，雨又萧萧。

何日归家洗客袍？银字笙调，心字香烧。流光容易把人抛，红了樱桃，绿了芭蕉。

这是蒋捷蒋竹山与吴江的缘分。他在公元 1276 年春，南宋消亡前后的流浪漂泊途中，飘飘摇摇，舟过吴江，两岸春深似海，光景明媚，却照不进内心，流光易逝，无限忧愁与感伤。

表层的春愁与鲜活的春景，在吴淞江上形成一幅流动的图景，美中带伤，这不是一种闲愁的描摹，而是深层的一问：何日归家洗客袍？

归家？其实已经无家可归，国都亡了，山河再美，徒增感伤。红了樱桃，绿了芭蕉，春尽夏又来，过去的时光却不会再回来。

词中"秋娘渡"可代指吴江渡口，至于"泰娘桥"（有的版本亦作"泰娘娇"），这两处地名都与歌女有关。

秋娘在唐代泛指貌美歌伎,若特指则是《资治通鉴》中所记的杜仲阳,即作诗"劝君惜取少年时"(《金缕衣》)的那位杜秋娘,唐时金陵人,能歌善舞,会填词作曲,可谓"一支金曲唱一生",她一生的经历都与这支歌有关——镇海节度使李锜被演唱《金缕衣》的秋娘打动,十五岁的秋娘成为李锜的爱妾;李锜造反失败后,杜秋娘被迫入宫为歌舞姬,演唱自度曲《金缕衣》深得唐宪宗欢心,成为唐宪宗的秋妃,又凭借才智成为宪宗的灵魂知己;穆宗即位后成为皇子李凑的教母,因参与铲除宦官立李凑为帝的事件,削籍为民,赐归还乡。

杜牧在金陵遇见了年迈的杜秋娘,看见当年风采照人的秋娘如今成了又老又穷的织布娘,大受震动,作《杜秋娘诗并序》,写了金缕衣的身世故事,轰动一时。直到现代也有不少戏曲或影视演绎过杜秋娘的传奇。

杜牧在《杜秋娘诗》中写到了秋娘两次经过吴江渡口,"吴江落日渡,灞岸绿杨垂","却唤吴江渡,舟人那得知。归来四邻改,茂苑草菲菲",因此秋娘渡这个有故事的名称成了吴江渡的代称。

秋娘命运坎坷,好在聪慧且能随遇而安。泰娘则更是一个美丽哀伤、命运不能自主的女子,刘禹锡曾作《泰娘歌》讲述其歌姬生涯:"泰娘家本阊门西,门前绿水环金堤。有时妆成好天气,走上皋桥折花戏。"这是最初的泰娘,家住姑苏阊门西面,后来成为韦尚书府上的歌伎,对歌舞、琵琶都技艺精通,贵游之间皆知其才名。尚书死后,泰娘流落民间,不久被蓟州刺史张愻收入府中,张愻卒后泰娘又一次无家可归,终日抱琴而泣……之后人们便习惯以"泰娘"泛指吴地容貌美艳并兼有才情的歌姬。

回到蒋捷的词中,秋娘渡与泰娘桥,既是当时的两处吴江地名,亦可看作是一种指代。这种地域所指也在他的《行香子·舟宿兰湾》词中出现过:

红了樱桃。绿了芭蕉。送春归、客尚蓬飘。昨宵谷水，今夜兰皋。奈云溶溶，风淡淡，雨潇潇。

银字笙调。心字香烧。料芳悰、乍整还凋。待将春恨，都付春潮。过窈娘堤，秋娘渡，泰娘桥。

此处"过窈娘堤，秋娘渡，泰娘桥"，于流动中带出吴江景物秀婉之美，愈加触发词人愁思。南宋消亡后，蒋捷不愿归顺元朝，隐居不仕，一直流浪在苏州吴江一带，留下不少词作，在《贺新郎·兵后寓吴》中慨叹白云苍狗，在难以言说的苦情中思念着家人，满怀心事地在吴淞江上漂泊。

愁绪满怀的蒋捷再次经过垂虹亭时又写下一首《贺新郎·吴江》：

浪涌孤亭起，是当年、蓬莱顶上，海风飘坠。帝遣江神长守护，八柱蛟龙缠尾。斗吐出、寒烟寒雨。昨夜鲸翻坤轴动，卷雕翚、掷向虚空里。但留得，绛虹住。

五湖有客扁舟舣，怕群仙、重游到此，翠旌难驻。手拍阑干呼白鹭，为我殷勤寄语；奈鹭也、惊飞沙渚。星月一天云万壑，览茫茫、宇宙之何处？鼓双楫，浩歌去。

——垂虹亭独立在浪潮涌起之上，像在当年蓬莱山顶上海风吹得飘摇。天帝派遣江神长久守护，八根柱子上蛟龙首尾相连环绕，喷烟吐雨，威风气派。然而昨夜间巨鲸翻动地轴，卷起飞檐抛向天空，只留下一座横跨的垂虹；太湖中有客舟靠岸，若是群仙到此，宏大的队伍如何驻足。我焦急地手拍栏杆，呼唤白鹭前去送信，然而白鹭也因昨夜的重大变故远遁沙渚（暗指元军战火影响）。眼见星月在天，白云似千沟万壑，宇宙茫茫之中哪里才是安全的避难所？摇动起双橹，高吟浩歌，四海流浪去吧。

南宋初亡，兵荒马乱，词人吴江之上放舟，感受浩大水域的接纳，安放一颗动荡的心。千年之后，红了樱桃，绿了芭蕉，这片场域依然记得竹山先生来过。

吴江，一座悠久的城

1

吴江由一条江变成一座城的地名，要追溯到唐五代时期。

这一片区域自秦汉以来一直分属吴县、嘉兴县管辖，到五代十国时期的吴越王钱镠手上开始有了变化。

吴越王钱镠是江南第一家族的老祖，钱氏家族在中国历史上创造了名门望族千年不衰的奇迹，直到近代依然有钱三强、钱学森、钱伟长等杰出的后裔不断涌现。

钱镠是个传奇人物，传奇基因似乎也代代相传。话说他四十六岁时获得了一枚唐王朝御赐的丹书铁券，是一张家族共享有限次数的"免死优惠券"。这个免死金牌世代相传，改朝换代后宋朝皇室居然也给予了认可，到了明朝朱元璋手上竟然还起了一次作用，免了一个后代子孙的死罪。这个神奇的铁券传到清代，乾隆命人取来御览，爱不释手，作了《观钱镠铁券歌》，之后将诗作一起装入宝匣又赐还钱氏后人继续保管，又过了几代，到了抗日最严峻的时期，钱镠铁券奇迹般躲开了日本人的数次搜寻，最终在新中国成立后捐给了国家，现存于中国国家博物馆，是中国现存最早的铁券，也是唯一的唐代铁券实物。

钱镠上马能打仗，为子孙后代挣下了一个金书铁券，下马又是个风趣多情的家伙，千古名句"陌上花开，可缓缓归矣"就是这位吴越王的原创——他的庄穆夫人吴氏每年春天都回娘家省亲，有一年寒食过后夫人又回娘家了，钱镠不好意思直接催夫人，就给夫人写信，像写情书，这句话就是信中言，简直就是"想你了"的古早版暗示。这句春景情话被改成吴地民歌传唱，苏轼来吴地听到后，还特意拿来作了三首《陌上花》。

说回吴越天宝二年（909），吴越王钱镠奏割吴县南境松陵及嘉兴北境平望、震泽等六乡，建立了吴江县，又派将军、苏州人司马福在松江南北两岸各筑一城，谓之南津、北津，一手建立了吴江这座城。

也就是说，在此之前，吴江只是一条江的名字，在此之后，它有了两重含义，钱镠依地理实体河流"吴江"命名了这座城。

这么说起来，钱镠就是吴江的"开城之父"了。

后来南城逐渐废弃，只存了北城，到元代至正十六年（1356），张士诚在推翻元朝统治的战争中攻下吴江，在七都构筑湖城，在平望构筑土城，也拓建了吴江北城，修筑城墙，开设了水陆城门。清初吴江人徐崧在《百城烟水》中记载："到宋代嘉祐二年，建南北二门，元至正十六年，张士诚据其地，始大城之，即今县城也。"

吴江属苏州管辖，宋朝初年苏州府称平江军，后来升平江府，到元代时又改称平江路（现苏州平江路就是用了苏州府的旧称，历史街区基本延续了唐宋以来的城坊格局），明朝时再改平江路为苏州府，从此延续了下来。

苏州的前身旧称很多，例如句吴、吴都、吴中、东吴、长洲、吴门、平江，是什么时候开始叫姑苏的呢？查史料得知，原来历史上"姑苏"从来没有正式成为行政管理名称，直到2012年，将沧浪、金阊、平江三区合并才有了正式区划名"姑苏"，涵盖了"国家历史文化名街"平江路和山塘街，成为全国首个国家历史文化名城保护区。

而苏州之所以流传千年称为"姑苏"，也是文学记忆所致——作为吴文化的重要发源地，春秋时期这里为吴国都城，吴王阖闾在城外西南姑苏山上始建姑苏台（亦名姑胥台），之后夫差续建，共五年而成（遗址在今灵岩山），当时耗资巨大，规模也很庞大。《苏州史纪》中记载"高300丈，宽80丈"，是吴国的地标性建筑，设施极为华丽。公元前482年，越国攻打吴国时，这座辉煌建筑被焚毁，成为历史遗迹，很让人有盛衰之慨，许多诗人来此怀古，李白来时作《乌栖曲》："姑苏台上乌栖时，吴王宫里醉西施。"作《苏台览古》："至今惟有西江月，曾照吴王宫里人。"杜甫青年时代来此壮游留诗："东下姑苏台，已具浮海航。到今有遗恨，不得穷扶桑。"姜夔亦有《姑苏怀古》："行人怅望苏台柳，曾与吴王扫落花"……还有城外路过的张继留下"姑苏城外寒山寺"的名句，以及本土居住的唐伯虎亦有"姑苏城外一茅屋，万树梅花月满天"，因此千百年来文人墨客以姑苏代称苏州，似乎已成风雅惯例。

吴王夫差不仅建造了姑苏台、馆娃宫，还在吴越交界的池岛上大兴土木，建造了离宫（行宫）。据明代《吴江志》记载，在原吴江十五都十六都（即今吴江桃源、青云、铜罗一带），共建有"前宫""后宫"和"西宫"三座离宫，离宫旁设有招纳文臣武将的"集贤馆"，并在岛上开挖隐藏战船的七十二条港湾为军事重地，名为"藏船墩"。

吴王离宫奢华精美，设施完备，四围风景秀丽，常常歌舞升平，最后也湮没在历史烟尘，后世亦多有诗文吟咏怀古，如："西宫村里草离离，前宫后宫花满枝。"又如："吴江春水流如驶，吴王别馆徒荒址。霸业烟销千百年，繁华转眼皆如此。"

藏战船的七十二条港湾如今依稀可辨，这座具有两千多年吴越春秋遗痕的岛屿，即桃源铜罗的"荒天池"，现在有了个新名字：长三角无人岛。

苏州区域历史固然悠久，一直以来都是江南地区重要的经济政治中心，但进一步繁华起来是隋炀帝开凿了大运河之后，经济中心逐渐南移，文化也变得更为昌盛，雄州气象逐渐显现，加之气候宜人，物产丰富，有了"天堂"的雏形。

曾有海外归来的华人朋友到了杭州联系我家，以为苏杭是同一块辖地，是同城。我初听惊诧，后来一想似乎也有道理，"上有天堂，下有苏杭"嘛。杭州古称余杭的时候一直是苏州的辖地，直到隋朝建立后，历史上才有了"杭州"的称谓，随着大运河的贯通，经济开始起飞，五代十国时吴越设杭州为首都，渐渐繁荣起来。唐朝时白居易曾有诗云"江南名郡数苏杭，写在殷家三十章"，北宋时期已经"参差十万人家"，到南宋被定为南迁皇室的都城后，成了政治经济的中心。当时已有民谚流传"天上天堂，地下苏杭"，也有了"苏湖熟，天下足"的说法。

往古追思，江浙沪一带联系太紧密了，临界的一个镇子走着走着就跨省了。唐朝诗人杜荀鹤《送友游吴越》曾云："去越从吴过，吴疆与越连。有园多种橘，无水不生莲。"同一片水域和天空养育着这一方人，乡土风情也趋于相似，映照到如今，长三角一体化发展，又一个新的历史坐标正在形成。

2

建了城池的古吴江，曾经的城墙城门还有遗迹吗？

我没有寻访到，只见过一张老照片，摄于1936年，拍的是吴江城的东门，黑白画面上吴江老城墙清晰可见。据老辈人讲，吴江最后一座城门楼于1958年拆除，残存的老城墙也在六七十年代间逐渐消弭。现在坊间口里"东门""西门"的叫法只是表明大致方向的用词，城门与城墙已在历史进化中消逝无形，仅存于旧照与古画中了。

浩浩汤汤的吴江水，衍生出一座城池，从古至今一路走来，除了跟着水名延续叫的笠泽、松江之外，吴江另外还有好几个别称，就像村里来的孩子除了大名之外总有几个亲切的小名或外号：青草滩、松陵、枫江、鲈乡。

青草滩是个很古老的叫法了，吴江这块区域成陆较晚，直到汉朝时期还有不少地方都是杂草丛生的滩涂，一直延伸到盛泽一带，因此有青草滩之称。我在古书中寻找，遇到唐朝开元年间一个进士屈突氏（屈突为古代鲜卑族复姓），因崇拜陶渊明，学偶像辞去了建昌（今江西省奉新）县令隐居在盛泽寨湖的南屿，自称"青草滩主人"，在乡间建造别业名为"明府厅"，李白曾专程来青草滩寻访故人，作《对酒醉题屈突明府厅》："陶令八十日，长歌归去来。故人建昌宰，借问几时回。风落吴江雪，纷纷入酒杯。山翁今已醉，舞袖为君开。"

李白到访吴江时还是青草滩，当人口逐渐稠密，青草滩这个别称就只存于史书中了。清代吴江诗人赵基曾有《青草滩杂诗》曰："邮亭三尺酒帘飘，婀娜风帆自在招。流水桃花词客去，更无人问鳜鱼桥。"现如今知晓青草滩之称的吴江人并不多，这个别称作为吴江城的一个来处，像是前生之名。

吴江自汉朝起以松陵镇为县衙所在地进行治理，因此松陵也成了吴江城的代称沿用至今。

松陵的来历有不同说法。元代学者徐天祐作注《吴越春秋》时，这样说松陵地名的来历："松陌流溢至此，故名。"明代学者莫旦编纂的《吴江志》中则认为："曰松陵者，汉置松陵镇，以其地在松江上，稍高如陵，故名。"

莫旦是吴江同里人，字景周，号鲈乡，成化元年（1465）举人，后迁国子监学正。莫旦为诸生时便开始考伦掌故、搜采旧闻，积三十年成书《吴江志》，行文典雅，可观可信，后世修县志基本采用了他的"松陵说"。

两种说法合并想象亦无不可——河网交织的古松江畔，一处丘陵地带松柏成林、葱郁流溢——松陵是也。这个名字在千年时光里不断出现在诗人笔下，人文与地理融合，宛如一粒太湖明珠。

别称"枫江"则是唐之后的事了，缘于初唐诗人崔信明的一句诗："枫落吴江冷"——吴江秋冷时分，枫叶纷纷落下，清水衬红叶，这一抹流动风情真是艳绝千古。

自古以来仅凭一个断句留下诗名的恐怕只有崔信明一人了，这句并无下文的残诗，像是点燃了江枫的灵魂，不断出现在后世诗人笔下，"枫落吴江冷，丹叶动秋生""停船搜好句，题叶赠江枫"，更有张继演绎的千古佳句"江枫渔火对愁眠"。

据《唐才子传》记载，崔信明年少英敏、博闻强记，文章极美、独步一时，却颇有些怀才不遇。一日在吴淞江上遇见郑世翼，郑是个心存妒忌、傲慢少礼的扬州官员，他对崔信明言："听说你才华不错，有'枫落吴江冷'的佳句，还有没有其他好诗让我瞧瞧？"崔信明以为遇到伯乐，便欣喜地捧出一叠旧书稿呈上，郑官员却瞥一眼就投诗于江，丢下一句"所见不如所闻"引舟离去，导致崔信明流传下来的诗只有零星几首而已。由此形成了一个历史典故"诗人殂落，文苑清冷"。

典故之外，吴江成了枫江，它的美被世代念念不忘。宋代词人叶梦得《满庭芳》中有"枫落吴江，扁舟摇荡，暮山斜照催晴。此心常在，秋水共澄明"。元代画家倪瓒曾作《枫落吴江图》赠别友人，画上题诗曰："枫落吴江独咏诗，九峯三泖酒盈卮。杨梅盐雪调冰盌，夏簟开图慰所思。"明代江南才子徐祯卿题扇诗有："渺渺洞庭秋水阔，扁舟摇动碧琉璃。松陵不隔东南望，枫落寒塘露酒旗。"画家沈周也作了一幅《枫落吴江图》，流传到清代，热衷为古画题诗的"弹幕达人"乾隆作七言绝句曰："崔家逸句真无匹，沈氏粗皴亦绝胜。小住吴江诗画里，身披寒籁晌空澄。"

每当秋季，我会到水岸边找寻这绝艳的一幕，从"碧云千嶂暝，红树九秋深"，至"江枫渐老，汀蕙半凋"，从盛大到凋敝，火热红枫飘零在泠泠秋水之上，清愁里带着曾经热烈的余温，人世间许多人许多事随之涌动，顺着时空，听得诚斋杨万里缓缓吟来"向来枫落吴江冷，一句能销万古愁"……

现如今以枫江指代吴江基本仅限于诗情画意的文学记忆了，平素生活中并不常用。不过，这清冷唯美的意向，像水上微风，始终在场。

吴江又以"鲈乡"代称自宋朝始，缘于北宋宰相陈尧佐的《吴江》：

> 平波渺渺烟苍苍，菰蒲才熟杨柳黄。
>
> 扁舟系岸不忍去，秋风斜日鲈鱼乡。

当时吴江县令林肇题诗《鲈乡亭》时自叙："肇顷过松陵，读陈丞相留题，有'秋风斜日鲈鱼乡'之句，尝讽味之。去年秋，作亭江上，差有雅致。因取其句中鲈乡二字，为亭名焉。"诗云：

> 脍鲈珍味是吴乡，丞相曾过赋短章。
>
> 新作水斋堪寓目，旧停桂棹有余光。
>
> 满前野景烟波阔，自后秋风意气长。
>
> 莫待东曹归忆此，分悭居在碧州旁。

曾担任过吴江知县的湖州人张先（子野）亦有诗云："霓舟忽舣鲈鱼乡，槎阁欲却凌云汉域。"又云："但怪鲈乡一旦成，分却松江半秋色。"

直到如今，"鲈乡"这一地名依然存活在吴江，有小区名称，有道路街巷，时空转换之中，古今因此相连。于我而言，父母居住过的那个小区正是称作鲈乡，因此备感亲切。

3

吴江在苏州的最南端，读明史看到吴江城的山水格局："西滨太湖，东有吴淞江、运河、长桥，东南有白蚬江；东面亦有同里，南有平望，西南有震泽，东南有简村、分湖。"与如今的版图相差不多，现在纸上观图，西濒太湖，东接上海，南连杭州，像嵌在天堂苏杭中间的一颗水亮亮的明珠。这座水色城郭，被太湖水、松江水、运河水一起带动着。每一条水，每一道堤，都有一段古往今来。

唐元和五年（810）吴江有了一道堤，是当时的苏州刺史王仲舒在任时构筑，谓之"松江堤"，既为驿道，也是纤道，即吴江塘路，是在早期修浚江南运河的基础上筑成的塘路。塘路将太湖、吴淞江和江南运河隔开，至宋代重修成砌石大堤，宋庆历二年（1042）又筑了吴江至嘉兴太湖堤。

塘路解决了漕运的风涛之险和纤路问题，也改变了湖东洪水漫溢的状况，绵延九里如水上长城把吴江城揽进了臂弯。江水绕城，绿树成荫，水光天影中，船行犹如碧玉壶中过，人往似在青铜镜里行。

宋代吴江文人黄由写过一组以"才到松陵即是家"为首句的诗，其一为：

> 才到松陵即是家，参天桧柏古槎牙。
>
> 杖藜终日频来往，不羡堤边路筑沙。

黄由曾是苏州状元，自号磐野居士，官至刑部尚书，这首诗抒发自己情怀的同时，也映照出松陵当时的风景面貌。

清代江南才子吴梅村在康熙七年（1668）途经吴江留下诗句：

> 落日松陵道，堤长欲抱城。
>
> 塔盘湖势动，桥引月痕生。

——日落时在松陵道上前行，长长的江堤围绕着这座古城。高高塔影在湖水中随波浮动，晃动的桥影牵引出水上月痕，原来一弯新月已天边初升。

诗中长堤即《大清一统志》记载的吴江堤："长堤在吴江县东，界于江湖之间，明万历十三年（1585）重筑，长八十里。"长桥便是指庆历八年（1048）修建的垂虹桥，亦称利往桥；塔即吴江东门外四面造七级浮屠的方塔，在宁境华严讲寺内，建于宋元祐四年（1089）。

高塔与长桥交相辉映，乃太湖胜景，许多文人路过流连。"吴江高塔在，与客试来登。欲尽五湖胜，还须第七层。"这是明代苏州文人王鏊来此登塔所作。

清代学者纪昀，即民间传说中的铁齿铜牙纪晓岚，在夜泊吴江时以闲静笔调写到方塔：

> 已是银蟾挂柳梢，才收官舫泊塘坳。
> 昏烟欲合孤城闭，远水微明小港交。
> 寒鹭多情时近客，栖乌贪睡懒离巢。
> 玲珑方塔犹相伴，一夜风铃尽意敲。

可惜诗中这样的幽幽夜景在清宣统二年（1910）失去了一角。方塔因年久失修一夜崩坏，从此再也没有"风铃尽意敲"的意境了。之后经年，塔与寺渐渐都消失在历史云烟。

如今在原址附近重新建造起来的方塔，隔着时光旧门，成为新的地标，每当经过它的周围，我的目光仍不由得在断桥与方塔之间停留，像看一处历史的镜像。

穿过镜像，每一条水，每一道堤，每一处亭台楼阁，都似乎在说话。

如果你经过此地，请慢些脚步，这里有着千百年来的时光旧痕。

4

古时驿道上接待往来使者的驿站称为"亭"，东汉刘熙《释名》曰："亭，停也，亦人所停集也。"往来的办事人员停下来歇脚的续航之地。

松江亭就是松陵驿道上最早的"政府招待所",宋朝重修时改作"如归亭"——宾至如归之意。

诗人张子野任吴江县令时,这位好客的"张三影"先生在 1040 年重新扩建如归亭,书法家蔡襄(字君谟)挥毫题壁,为此事作了记录:"苏州吴江之滨,有亭曰'如归'者,隘坏不可居。康定元年冬十月,知县事秘书丞张先治而大之,以称其名。既成,记工作之始,以示于后。"(《中吴纪闻》卷三)

这两位的共同友人苏舜钦在三年后的中秋夜,独自在此地赏月,江水悠悠寒光流,只有好友的题字相伴左右,怀着对他们的思念,苏舜钦写下《中秋夜吴江亭上对月怀前宰张子野及寄君谟蔡大》:

> 独坐对月心悠悠,故人不见使我愁。
>
> 古今共传惜今夕,况在松江亭上头。
>
> 可怜节物会人意,十日阴雨此夜收。
>
> 不惟人间重此月,天亦有意于中秋。
>
> 长空无瑕露表里,拂拂渐上寒光流。
>
> 江平万顷正碧色,上下清澈双璧浮。
>
> 自视直欲见筋脉,无所逃避鱼龙忧。
>
> 不疑身世在地上,只恐槎去触斗牛。
>
> 景清境胜反不足,叹息此际无交游。
>
> 心魂冷烈晓不寐,勉为此笔传中州。

身在好友张子野改建的亭中,亭壁题词是好友蔡襄所书,在这有着特殊联系的地方,对着清冷的月光,勾起了诗人的无限想念。松江风平浪静,碧波万顷,江中映出了月亮的倒影,对月思友,却没有朋友一同共赏,心绪翻动难以入眠眠,拿起笔,把情感写进诗里,寄给在中州

（京城开封）的君谟和子野。

驿站是旅途中的衔接点，驿动的心在此暂歇，想想人生许多事，前前后后，"道路后先能几何"——王安石来的时候作了这首《如归亭顺风》：

> 春江窈窈来无地，飞帆浩浩穷天际。
>
> 朝天吴川夕霅溪，回首乔林吹岸荠。
>
> 柂师高卧自啸歌，戏彼挽舟行复止。
>
> 人生万事反衍多，道路后先能几何。

风雨飘摇历经百年，如归亭又变回了松江亭，明代隐居吴淞江边的青丘子高启在《姑苏杂咏》中写到松江亭：

> 泊舟登危亭，江风堕轻帻。空明入远眺，天水如不隔。
>
> 日落震泽浦，潮来松陵驿。绵绵洲溆平，莽莽葭菼积。
>
> 凭栏不敢唾，下有龙窟宅。帆归云外秋，鸟下烟中夕。
>
> 欲炊菰米饭，待月出海白。唤起弄珠君，闲吹第三笛。

后来危亭再次损毁，到天顺七年（1463）癸未冬十二月，任吴江县儒学训导的陈永贞作《松陵驿记》，记载"俱已废为民居"，之后再次重修、又废除。到 1480 年，知县冯衡将松江亭移建三里桥之东。这项市政工程曾在清朝学者姚承绪《吴趋访古录》中出现：

> 危亭缥缈吴江滨，垂虹百尺当前津。
>
> 一天风月此间好，秋来有客思鲈莼。
>
> 空明潋荡俯澄碧，一杆笠泽支闲身。
>
> 吾闻此亭自唐代，后来张令重更新。
>
> 轩楹位置旧观复，留题曾忆诸诗人。

吴趋是古代苏州六十坊之一，在阊门内，后来以吴趋代指吴门，即苏州。

松江亭、接待寺最终还是消失于现实视野，留在了历史里，我们也只能在诗文中记取了。

二十世纪某一时段，"松陵招待所"也是个名号响当当的存在，如今"政府招待所"这一讲法已成为颇具年代感的旧词，唯有笠泽依然空明澹荡，运河水还在古纤道边日夜流淌。它是古老的，也是现代的，流水淘漉着厚厚的时光，只管奔赴远方。

5

吴江是城中水、水中城，吴淞江穿城而过，大运河在最东边蜿蜒而行。

江南运河是京杭大运河最南段，即镇江经无锡、苏州到杭州。从前交通以水路为主，苏州这座水上城市更是"处处楼前飘管吹，家家门外泊舟航"（白居易《登阊门闲望》）。二十世纪六十年代开始有了苏州—杭州的往返客轮，这是一代人的回忆，傍晚从苏州坐船出发，摇摇摆摆一夜就到了杭州，悠悠荡荡的慢时光很有一种古意。

运河吴江段是江南运河江苏境内的最南一段，北起松陵，流经吴淞江分水墩、三里桥、运河古纤道，到达平望，穿过莺脰湖，往东南经盛泽黄家溪流去了浙江。一片清江水，流淌万古情，运河的沿岸，就像是风景与人文的历史对话。

三里桥曾是运河上松陵北边的"门户"，也是我时常想起要去走走的地方。这里曾经有一片盛大的梅林，早春时节花开如海，红红粉粉的花海不远处就是这座轻巧的独拱古桥，横跨运河站立了几百个寒来暑往，还在继续发挥着功用。

三里桥初建于元代泰定元年（1324），在明朝天顺六年（1462）和清代光绪十一年（1885）两度重修，花岗石材质，独拱，水上的弧形身姿与水中倒影合拢成一轮完美的圆月，圈出一幅水墨美景。这高挑的拱顶足有十米以上，可吞吐大体量的漕运船只，是吴江现存最高、保护完好的单孔石拱古桥。它的东桥台有古纤道，还保留着纤道台的遗迹，我想象着它在古时候经历过的繁忙时段，那些无名的人啊，一定有过许多平凡而暖心的过往。

2014年，三里桥亲见了这里的改建，梅林移走了，造了一座基督教堂，远远就能看见高高的教堂尖顶，犹如中西文化的空间对撞，正在进行一场多元对话。

为了稳固年久松动的桥身，2021年时三里桥再次重建。

那年夏天我特意造访，看见桥已拆解，四周被围起来，围栏里一堆石头，拆下来的花岗石都编了号，预备重建时再按顺序码回去。这是我第一次亲历文物重建现场，驻足风中，想了很久"忒修斯之船"的哲学疑问，夏风从水面吹来，不断在围栏内外穿梭，慢慢的，我心里似乎有了答案。修复与再建，就是和古人进行一次友好对话，协商着以何种形式恢复文物的原貌。想来修旧如旧还原它历经岁月的基本风貌，这种覆盖也是一种不得已的保护。"传承"二字本身就是有传有承，传是不要丢失地传递，承不仅是接力承继，还有个承纳的过程。文物的有效保护与修复，让文物更具生命力地再行传递，使得我们后人从中汲取丰富的精神养料。

古桥，运河，都是具有使用价值的活的文物，它们是江南文化的根，养护并传承，是每一代人的使命与责任。

终于等到三里桥又一次重生，我再次去看，远远望去，犹如青龙横空跃起，小巧玲珑，却气势非凡，曾为吴江水乡重要"门户"的这座高桥，它的新生里是过去与现在交织的灵魂不灭，继续与运河为伴，守护着吴江这一方水土的安宁。

　　三里桥沿运河往南有一段也经历过古今重编的古堤岸"九里石塘"，迤逦绵延，被誉为"水上长城"，是大运河苏州段唯一保存完好的古纤道，即旧时"塘路"——始建于唐代元和五年（810）的"松江堤"，经宋代庆历八年（1048）大修，再到治平三年（1066）垒成石岸，几百年的时光倏忽而过。

　　宋宁宗庆元二年（1196），辗转漂泊的姜夔返回杭州归家过年，途经此地留下《浣溪沙·丙辰岁不尽五日吴松作》，石塘承载了他的旅人愁意：

　　　　雁怯重云不肯啼，画船愁过石塘西。打头风浪恶禁持。

　　　　春浦渐生迎棹绿，小梅应长亚门枝，一年灯火要人归。

　　一代诗宗杨万里经过此地作《过太湖石塘三首》，眼里满是水岸的诗情画意，其一曰：

　　　　才转船头特地寒，初无风色自生湍。

　　　　堤横湖面平分白，水拓天围分外宽。

　　　　一镜银涛三万顷，独龙玉脊百千蟠。

　　　　若为结屋芦花里，月笠云蓑把钓竿。

　　宋宁宗嘉泰四年（1204），吴江来了一位新知县张达明，后官至右臣而终，一生并无显赫才名，留下诗作很少，却都与吴江有关，其中就有一首《石塘》："九里崚嶒石，十桥遄迅流。湖神不敢激，波浪为君收。"

　　一百多年后，元代至正六年（1346），塘路又一次重筑，采用了统一尺寸的大青石，称"至正石塘"，因绵延九里，始称"九里石塘"。

　　石塘既是河岸堤坝，也是驿道纤道，明清时期也有过几次整修。

　　大水浸满，经年日久，逐渐多处塌陷，在即将湮灭之际终于等来了拯救，二十世纪八十年代经过抢修重筑，从时光手中夺回了一段文物，这是留给后人的珍贵遗产，虽然已经不足九里，也依然如长龙卧波，蔚为壮观。

有年夏天我特意在这纤道上赤足走了一段，古韵今声里去找寻来自历史深处的大青石，光滑滚烫的大青石镶嵌在古道上，似蒙着岁月的包浆，不知它们是否还记得那些纤夫的足迹，那些层层叠叠流入光阴的人间悲喜。"妹妹你坐船头，哥哥在岸上走"的现代歌曲虽是演绎，说不定在此真的发生过。

如今，在这世界文化遗产之上，古桥长堤，旧河新水建成了生态良好的公园，充满了古今交融的活力。每当暮色四合，悠然散步的老人，嬉笑玩耍的孩子，牵手而行的情侣，在塘路上来来去去，新的历史图景正在我们面前铺展。现代化运河大桥高高耸立，俯瞰着这一幕，大桥两侧一排排斜拉的钢索好似巨大的竖琴，弹奏着奔腾的现代诗，向着曾经的辉煌致意。

6

运河好比中华大地上的美丽织锦，沿岸镶嵌了一串各具风采的宝珠——历史文化名镇与古村。从"松江堤"顺流而下，就到了吴江平望，一个独具特色的历史名镇。

平望镇的地名来历，据说是隋唐时期此地森然一波，鲜有居民，自南而北只有塘路在葭苇之间，天光水色，一望皆平，故而得名"平望"。

作为水路要塞，早在唐朝时平望就设立了驿站，名为"霁月楼"，位于安德桥南。

安德桥原名平望桥，颜真卿的《登平望桥下作》写的就是它，"登桥试长望，望极与天平"，这雄伟的单孔高桥，横跨在大运河与頔塘河的交汇处，初建是在唐朝大历年间，其高大宏阔可与三里桥相媲美，船过桥洞不用落下桅杆，如杨万里诗中所言"乱港交穿市，高桥过得桅"。

现今的安德桥为清同治十一年（1872）重修，在桥南堍大约原霁月楼位置，设有石马石槽石碑，作为驿站遗址的纪念——立在高耸的安德桥和小九华寺高塔之间，犹如独立出一个它们特有的语言空间，信息在空中盘桓，还原着历史片段。

历代经停平望的往来客在这留下不少诗文，康熙下江南时作《入平望》："锦缆无劳列彩艭，轻桡自爱倚船窗。勤民不惮周行远，早又观风向浙江。"乾隆到江南作《平望》："景霁风微湖似镜，轻帆廿里畅人心。楼台远近称吴望，老幼扶携渐越音。泽满鱼虾船作市，地多桑柘树成阴。吾民庶矣思藏富，惟有祈年志倍钦。"这两首都是帝王眼中"普天之下皆王土"的平望，清代诗人程之骏眼中的平望则充满市井烟火人家的气息：

> 半夜帆开遇好风，平明平望一湖通。
>
> 人家水气涵虚白，野树霜华染浅红。
>
> 舵尾鱼虾吴市早，船头歌唱越吟工。
>
> 前途烟雨楼边过，身入空蒙罨画中。

有道是"画为无声诗，诗为有声画"，读这首《晓过平望》，就像被诗句带着经过了清晨里刚刚醒来的水上早市，古早的平望就这样被记录进了时空里，如同一段满满生活气的小视频，一幅流动画面至今仍然鲜活。

清末文学家张景祁过平望时忆起往昔，作《八归·泊舟平望，追忆旧游感赋，用白石韵》：

> 烟寒鹭溆，镫昏鱼寨，阑夜戍鼓未歇。朱楼已隔蓬山远，休问翠樽销黯，玉笙凄切。尚忆垂虹秋色好，倚画槛、炉香同拨。顿忘却、客里行舟，不住唤鹍鹕。
>
> 谁念江乡岁晚，淹留无计，一笛离亭催别。赤阑桥畔，那时来路，落

尽芦花枫叶。纵凌波赋就，何处芳尘梦罗袜。君知否、片帆相送，惟有天边，朦胧无恙月。

诗人起题时点明了用的是白石韵，即姜夔的《八归·湘中送胡德华》，同韵的妙处，仿若也借了白石原词中的惜别意味，从垂虹到平望，一路流淌着的依依之情就更浓厚了，加之姜夔当年过垂虹时曾留下千古名句，画面一叠加，想象层次与意境愈发深远，远到天边一片玲珑朦胧无恙月。

张景祁对于现代读者来讲是比较陌生的诗人了，他在清代同治时期有一定盛名，晚年时宦游台湾淡水、基隆等地，写下一系列贴近时代、叙事咏史的《台湾纪事诗》；光绪十二年（1886）台湾建署行省，此时张景祁已返回内陆任职，闻听之后作词《齐天乐·客来新述瀛洲胜》，好似一篇"台湾赋"，都是诗词史上很珍稀的作品，如今重读，更有了"台湾是中国领土不可分割的一部分"之现实意义。

张景祁与吴江的文学缘还有一首《探春·送张荔轩之松陵》：

竹屋鱼寒，荻洲雁老，川途何限凄黯。暝色连江，残年催雪，听遍高城鼓鼗。小住香泾好，又何事、扁舟轻泛。有人剪烛西窗，翠眉添锁离感。

记我垂虹载酒，看十里晚风，秋思云澹。拂剑霜飞，停杯月落，倦了平生游览。细雨孤山路，早梦到、梅边香暗。甚日君来，烟波遥送归缆。

读起来真如感受到了几百年前的松陵晚风，亲历了一场垂虹载酒。

清朝的诗情暂告一段落，沿着时间的河道逆流而上，来到明代，曾得到江南才子祝枝山赏识的张天赋经过平望时作了一首题目很长的诗，把旅途路径都写了进去——《自石门发舟晚宿大船坊次日发过平望驿午过吴江县晚抵苏州泊阊门》：

石门越宿大船坊，平望湖开一鉴光。

午过吴江风力顺，姑苏台下吊吴王。

"午过吴江风力顺"，倏忽间就到了姑苏台下，这可真是一首读着就"一路顺风"的诗。顺着这股风，把时间再往前吹送一百年，来到明初时期，诗人陈琏来到平望驿站，意外遇到陈华在此做驿丞。他们是什么关系？或许是同族同宗，或许是老友同窗，我们无从知晓，但看得出诗人彼时的欢喜心情，留在了这首《平望驿遇陈华驿宰》里：

古驿临堤上，平田入望中。声寒芦叶雨，香淡藕花风。

处处人家好，村村水路通。白头陈驿宰，邂逅喜相逢。

在如此环境优美、人家安逸的地方，与多年不见的旧相识喜相逢，真是美好而欢快，诗人的欢悦已经溢出了诗句，隔着笔墨，隔着几百年的时光，都能感受到一场无比欣喜的相遇。

时间继续向前推移，元末的画家张观曾在苏州居住过一段时间，途经平望时写诗《过平望》：

唤醒江鸥梦，舟行认洞庭。石桥浮半月，渔火点残星。

驿路三千客，春风十里萍。逢山青未了，回首又长亭。

画家的笔触真是一句一个画面，连环画一样就跟着滑行经过了平望，回首道别了，而这幅文字画却让我这个几百年后的人每经平望必会想起。

从元代再往前追溯，就回到了宋朝。南宋时期杨万里来到平望，观平望夜景，"夜泊平望更点长，新月无光湖有光。昨宵一雪今宵霜，犬吠两岸归人忙"。不知是不是因为这样的夜景太美睡不着，泛舟水波上又写道："一生行路便多愁，落得星星雨鬓秋。数尽归程到家了，此身犹未出苏州。"这是《夜泊平望终夕不寐三首》之一。

杨万里来往苏州一带不止一次，诚斋体清新小诗《过平望》也是一连三首，其中一首最可人，首联"行得三吴遍，清奇最是苏"，颈联"震泽非尘世，松陵是画图"。因为喜欢这里，每路及此总忍不住诗兴大发。

杨万里的好友范成大也作同题诗《过平望》，他写"波明荇叶颤，风熟蘋花香"，"鸡犬各村落，莼鲈近江乡"，是属于平望的"田园杂兴"。

他俩的共同老友陆游也曾来过，感谢陆游的絮叨，喜欢写日记，读他的《入蜀记》，我们得以详细知晓他是在宋乾道六年（1170）六月八日舟行吴江境内，"过平望，遇大雨暴风，舟中尽湿。少顷霁，止宿八测（坼）。闻行舟有覆溺者，小舟扣舷，卖鱼颇贱，蚊如蜂虿，可畏"。

陆游曾有诗作《过八尺遇雨》（八尺即八坼）：

胜地营居触事奇，酒甘泉滑鲈鱼肥。

松江好处君须记，风静长江雪落时。

陆游泊舟处应是在运河西岸，诗中落脚八坼的"胜地营居"，也是如今胜地生态公园名称的由来。

不过这首诗有版本归在陆龟蒙名下，但大部分人认为还是陆游的诗作。

陆游记录了过平望时"蚊如蜂虿，可畏"，此时是南宋，平望蚊子堪比野蜂蜇人这么可怕，不知是不是大诗人的夸张，让我们回到唐朝看看——

平望最初人迹稀少，果然是蚊子的天下，云南十八怪的蚊子只是个头大，不算啥了不得，而平望的蚊子却是在诗文里留下千古名。先将平望蚊子带进诗句的是中晚唐时期人称"海内名士张公子"的张祜，到平望夜宿时作《题平望驿》：

一派吴兴水，西来此驿分。路遥经几日，身去是孤云。

雨气朝忙蚁，雷声夜聚蚊。何堪秋草色，到处重离群。

张祜是清河张氏望族出身，诗歌创作卓越，最让人熟知的两句诗是"故国三千里，深宫二十年"，因其性情孤高又洁身自好，终身都未沾皇家寸禄，早年寓居苏州，常往来于扬州、杭州等地，留下不少题咏。

张公子的盛名使得平望蚊子也名声在外，几乎成了平望"土特产"，晚唐后期的诗人吴融把它们描绘进了《平望蚊子二十六韵》，作大篇幅吟咏，为了不断气韵就全文抄录如下，读来颇有意味：

天下有蚊子，候夜噆人肤。平望有蚊子，白昼来相屠。

不避风与雨，群飞出菰蒲。扰扰蔽天黑，雷然随舳舻。

利嘴入人肉，微形红且濡。振蓬亦不惧，至死贪膏腴。

舟人敢停棹，陆者亦疾趋。南北百余里，畏之如虎貙。

噫嘻天地间，万物各有殊。阳者阳为伍，阴者阴为徒。

蚊蚋是阴物，夜从喧墙隅。如何正曦赫，吞噬当通衢。

人筋为尔断，人力为尔枯。衣巾秽且甚，盘馔腥有余。

岂是阳德衰，不能使消除。岂是有主者，此乡宜毒荼。

吾闻蛇能螫，避之则无虞。吾闻蛊有毒，见之可疾驱。

唯是此蚊子，逢人皆病诸。江南夏景好，水木多萧疏。

此中震泽路，风月弥清虚。前后几来往，襟怀曾未舒。

朝既蒙襞积，夜仍跧薜荔。虽然好吟啸，其奈难踟蹰。

人生有不便，天意当何如。谁能假羽翼，直上言红炉。

用蚊虫比拟群小古已有之，吴融生活在相对混乱的晚唐末世，一个时代的尾声是阴暗的，他的诗作一贯重于讽刺之道，以平望蚊子这个标志物讽喻阴暗小人，也从侧面强化了平望蚊子的厉害。半个世纪后，南唐归宋的诗人钱信亦作诗《平望赠蚊》："安得神仙术，试为施康济。使此平望村，如吾江子汇。"

野蚊子同人类争地盘的过程，就是平望发展的过程。现在重新把时间拨回到正轨看一看——明代平望驿站陈琏与陈华重逢时，环境已经大有改观，到了清代，更加"人进蚊退"，文明进程更新迭代，有平望文人还特意作诗《平望无蚊子》来为家乡正名，而经过此处的诗人已开始聚焦平望美食，如屈大均的《吴江曲》："莺脰银鱼细似丝，紫须秋蟹饱霜时。鲈鱼肉紧堪为腊，绝胜吴淞人不知。"吴江学者徐釚在《莺脰湖竹枝词》中盛赞莺脰湖的银鱼为"滑似莼丝味更鲜"，并搬出张翰，对标他的鲈鱼，"堪笑江东老张翰，只将鲈鱼向人传"。

如今若提到吴江平望的"土特产"，已不再会有人想起超大个的野蚊子，本地人只会骄傲地告诉你两样鼎鼎大名的特产代表：莺湖银鱼和平望辣酱，还会跟你讲莺湖银鱼与其他银鱼不太一样，是"金眼腔银鱼"，鲜美无比，听说过吗？

7

平望作为南北要冲，是吴地去浙、闽的必经之地，因此，在深深浅浅的时光里，从人迹稀少的蚊子天下，逐步发展成了交通发达、人文荟萃的重要枢纽。

从运河线路上最能看出平望的枢纽地位。

江南运河的历史要早于京杭大运河的开凿，今苏州经无锡到常州奔牛镇的这段运河为春秋末期吴王夫差所开，秦统一六国后开凿了今嘉兴至杭州钱塘段的运河，隋炀帝大业六年（610）重新疏浚，拓宽古道，形成现在的运河格局。

吴江段运河的开挖始于西汉，汉武帝为了便于征调闽越贡赋，下令在太湖东缘的沼泽地带开挖河道，连通了苏州与嘉兴之间的运河，成为江南运河苏嘉段的重要组成部分。

现在，江南运河在纵贯吴江城区后，在平望以南形成三支队伍继续向前，分别是东线、中线、西线。

东线即平望东南往嘉兴再到杭州的古运河一线，流经平望藏龙村、盛泽黄家溪、浙江王江泾等到武林头至杭州。

中线即澜溪，为西南去往浙江乌镇、然后到杭州的一道，也称烂溪，从平望的竺光桥起，经盛泽、桃源和浙江乌镇、练市、新市、塘栖、武林头到杭州。

西线即荻塘，也称頔塘，从平望安德桥起，往西流经梅堰、震泽和浙江南浔、湖州、菱湖、德清、武林头到杭州。

列举这些运河沿岸的地名是因为它们有着符号意义，像某种机关按钮，触碰之下就能弹出古意，比如读到"新市"，弹出了杨万里《宿新市徐公店》的"儿童急走追黄蝶，飞入菜花无处寻"；读到"武林头"，弹出来了苏轼《送子由使契丹》的"沙漠回看清禁月，湖山应梦武林春"。它们就是一条活的文化带，与运河水一同奔流不息。

简而言之，吴江运河的东线，就是古运河段；中线是二十世纪七十年代疏浚贯通的、平望人口中的"新运河"，起点是平望竺光桥的烂溪，牵着一路明星地名；西线即鼎鼎有名的頔塘一线，也是一路明珠镶嵌。

烂溪一线虽是被称为新运河，但烂溪则是古已有之，自浙江桐乡市乌镇起，向东北流经吴江桃源、盛泽、平望等镇注入莺脰湖。宋时湖州诗人宋伯仁曾有《烂溪》诗云："几家篱落傍溪居，只看青山尽自如。隔岸有桥多卖酒，小篮无处不提鱼。"诗人记录的这种农家小日子真是让现代人无比称羡。

明朝中期，烂溪一带出了一个官至吏部尚书的周用，为人端肃有节，七十三岁卒后赠太子太保，谥号恭肃。他是北宋理学家周敦颐九世孙周澳之后，也是鲁迅的先祖。

周用的墓位于平望同心村（原名烂溪村），因其做过吏部尚书（俗称天官），当地人称之为天官坟。周用书画得到沈周先生的亲授，诗文亦典雅有度，他笔下曾呈现一度生活的烂溪：

> 我屋城南隅，密近清溪流。平地望一雨，深竹鸣双鸠。
> 日薄野树乱，沙细群鱼游。农事贵及时，实与公私谋。
> 时时问亲戚，泛泛行虚舟。长官尚平恕，缓征待兹秋。

后来周用的曾孙周应仪也吟咏烂溪：

> 明月溪边路，秋风溪上船。船头何所有，满把水中莲。
> 我家烂溪边，出门即溪水。秋来溪水深，处处菱歌起。

晚明时期，另一个吴江人王叔承也有诗咏烂溪："吴江之东双烂溪，日南合浦不足奇。采来溪蚌大于斗，明珠历历开光辉。"王叔承嗜酒，喜游学，纵游各处，留下诗咏，其诗作为王世贞兄弟推崇。一日，王叔承外出赏梅归来，一路经太湖，过吴江，到烂溪，口占一诗：

> 千岩古树几浮槎，数尽寒英起暮霞。
> 百曲清溪归亦好，五湖春水遍桃春。

看得出诗人赏梅归来心情大好，与沿途风景一样明媚，霞光映照在水中，像是铺满了桃花，波光清漾中这水天一片绯红的画面真是让人神往。

收回目光，再看看吴江运河的西线顿塘，即荻塘，也称西塘，这是本地的叫法，而毗邻的浙江湖州则称之为吴兴塘（湖州古称吴兴），也叫东塘，其实都指这一处。譬如前文中出现过的张祜《题平望驿》中"一派吴兴水,西来此驿分",水流从平望安德桥往西经过梅堰、震泽就进入了浙江南浔,再经湖州、菱湖,由德清去往终点杭州钱塘。

水流途经小镇梅堰,古时岸边种满了梅花,沿岸逶迤数十里而得名。前文提到过梅堰有太湖流域发现的第一座良渚文化村落遗址——龙南村落遗址,以河道为中轴,房屋依河而建的江南村落布局模式已延续了五千多年。

最初的荻塘,是西晋时期吴兴太守殷康所开,因沿塘丛生芦荻,故名荻塘,"在城者谓之横塘,城外谓之荻塘"。

唐贞元八年(792),在湖州刺史于頔发动下,对荻塘进行了大规模修筑、疏浚,南浔到平望皆修成堤,民众感怀其功德,将其名"頔"字替换了同音的"荻"字,以作纪念,于是成了頔塘。一路杨柳垂岸,马行驰骋,因此历史上有平望八景之一的"頔塘跃马"。

讲到这位被老百姓纪念的刺史于頔,插入一个与他有关的题外闲话。于頔善做实事,后来在苏州做刺史时修街道、开沟渠,颇有政绩,但是为人骄横,性子暴烈,是官场尽人皆知的"不好相与",然而吴地百姓依然感念他,因为有福祉与民,而且非常善待读书人,有段著名的诗坛佳话就与他有关——

话说有一位书生崔郊,寄住在姑妈家时与一位姿容秀丽的婢女悄悄恋爱了,可是不久后姑妈竟将婢女卖给了頔于大人。崔郊困于情思,念念不忘,终于在寒食节那天路遇外出的婢女,两人百感交集,泪洒当街,书生含泪赋诗《赠去婢》:"公子王孙逐后尘,绿珠垂泪滴罗巾。侯门一入深似海,从此萧郎是路人。"

这就是"侯门一入深似海,从此萧郎是路人"一句的出处。这深情又无奈的诗句很快就传播开来,于頔听闻很被打动,君子不夺人所爱,立即召来崔郊,让他把婢女领回,并赠予丰厚妆奁,成全了这段姻缘。

下次走过頔塘的时候,你会不会想起这个故事?

頔塘沿线令人难忘的美景当属震泽八景之一的"虹桥远眺"，雍正时期的震泽诗人倪师孟曾有诗云此景的美妙："寺拥残霞明雁塔，波浮虹月落虹桥。"当年乾隆南巡就是从頔塘由吴江震泽而入浙江的，在吴头越尾的震泽頔塘一线，流传着不少皇帝下江南的小故事。有一则是说乾隆第五次下江南的时候，也就是乾隆四十五年（1780），这时禹迹桥与虹桥都已完成重修，与慈云塔一起构成了迷人风景。为了迎接这次南巡，当地官员特意请来石匠，在禹迹桥上新刻了桥联"善政惟因，不易大名仍禹迹；隆时特起，重恢古制值尧巡"，把乾隆皇帝抬到了古圣贤的高度，以博圣上欢心。龙船缓缓而至，穿行于这片碧水蓝天、塔桥垂柳、倒影如画的烟波之中，江南风致美醉了这位北方帝王，眼睛都来不及看，根本没注意到这副新刻的颂德对联。当地官员大为遗憾，同时又因风物美景而十分傲娇，倒是恼坏了辛苦刻字的石匠，成为流传坊间的趣话。

　　如今此线不仅连接了大运河，还连通了二十世纪五十年代开挖、九十年代贯通、直达黄浦江的太浦河，一路美景已被现代人誉为"中国的小莱茵河"。即使不这样做类比，两岸自古以来亦有其独具一格的风致，如北宋大臣沈与求笔下的《舟过荻塘》：

> 野航春入荻芽塘，远意相传接渺茫。
>
> 落日一篙桃叶浪，薰风十里藕花香。
>
> 河回遽失青山曲，菱老难容碧草芳。
>
> 村北村南歌自答，悬知岁事到金穰。

　　一派乡村美景，山野人家，视觉、嗅觉、听觉统统被唤醒，流动中的美景亦真亦幻，这幅画面时至今日依然可见。

　　南宋时期的吴江平望诗人孙锐在其连章诗《四景图》中描绘了荻塘柳影：

日出烟消春昼迟，柳条无力万丝垂。

韶光新染鹅黄色，偏爱东风款款吹。

他的好友赵时远乃宋王室宗亲，南渡后寓居吴江，唱和作《四景诗和孙金判颖叔韵·荻塘柳影》：

午天云淡日迟迟，水面长条带影垂。

不是纤腰浑不定，自缘无力受风吹。

孙锐中进士后被授予庐州金判（即合肥签判），所以称其为孙金判。元军南侵后，孙锐悲愤辞官，隐居平望桑盘村，与友人时常往来唱酬。四景图分别有四首诗相和，荻塘边韶光绿茵，柳丝垂影，诗人们借景抒发各自心志，寄托情怀。孙锐隐居后自号耕闲居士，卒后由赵时远编成《耕闲先生集》，书写平望的一些诗都收录于此。

平望现在不仅是三条运河支线的总部，还连通着新时代的太浦河，四河汇集于此，古往今来其水运枢纽的地位可见一斑。

8

吴江历史悠久，可记述的人文图景繁多，单单平望一处就已经让人目不暇接，而平望之于我，最感兴趣的莫过于常在平望一带隐居的烟波钓徒玄真子、唐代诗人张志和。

张志和的一生就像是灵界下凡人间游历的传奇。

张志和的父亲历任监视御史、东宫侍讲，生活方式清真好道，母亲李氏是"白衣宰相"李泌的亲姐姐。李氏生产前梦见有神仙给了她灵龟吞服，因此张志和出生后即取名龟龄（长兄叫松龄）。

龟龄天生聪慧，三岁能读书，六岁就会做文章，七岁时有一次跟父亲在翰林院游玩，学士们发现此小童聪明伶俐、过目成诵，唐玄宗听说后亲自出题试考，龟龄应答如流，玄宗大为惊叹，赐优养翰林院。

小小年纪一举成名，这是公元739年，此时年近四十的李白还没得到进宫的机会。龟龄自由出入翰林院，成为太子李亨的伴读。十九岁太学结业时，李亨亲赐御名"志和"，字子同，及第后授左金吾卫录事参军事，任翰林待诏。此时李白已赐金放还，韦苏州还是那个叫韦应物的少年，在唐玄宗身边做侍卫，还没开始发奋读书。

安史之乱中李亨即位成为唐肃宗，张志和与舅舅李泌以及颜真卿等辅佐肃宗平乱，之后与朝廷政见有所不和，被贬去四川做县尉，未及到任，肃宗变了卦，念及过往情分，赦免并重新召回长安。

感受到宦海风波无常的张志和正逢父亲离世，便以"亲丧"之名脱离了官场。

从官场回归了家庭，可不幸还是接踵而来，母亲和妻子相继故去。

守孝期满后张志和决定从此浪迹江河，带着肃宗赠送的一对仆从"渔童"和"樵青"告别亲友，开始隐居吴地，并自号"烟波钓徒"，后来就有了这首传唱千年的《渔父词》：

> 西塞山前白鹭飞，桃花流水鳜鱼肥。
>
> 青箬笠，绿蓑衣，斜风细雨不须归。

《渔父》即《渔歌子》，成为词牌之前本是吴地渔民间流传的曲调。张志和填词后风靡一时，传唱者众，一直传到了日本，成为日本天皇和大臣争相学来填词的样本，还排进了日本学堂教科书。后世诗人对这首《渔歌子》也极其喜欢，经常摘用、化用其中诗句以作致敬，其中包括苏东坡、黄庭坚等大家，只是苏东坡他们借用的"西塞山"却是湖北黄石的道士矶。

张志和词中西塞山在与平望交界的浙江湖州境内，那是公元773年的春天，好友颜真卿去年底授湖州刺史，今年初到任了，与隐居平望的玄真子张志和就生活在同一片水域，桃花水涨白鹭飞，斜风细雨中驾舟而行，老友相见心情无比欢快。

颜真卿到访平望时登上安德桥作了那首《登平望桥下作》，极目处水天连成一片，一望皆平，实乃"平望"也。

颜真卿在湖州任刺史期间，与张志和经常相会，饮酒唱和多首渔父词，如张志和在吴江作的《渔父·松江蟹舍主人欢》：

松江蟹舍主人欢，菰饭莼羹亦共餐。枫叶落，荻花干，醉宿渔舟不觉寒。

吴地俗语讲"西风起，蟹脚痒"，词中宾主尽欢，吃螃蟹、莼菜羹、菰米饭，松江边片片红叶飞落，水岸边芦苇荻花已干枯成黄色，酒足饭饱，徜徉江上如在画中，就在渔舟和衣而眠，虽然已是"枫落吴江冷"的时节，却一点也不觉寒意。

这首词简直就是致敬"江东步兵"张季鹰的，同时又有自己的逍遥自在。

据史书记载，颜真卿在湖州任刺史的几年间，与张志和及茶圣陆羽等一帮友人多有往来，吟诗作画，好不快活。大约在公元774年十二月的初冬，这帮友人相聚在平望莺脰湖，谈笑饮酒，吟诗作画，相互唱和，张志和酒酣开怀，落水而亡——与李白的死法一样，传说也一样——升仙去了。清道光《平望志》中就有一段充满浪漫色彩的升仙记述，说张志和剪下白绢，让人拿来丹青，为这组唱和的诗词配画，须臾工夫画了五幅绝妙的山水鸟禽，然后铺席于水上，独坐笑饮，戏水远去，飘然而升。

无论是"溺水"还是"升仙"，烟波钓徒都是在莺脰湖消失的，与吴江平望有了生死契阔般的不解缘分。在平望下湖桥北，即今京杭大运河畔小九华寺附近，曾有一钓矶，相传就是玄真子张志和曾经垂钓的地方，宋时平望诗人孙锐曾在此长诗凭吊，其中诗云："我闻在昔张玄真，平生活计一钓纶。浮家泛宅戏人世，龟鱼为友兼葭邻。"

张志和从莺脰湖去了另一个空间，因而宋代咸淳年间在此建了望仙亭，以示纪念，这里也成了后世文人的唱和之地。莺脰湖心有一个小岛曾筑有平波台，有祠寺轩榭，四围芳草如茵，垂柳依依，也一度作为凭吊张志和的地方，可是经不住年代久远逐渐败落，清代钮应斗来此怀古时已经满目苍苔，他留诗叹道："积水明于镜，中流峙此台。云从湖岸落，浪涌寺门回。柳外千帆去，沙边一鸟来。昔年题咏处，古壁满莓苔。"

二十世纪九十年代我到平望时见到这一片微微高出水面的浮岛，惊奇它多年风吹雨打浪拍竟从未被淹没过，无论怎么涨大水，它似乎都像是"浮"在那，真像是烟波钓徒的"浮家泛宅"。新世纪前后听说这里要修一座"望波桥"连接陆地与小岛，再后来在岛上建了一个花园小区。

最近的一次造访平望，莺脰湖面平静无波，湖畔宽阔的路旁长长地站了一溜垂柳，阳光下柳丝如诗，韵律齐整，恍惚间我似乎已记不清平波台的方向，只有地名还像个传说一样存在于此。

莺脰湖水域广阔，古早民间传说这里本没有湖，是两个仙莺在此相斗，陷地为湖，故称莺斗湖，又因湖的形状像莺脰（莺的脖颈），因此称作莺脰湖，古时也称其樱桃湖，或许是口传音似的缘故吧。杨万里经大运河路过平望时夜泊不寐，曾以樱桃湖入诗："樱桃湖里月如霜，偏照征人寸断肠。醉里不知家尚远，梦回忽觉路初长。"

莺脰湖四季各有美景，历来都是文人们偏爱吟咏的地方，"平湖秋月"更是千古"名场面"，孙锐吟咏《四景图》中赞此景："月浸寒泉凝不流，棹歌何处泛归舟。白蘋红蓼西风里，一色湖光万顷秋。"特别是因了张志和的渊源，人与湖成了融为一体的文化印记，清代乾隆下江南路过此地曾作《莺脰湖词》，也不忘提一笔张志和："春草碧色水绿波，遥看吴岫濯青螺。此间谁是相宜者，闻道前人有志和。"

9

　　江南水域，文化脉络是与水一样相连不断的，除了平望有"烟波钓徒"的遗迹，震泽长漾的张墩相传亦是张志和的垂钓之处。《新唐书》记载其"每垂钓，不设饵，志不在鱼也"，而是乘兴各处游览风光。在青云与桃源之间有座"张钓桥"，传说也是他曾垂钓之地。

　　玄真子张志和、天随子陆龟蒙、鸱夷子范蠡大概行遍了太湖一带的水系，似乎处处留有他们虚虚实实的身影。历史沉在河底侧耳倾听，每当有人在桥上说起往事，便唤醒了他们。

　　运河沿线有座云龙桥，传说也是张志和垂钓之地，其桥联"清风明月垂张钓，红雨青山泛范舟"，将张志和与范蠡分别嵌入上下联彼此呼应，形成吴越文化特有的水上烟波。

　　这座云龙桥在铜罗的仙南村，玄真子带给它千年古韵，而铜罗，真的是古运河上的活码头，它名字的来历就是一个千年故事。

　　铜罗即曾经的严墓，严墓又是曾经的铜锣，这个拗口的故事得从唐朝以前的"澄源"说起。如今的铜罗仍有"澄源桥""澄源湾"这两个地名，就是与这片古老土地的原称"澄源"有关。

　　澄源在唐德宗初年受了百年不遇的水灾，村庄冲垮，良田淹没，受灾百姓生活艰难。"汾阳王"郭子仪此时已是被唐德宗尊为"尚父"的朝廷重臣，他奉旨代天巡视，南下抚民。在澄源体察民情时，得知境内有一处荒天池，四面环水，荒无人烟，最近发大水后，池岛上突然出现了一对野猪精和一大群小野猪精，每晚离岛窜至澄源乡间，践踏残存的庄稼，伤及村民，附近乡里人心惶惶，百姓白天也不敢下地种田，晚上更闭门熄火胆战心惊。

　　战将出身的郭子仪听闻之后立即决定为民除害，当夜就亲率副将李光弼等隐藏在荒天池对面的几个道口，准备捉拿野猪精。

说也奇怪，当真似野猪成精，预知了消息，竟一连数夜不见踪影。

于是郭子仪想了一个办法，命人用竹木在北澄源庄中搭建高台，定铸了一面大如圆桌的铜锣悬挂在观望台中央，派将士日夜轮流在高台观望野猪动静，一旦野猪出没进入伏击范围就敲响大铜锣。

数日后的一个深夜，野猪群出现了，锣声似响雷在夜空炸响，斩妖大战开始了。

澄源百姓被锣声惊醒，也举着火把从四面八方赶来助阵，目睹了郭子仪诸位将士铲除了"野猪精"——发大水从吴淞江游水过来的野猪群。

此后，澄源百姓就保留了观望台以及这面大铜锣，一为纪念和感恩郭子仪，二为保一方百姓安居乐业。每逢农历初一、十五就敲响大锣三声，以示吉祥，逐渐"铜锣村"的名字替代了"澄源庄"。

敲大锣一直沿袭到宋乾道七年（1171），铜锣建起了"汾阳王庙"，俗称郭将军庙，把敲锣活动移到了庙里，改为敲钟、击鼓。这座江南罕见的汾阳王庙至今仍保存着后殿、偏屋等处，香火不断。

"铜锣"的名字就这样叫到了元朝，这里的烧酒和肥猪都很出名。它的酿酒历史可追溯到吴越春秋时期，吴王离宫附近的民间酿酒作坊精心酿制的宫廷贡酒"吴酒"当时已闻名吴越。铜锣酿的主要是黄酒，在元代至正年间，一个方姓术士在酿酒取土封坛时挖到地下古墓，查看碑文发现竟是西汉名满四海的辞赋家、世称"严夫子"的严忌之墓，这下非同小可。

严忌即庄忌，东汉时因避讳明帝刘庄，庄姓的人口都改称了严姓。严忌曾是吴王刘濞的文学侍从，以文辩著名。刘濞策划谋反，严忌进谏劝阻未果，于是离开了吴国，后来成为梁孝王刘武的门客。

严忌是与司马相如、枚乘同时期的辞赋大家，两千多年过去了，其二十四篇辞赋仅留存一篇，就是收入《楚辞》的名作《哀时命》，这篇当时风靡文坛的辞赋借哀叹屈原的时命不济，抒发了自己同样身逢暗世、不遇明君的境遇，吟咏先贤的高风亮节也表明自己的心志，把知识分子共同的苦闷和抗争都真情实感地阐发了出来，引发了千百年来读者的共鸣。他提出退身穷处、除累返真的人生哲学，被文人推崇，后世族人出了一位著名隐士严子陵（即严光），历代许多诗人用典都会提到他。

铜锣发现严夫子的墓之后，这里就称作了"严墓"，这样一直叫了六百年，来到了新中国的 1956 年，再次更名，为书写方便，有了"铜罗"的称谓。

铜罗，桃源，青云，是真正的吴根越角，多年前我第一次到铜罗的时候，亲自体验了一回古诗所述的地理环境"登桥跨吴越，鸡鸣闻江浙"，走过一座太师桥就到了浙江桐乡的乌镇，来到了文学前辈茅盾的故乡，那时乌镇还没开发成现在的样子，木心先生也尚未回归。

桃源烂溪塘上有座九里桥，是古运河上的一座小巧玲珑的纤桥，就是因与乌镇距离九里地而得名。这里桥桥相通，水水相连，江浙相接浑然一体，因此明代学者徐霞客游历至此，夜宿运河边古村落——桃源"胡店村"的时候，把它归入了《浙游日记》："直西二十余里，出澜溪之中。西南十里为前马头，又十里为师姑桥，又八里，日尚未薄崦嵫，而计程去乌镇尚二十里，戒于萑苻，泊于十八里桥北之吴店村浜。其地属吴江。"

不知当年徐霞客在此留宿时，有没有来一坛铜锣黄酒一解风尘，再配上本地绝佳的红烧羊肉。想想都美。

铜锣的红烧羊肉在乾隆下江南品尝之后，因得到乾隆夸赞而成为"网红食品"，制作方法也成了秘方。不过大方的铜锣把秘方传给了周边兄弟村镇，桃源红烧羊肉也名声很响。若你来此旅游，可得尝一尝这些经久流传的美酒佳肴

第二章　飞虹

长虹落影，时光映画

1

八百多年前一个即将冬尽春来的夜里，从苏州石湖出发的一艘小船，在春水初生的江面缓缓行进，船上的诗人在石湖范成大别院创作了两支新曲。此时月色正好，小船摇荡着进入松陵地界，垂虹桥好似一道长虹横跨两岸，雄伟壮观，诗人乘兴吹起了箫，一位妙龄女子在身旁和着旋律轻轻地吟唱着：

旧时月色，算几番照我，梅边吹笛。唤起玉人，不管清寒与攀摘。何逊而今渐老，都忘却春风词笔。但怪得竹外疏花，香冷入瑶席。

江国，正寂寂。叹寄与路遥，夜雪初积。翠尊易泣，红萼无言耿相忆。长记曾携手处，千树压西湖寒碧。又片片、吹尽也，几时见得。

女子唱的就是诗人作的新曲之一《暗香·旧时月色》，曲罢回首，烟波浩渺，诗人即兴又作一首《过垂虹》：

自作新词韵最娇，小红低唱我吹箫。

曲终过尽松陵路，回首烟波十四桥。

雪落梅花之后，略有清寒的江南月色里，一位身着浅白长袍、衣袂飘飘的诗人，幽幽吹着箫，身旁一袭红裙的小红款款吟唱，小船悠悠荡荡在袅袅烟波里，断续声随断续风……好一幅动态水墨。

这幅绝美画面，这段来自南宋的箫声，始终在垂虹一带，跨时空浮现着。

这个诗人便是南宋词坛的"白石老仙"姜夔，吟唱的女子小红，是姜白石离开石湖时范成大所赠侍女。

小船悠荡着行往苕溪（今湖州），诗人一路作着《除夜自石湖归苕溪》，作到第七首，他望着远方轻声吟哦：

笠泽茫茫雁影微，玉峰重叠护云衣。

长桥寂寞春寒夜，只有诗人一舸归。

行舟在茫茫太湖，水面上若隐若现几只雁影，云雾中时有时无几座山峰，微寒空阔的春夜，长桥静卧，一片清幽，只有诗人的一只小船在浩淼的湖水中缓行。透过历史的长镜头，小舟渐如墨点，长桥变作一线……点线面拉开无尽宇宙空间，天地苍茫，垂虹一影。

这是一幅经典的垂虹映画，时空记取，流传千年。

诗人心里的垂虹印记，成了他的情愫标点。五年后，姜夔与几位友人从德清前往无锡，由苕溪入太湖，夜过吴淞江，再次来到垂虹桥，与友人们迎风漫步桥上，回想起往事，同样又是冬夜，而小红没有同行，范成大也已逝去三载，心境起伏间不能自已："道经吴淞。山寒天迥，云浪四合。中夕相呼步垂虹，星斗下垂，错杂渔火，朔吹凛凛，厄酒不能支。"这是《庆宫春·双桨莼波》序中所记，词曰：

双桨莼波，一蓑松雨，暮愁渐满空阔。呼我盟鸥，翩翩欲下，背人还过木末。那回归去，荡云雪、孤舟夜发。伤心重见，依约眉山，黛痕低压。

采香径里春寒，老子婆娑，自歌谁答。垂虹西望，飘然引去，此兴平生难遏。酒醒波远，正凝想、明珰素袜。如今安在，惟有阑干，伴人一霎。

诗人怀古伤逝，千古兴衰与今昔哀乐融于一体，垂虹桥上西望，婆娑起舞独自放歌又有谁来应答？只怅然远去，唯心中长桥落影，念念感怀。

垂虹桥与诗人心，彼此相连，从古至今。

2

江南水乡，水多，桥也多。水波上弯弯一道横跨两岸，似飞虹一架，自古以来已像是一个符号般的存在，成了艺术化江南景致的代言。早在唐朝，被称作"万里桥头女校书"的才女诗人薛涛，就曾作诗《江月楼》：

秋风仿佛吴江冷，鸥鹭参差夕阳影。

垂虹纳纳卧谯门，雉堞眈眈俯渔艇。

阳安小儿拍手笑，使君幻出江南景。

薛涛一直生活在四川，不曾出蜀到过吴江，这是她幻化出的江南景。初唐时期崔信明那句"枫落吴江冷"的意象已经深入诗人心，给了中唐薛涛最有江南意旨的想象。桥若垂虹卧波，也是女诗人独有的浪漫遐思，仿佛已穿越到未来，目睹了这一东南胜景，此时，离吴江城真正名为"垂虹"的长桥诞生，还隔着几百年的时光。

也许是上天有意，几百年后的北宋时期，大理寺丞李问来到吴江任知县，庆历七年冬（1047），与吴江县尉王庭坚商议筹资兴办学校，可是数百万缗钱筹集到位后，朝廷政策变了，"郡县不可新立学"，怎么办呢？

商量之下县府决定将钱款用来为民造桥，既利于吴淞江两岸的通行，又利于泄洪，更是千秋功业。

泄洪一直是太湖流域要紧的民生课题，单从史书里一个"浪打穿"的地名就能感受到太湖水风高浪急——据说此名字的来由一是惊涛拍岸打穿岸石，一是芦苇丛生一望无边，唯有浪头压过芦苇方可看到远方边际。自此处风浪奔涌而始的吴淞江自然也是浩瀚广阔，对岸望过去"牛羊难辨"，通行只能靠船只摆渡。

现在上天给了机缘，用这笔款项造桥利通往来，再修固吴江塘路，古湖堤就可全线贯通了。

于是开始了建设工程，用了数以万计的木料，历时一年，于庆历八年（1048）建成一座六十二个桥拱、长达一千三百余尺的木桥。桥身色泽绛红，如同赤色长虹，"长虹截湖跨江，便来济往，安若复道"（北宋钱公辅庆历八年六月二十八日所记《利往桥记》），所以名为"利往桥"，成为当时江南最长的桥，俗称"长桥"，如南宋诗人武衍《长桥月夕》云："卷来沧海黄银浪，飞出层云白玉团。千古垂虹奇绝处，独凭三百赤阑干。"

长桥两堍分别建有"汇泽""底定"两座凉亭，方便路人歇息；桥的中央建了四方形的亭子，亭上飞檐雕饰着翚鸟，八根柱子上金色雕龙首尾缠绕，"登以四望，万景在目"，像登上了虹顶，此即"垂虹亭"。渐渐地，长桥也被诗意地称作垂虹桥。这个名字远播万里，刻进了时间的脉络，直到今时今日。

唐代薛涛描摹的幻象穿过几百年的光阴，在宋代落入了现实，像诗意有了具象所依，也穿过时空对杜牧"长虹卧波，未云何龙？复道行空，不霁何虹？"的诗句有了原景呼应。天下文人墨客纷纷到访，一探垂虹烟波，留下诗篇，留下故事，留下一段段动人乐章。

从北宋年间（1048）初建成，历经辉煌灿烂、战火毁损、再行修治，到民国时期又一次进行了重新修复，直到二十世纪六十年代（1967）的轰然塌陷，长桥载着时光，伴随着松陵，在岁月的河床沉淀出历史的层层底蕴。

3

我常在断桥周围漫步，春夏秋冬景致各有不同，却总有一种相同的感受：我像站在时间的路口，古渡头，长桥右，清风吹皱树影，那波纹里似乎荡开了许多的曾经，念念之间，忽如故人来。

那就登上时光列车，去会一会在此经过的他们，看一看他们诗书画卷的重现。

先回到北宋。垂虹桥建成闪亮登场，以其宏伟艳惊了四方。

第一批到访并题诗的名家应属当时隐居在苏州沧浪亭的苏舜钦——我是从时间上推算判断得出的结论，长桥建成的这一年（1048）正逢苏舜钦复出欲任湖州长史，未及到任便已故去，年仅四十。他人生最后一个中秋夜留给了刚刚竣工投入使用的垂虹桥：

> 月晃长江上下同，画桥横绝冷光中。
> 云头艳艳开金饼，水面沈沈卧彩虹。
> 佛氏解为银色界，仙家多住玉华宫。
> 地雄景胜言不尽，但欲追随乘晓风。

苏舜钦这首《中秋松江新桥对月和柳令之作》一出，立即就成了典范流传开来，特别是"云头艳艳开金饼，水面沈沈卧彩虹"一联更是成了最符合长桥气势的佳句。欧阳修在《六一诗话》中评说："松江新作长桥，制度宏丽，前世所未有。苏子美《新桥对月》诗所谓'云头艳艳开金饼，水面沉沉卧彩虹'者是也。时谓此桥非此句雄伟不能称也。"

苏子美即苏舜钦，他还曾作《松江长桥未明观渔》，或可想象，就是

在这一夜长桥观月后，渐渐东方欲晓，月落白烟似的江面，晨雾中渔艇
隐约浮现：

> 曙光东向欲胧明，渔艇纵横映远汀。
>
> 涛面白烟昏落月，岭头残烧混疏星。
>
> 鸣榔莫触蛟龙睡，举网时闻鱼鳖腥。
>
> 我实宦游无况者，拟来随尔带筌箵。

"子美笔力豪隽，以超迈横绝为奇"（欧阳修《六一诗话》），竟英年
早逝，甚为可惜。苏子美当年因支持范仲淹的庆历革新被弹劾后无心宦海，
到苏州以四万钱买下废园修筑沧浪亭闲居，作了《沧浪亭记》。欧阳修应
邀作《沧浪亭》长诗，一句"清风明月本无价，可惜只卖四万钱"使得
沧浪亭名声大噪。时至今日，沧浪亭成为著名景区，里面就有一副绝妙
对联——清风明月本无价，近水远山皆有情。下联摘自苏子美《过苏州》
中的"绿杨白鹭俱自得，近水远山皆有情"。这是清代学者梁章钜做江苏
巡抚时的集句，欧阳修与苏子美的诗文联手，上下契合简直天衣无缝，
成就了千古美谈。

苏子美《新桥对月》流传开后，引起很大反响，更多的才人前来现场
观赏吟咏，无为子杨杰来了，《舟泊太湖》有诗云：

> 区区朝市逐纷华，不信湖心有海槎。
>
> 八十丈虹寒卧影，一千顷玉碧无瑕。
>
> 古今风月归诗客，多少莼鲈属酒家。
>
> 安得扁舟如范蠡，烟波深处卜生涯。

他的颔联"八十丈虹寒（一作晴）卧影，一千顷玉碧无瑕"同样出彩，
垂虹桥的雄姿尽显，堪称千古名联，其他诗人还能怎么写？

《宋史》中称赞"词章豪伟峭整，流辈莫敢望"的诗人郑獬与友人一起来了，游览垂虹胜景后作诗《题垂虹桥寄同年叔枨秘校》：

> 三百栏干锁画桥，行人波上踏灵鳌。
>
> 插天蝃蝀玉腰阔，跨海鲸鲵金背高。
>
> 路险截开元气白，影寒压破大江豪。
>
> 此中自与银河接，不必仙槎八月涛。

这首诗果然是豪伟峭整，颔联"插天蝃蝀玉腰阔，跨海鲸鲵金背高"直接把气势宏阔的垂虹景致推向了仙境。"蝃蝀"即彩虹，最早出现在《诗经》，读音同"地东"。长桥与插天的彩虹、跨海的鲸鱼相比拟，如此豪迈雄姿，正是垂虹桥给人的观感，数百栏杆护着千里长桥像幅画，行人走在桥上像凌波水上踏着灵鳌而过，此水好似与银河相接，险路中截开一段白雾，桥影压过浩瀚江水，无需仙船即可渡过波涛。

垂虹桥的千古仙名从此拉开了帷幕，苏子美的"云头艳艳开金饼，水面沈沈卧彩虹"，无为子的"八十丈虹寒卧影，一千顷玉碧无瑕"，郑云谷的"插天蝃蝀玉腰阔，跨海鲸鲵金背高"，被世人称为垂虹桥三大名联。

4

还是北宋，来说说大文豪苏东坡和他的朋友们与垂虹桥的缘分。

苏轼是在被贬黄州之后，效仿白居易躬耕东坡开始自号东坡居士的，在他还没有成为苏东坡的时候，在杭州任上结识了湖州人士张先（字子野），两人相隔四十多岁，一个是意气风发的青年才俊，一个是豪爽幽默的白发老翁，却成了情义相契的忘年交。张先与苏轼的老师欧阳修是同榜进士，曾于康定元年（1040）任吴江知县秘书丞，与苏轼结交时已是"退休享乐"状态，热衷创词作曲，常与友人在苏杭之间登山临水，饮酒唱酬。

张先擅长作慢词小令，比如首创《师师令》，词与柳永齐名，是北宋词坛婉约派代表人物之一，不过民间对他印象最深的恐怕是苏轼调侃的"一树梨花压海棠"。张先情感丰富，词句细腻有巧思，有许多名句，譬如"心有双丝网，中有千千结"。当时他还被人称作"张三中"，因其《行香子》词有"心中事、眼中泪、意中人"流传甚广，他得知后自嘲道："那不如叫'张三影'，我词中'云破月来花弄影'，'娇柔懒起，帘幕卷花影'，'柳径无人，堕轻絮无影'皆是得意之作。"于是"张三影"这个称号不胫而走。其实张先不止这"三影"，还有"一影"留给了吴江垂虹："桥南水涨虹垂影，清夜澄光照太湖。"

南宋著名词人叶梦得《石林诗话》中评议前辈张先"能诗及乐府，至老不衰"。苏轼此前只写诗作文并不填词，就是在张先的影响下才开始写词，开辟了宋词的豪放一脉。

熙宁七年（1074），苏轼结束了杭州通判生涯，得诏去密州任职，与杨绘（字元素）同舟前往。八十五岁的张子野约陈舜俞（字令举）一路相送苏轼去密州，顺路探访在湖州的共同好友李常（字公择），相约刘述（字孝叔）一起到松江垂虹亭设宴聚会。

碧波之上升起一轮皓月，几个好友对月饮酒唱和，好不畅快淋漓。

酒至微醺，月到天心，风来水面，清雅至极。子野兴致高昂，即席写下一首《定风波》，史称"前六客词"：

西阁名臣奉诏行，南床吏部锦衣荣。中有瀛仙宾与主，相遇，平津选首更神清。

溪上玉楼同宴喜，欢醉，对堤杯叶惜秋英。尽道贤人聚吴分，试问，也应旁有老人星。

这一次垂虹月色下的欢畅聚会刻入了时空，成为经久难灭的美好记忆。

七年后的元丰四年（1081）冬，这时的苏轼已是东坡居士，在黄州临皋亭回忆这段难忘的垂虹雅集，而今六客中子野、孝叔、令举已不在人世，松江亭也在此年夏天的大浪中损毁，追思之间恍如一场梦，遂写下《记游松江》：

吾昔自杭移高密，与杨元素同舟，而陈令举、张子野皆从余过李公择于湖，遂与刘孝叔俱至松江。夜半月出，置酒垂虹亭上。子野年八十五，以歌词闻于天下，作《定风波令》，其略云："见说贤人聚吴分，试问，也应旁有老人星。"坐客欢甚，有醉倒者，此乐未尝忘也。今七年耳，子野、孝叔、令举皆为异物，而松江桥亭，今岁七月九日海风架潮，平地丈余，荡尽无复孑遗矣。追思曩时，真一梦耳。元丰四年十二月十二日，黄州临皋亭夜坐书。

熙宁七年那次垂虹亭上夜谈畅饮的欢聚过去十五年后，苏东坡以龙图阁学士再次出任杭州，途经吴兴时，与张仲谋、曹子方、刘景文、苏伯固、张秉道同席，忆起往昔"前六客"千里相送的情谊，感念其他五人皆已作古，仲谋提议作后六客词，于是苏轼即席作《定风波·月满苕溪照夜堂》，史称"后六客词"，呼应了熙宁七年那次难以忘怀的垂虹夜宴雅集。

前前后后的文字记录，是垂虹的人文史，让后人有了在此缅怀追忆的线索。

苏轼与垂虹的缘分并不止这些，把时间往回拨到元丰二年（1079）四月，此时"乌台诗案"还未发，苏轼正从徐州调任湖州，他约了学生秦观和好友参寥一同相会松江，重游垂虹桥，几大诗人分韵作诗吟咏，风雅而快乐，苏轼作诗《与秦太虚参寥会于松江而关彦长徐安中适至分韵得风字二首》：

枫江漫——古诗词里巡游吴江

其一

吴越溪山兴未穷，又扶衰病过垂虹。

浮天自古东南水，送客今朝西北风。

绝境自忘千里远，胜游难复五人同。

舟师不会留连意，拟看斜阳万顷红。

其二

二子缘诗老更穷，人间无处吐长虹。

平生睡足连江雨，尽日舟横擘岸风。

人笑年来三黜惯，天教我辈一樽同。

知君欲写长相忆，更送银盘尾鬣红。

旧地重游，不免怀念，苏轼想起熙宁七年那次的欢聚，仿佛还在眼前，而今张先已经故去一年了，不由得感叹"胜游难复五人同"。

秦观接着作《与子瞻会松江得浪字》：

松江浩无旁，垂虹跨其上。

漫然衔洞庭，领略非一状。

恍如陈平野，万马攒穹帐。

离离云抹山，窅窅天粘浪。

烟中渔唱起，鸟外征帆扬。

愈知宇宙宽，斗觉东南壮。

太史主文盟，诸豪尽诗将。

超摇外形检，语笑供颉颃。

嫏娟弃不追，拨剌亦从放。

独留三百缸，聊用沃轩旷。

众人只知"山抹微云君"秦少游写的词温柔迤逦，不知其写诗却如此豪俊，笔法轻盈地道出了吴淞江的浩大、垂虹桥的宏阔，难怪苏轼对他的才华倍加青睐。

随行的参寥，即诗僧道潜，是苏轼的方外好友，在诗坛享有盛名，作《吴江垂虹亭同赋得岸字》：

> 蜿蜒跨长虹，吴会称极观。
>
> 沦涟几万顷，放目失垠岸。
>
> 倒影射遥山，青螺点空半。
>
> 从来夸震泽，胜事无昏旦。
>
> 破浪涌长鬐，排空度飞翰。
>
> 肺肝入清境，划若春冰泮。
>
> 安得凌九垓，从公游汗漫？

诗僧眼里的垂虹桥是"极观"，遥遥在望的洞庭山像是浩瀚太湖之上一枚青螺，而垂虹桥这一架长虹，是凌于九霄的一轮飞渡，可以直达太虚仙境，无边无际，任意遨游。

苏轼言其"诗句清绝，可与林逋相上下，而通了道义，见之令人萧然"（《与文与可》）。据北宋学者张邦基在《墨庄漫录》中记载，道潜本姓何，字参寥，自幼出家，名昙潜，结识苏轼后，苏轼改其名为道潜。苏轼遭贬谪居黄州后，道潜亦跟从到黄州居留一年多时间。苏轼贬居海南时，道潜打算渡海相随，苏轼极力劝阻才没成行。因与苏轼的友好关系，道潜竟受牵连而治罪还俗，直到苏轼离世后一年方受诏复还，授赐号"妙总大师"。

继续说北宋。苏东坡还有个忘年交要出场了，就是比他小十五岁的米芾，字元章，别名米襄阳、米南宫。

米芾诗书画俱佳，不过最以书法闻名于世，与苏轼、蔡襄、黄庭坚合称"宋四家"。由于性格怪异，"衣冠唐制度，人物晋风流"，因此也世称"米癫"。

米芾自幼练书法，十岁时开始临摹苏轼，是苏轼的忠粉。多年后，终于有了第一次会面。

这是在元丰五年（1082）的三月，苏轼被贬至黄州的第三年，此时还未到寒食，所以还没诞生那幅旷世极品《寒食帖》。米芾这时三十一岁，刚从长沙卸任经黄州欲回京城待命，特意黄州驻留，前去拜访正在低谷期的偶像。

两人初见即相谈甚欢，苏轼铺纸作画，画竹，画枯木怪石，米芾读出了其中的况味，在《画史》中写道："子瞻作枯木，枝干虬屈无端，石皴硬，亦怪怪奇奇无端，如其胸中盘郁也。"此乃知己者言。

苏轼首立"士人画"概念，开创文人写意画先河，米芾发展自创了"米点山水"，风格平淡天真，两人书画、收藏交往切磋，从初见开始，直到苏轼生命的尽头，保持了长达二十年的深厚友谊。

作为文人墨客纷纷打卡的胜景垂虹，为艺术痴狂的米癫自然是要来一睹真容的，他来得还挺不容易，如《吴江舟中作》所写：

> 昨风起西北，万艘皆乘便。
>
> 今风转而东，我舟十五纤。
>
> 力乏更雇夫，百金尚嫌贱。
>
> 船工怒斗语，夫坐视而怨。

添楗亦复车，黄胶生口咽。

河泥若祐夫，粘底更不转。

添金工不怒，意满怨亦散。

一曳如风车，叫唉如临战。

傍观莺窦湖，渺渺无涯岸。

一滴不可汲，况彼西江远。

万事须乘时，汝来一何晚。

诗中记录了这一路逆水行舟之艰难，昨日还是顺风，今日风向逆转，船夫奋力划桨，纤夫卖力拉纤，结果力乏生怨，嫌报酬少了，添金加价之后，重新上路，船夫们兴致高涨，加倍卖力，飞速前行。米芾也在这种状态下旁观莺窦（胆）湖的无涯无际，在乘风破浪中感怀"万事须乘时"，一书而就这首颇有生活趣味的五言诗。

米芾大字行书墨迹不多，以这幅《吴江舟中诗卷》最为著名（现藏于美国大都会艺术博物馆），该卷落款处有"朱邦彦自秀寄纸，吴江舟中作，米元章"，写明是米芾在吴江舟中为朱邦彦所书。米氏行书潇洒奔放而又严于法度，苏东坡亦盛赞其书法技艺"如风樯阵马，沉着痛快"。

米芾到达松陵的时候秋色正浓，登上垂虹亭远望，烟水长天，好景怡然，遂激情作诗《吴江垂虹亭作》：

断云一片洞庭帆，玉破鲈鱼金破柑。

好作新诗寄桑苎，垂虹秋色满东南。

这四句诗初看平常，细品则层层叠加，似有七彩光环般的美意——

第一层：太湖上有洞庭山（《水经注》写作苞山，因岛东北有洞山、庭山，故称洞庭山），此处意指这一片广阔水域，极目远望，水天相接，开阔的水面上一片孤云像是远帆，或是浩渺湖面上远远一片孤帆像是天上落下的断云，这是一幅极具空间美感的悠远画面。

第二层：有地域特点和情怀指涉的鲈鱼、柑橘出场，破开后，一个洁白如玉，一个灿若黄金，金对玉撞击出色彩亮丽的视觉美。这是此地两大美食特产，松江鲈鱼因张季鹰而名扬天下，美味与内涵自不必说，洞庭山盛产的橘子也是吴地的骄傲。此处可能会有较真的朋友抬杠："柑是柑，橘是橘，米南宫这里一定是搞错了！"且不说米南宫对错，就说在这么美的秋色诗意里纠结生物知识岂不大煞风景？此处合辙押韵，我们只说这洞庭山的红橘，白居易初次入太湖时留诗《宿湖中》，其中有句"浸月冷波千顷练，苞霜新橘万株金"应该就是最好的写照。每当秋日，橘子红了，漫山尽染橘红秋色，剥一粒入口，汁甘味美，就如品尝到了这一抹秋色，而橘本身也是文人心中高洁不媚的代表，米南宫正是在这种美景美食与美好的心情中陶醉才"好作新诗"，进入了第三层——

如此美好的情境之下，自然想起此处曾有过的风雅，这一片水域，曾有过江东步兵张季鹰、江湖散人陆龟蒙，还有烟波钓徒张志和、桑苎翁陆鸿渐，想来诗人的"癫狂"与茶圣陆羽的"魏晋性情"最相投契，因此想象遥寄桑苎翁，品茶共饮一江水，文人之乐尽在其中，引出第四层——如此韵味丰富的秋色岂不盛满了东南？四层诗句的递进中蕴含着更细微的小层次，叠加而成一道七彩虹光，与垂虹桥影融为一体，亦真亦幻。

接着还有四句诗继续描绘太湖：

> 泛泛五湖霜气清，漫漫不辨水天形。
> 何须织女支机石，且对姮娥称客星。

五湖即太湖，白霜云雾水天相连，浑然一体，漫漫无边，无须寻找织女的支机石来证明仙境，遇到嫦娥只需说是误到天境的客人。诗人境界开阔，意气豪迈，这种气势也融入了书法，好诗配好字，真是美上加美的绝品，当他挥毫把一组好诗落笔在一匹生绢上，就诞生了书法界的经典名帖——《蜀素帖》，经世代流传已成了稀世珍宝，如今收藏在台北故宫博物院。

江水改道，世代变迁，垂虹亭实体已成历史云烟，幸好，可在这些艺术作品里永存。

每到秋天，松陵秋色依然多姿，有如此浓厚的人文色彩做背书，垂虹秋色又何止誉满东南。

6

北宋时期是垂虹桥的一个开场高潮，当世文化名人、达官政要几乎都不惧千里前来游览，王安石到访时写过一首长诗《垂虹亭》，头四句就气象浩荡："三江五湖口，地与天不隔。日月所蔽亏，东西渺然白。"接着又抒发道："漫漫浸北斗，浩浩浮南极。谁投此虹霓，欲济两间厄。"诗人早晨就坐在亭子里，兴致盎然地持酒与宾客谈笑，直到过午日斜，众人"颇夸九州物，壮丽此无敌。荧煌丹砂柱，璀璨黄金壁"。丹砂柱与黄金壁并非是为了烘托金碧辉煌的虚指，千尺长桥的数百栏杆确实都是赤色，亭中雕刻的蛟龙俱是金色，坐在亭中，轻风里举目四望，碧波万顷尽收眼底，不远处就是华严塔、三高祠、钓雪滩，不仅有自然美景，兼有人文情思，清逸间何其快哉。

垂虹桥不仅是桥身色红，真就是那个时代闻名全国的火爆"网红"景点，就算没有来过也听说过或读到过相关的诗词歌咏，因此出现在那幅反映大宋美好江山的《千里江山图》中是令人信服的，图中长虹般的木桥宛若游龙，桥上一亭翼然，行人清晰可见，几乎就是垂虹绘影，虽然这幅著名青绿山水中的长桥是否实指垂虹桥，在现今学术界尚有争议，但垂虹桥曾经的气势与壮美却是没有争议的。

名声在外的垂虹桥，本地百姓日日经过司空见惯，只视其为利通往来的长桥，那本地文人笔下又是怎样的呢？

说到这一时期的吴地文人，不得不提及苏州人朱长文，字伯原，号乐圃，是北宋书学理论家，比苏轼小三岁，为嘉祐四年（1059）进士，与前文出场过的无为子杨杰是同年进士，不知杨杰来吴江留下"八十丈虹寒卧影，一千顷玉碧无瑕"的时候，朱长文是否陪同在侧。

朱长文进士及第的第二年，坠马摔伤了腿落下残疾，因此不肯跛足出仕，从此居家阅古著书，后来在苏轼等人的推荐下，成为本州教授，召为太学博士，修筑藏书楼为"乐圃坊"。据《吴郡志》记载："乐圃，朱长文伯原所居，在雍熙寺之西，号乐圃坊。坊中有高冈清池，乔松寿桧。"

乐圃坊环境清雅，藏书两万余卷，声名惊动京师。当时有名士大夫到苏州来则必到乐圃坊探访，文人间还流传着一种说法：到苏州而没到乐圃坊，意味着不懂文化，没有品位，视以为耻。

家居二十年的朱长文写就了《吴郡图经续集》《琴史》《乐圃集》《墨池篇》等著作。他出生于琴学世家，对古琴历史多有研究，《琴史》问世后被称作琴学的"史记"，影响广大；《墨池篇》为书法理论汇编；《吴郡图经续集》则是非常丰富翔实的地方志，其《桥梁卷》中记载："吴江利往桥……东西千余尺，用木万计，萦以修栏，甃以净甓，前临具区，横截松陵，湖光海气，荡漾一色，乃三吴之绝景也。"

可惜乐圃先生的乐圃坊如今已不复存在，感兴趣的朋友可以追访乐圃原址的沿革，几经变身，如今又是怎样的面貌，千年古城的小巷故事别有况味。

回到北宋，作为对地方文化有所偏好的学者，家乡出现了百丈垂虹这样世所瞩目的新生物事，朱长文自然少不了游玩观赏。也是一个秋月夜，朱长文乘兴夜游吴淞江至垂虹亭，夜泊长桥，一连作了十首绝句抒发诗情：

其三

云动鉴中双桨飞，天围林外片帆归。

栏杆倚遍日云暮，坐看丹霞生翠微。

其六

长虹隐卧碧江心，梦寐频游觉莫寻。

欢友相逢清绝处，酣歌一夕抵千金。

其七

漠漠秋烟幂故园，沉沉暮色暝渔船。

月华未出诗翁远，乐事人间少十全。

其八

银潢倒泻入沧溟，身近鱼龙夜不惊。

鸣橹空飞孤雁过，渔灯照浦一星明。

其十

江里鲈肥味不膻，江头酒美滑如泉。

长桥为席云为幕，只欠洪崖笑拍肩。

　　十首绝句我选出五首与君共赏，发现没有，外来诗人多为吟咏垂虹桥的伟岸雄姿，因为这是目有所及的第一震撼，他们或许在此停泊逗留之后就扬帆远去，与垂虹"金风玉露一相逢"的惊艳之情多一些，而长期生活在此的本土诗人则不同，他们见惯了太湖的浩瀚、吴淞江的激涌，长桥再长、垂虹亭再气势非凡也像是自己家里的"亲眷"，吟咏中多了许多从容笃定和悠闲自在的亲切感，"漠漠秋烟幂故园"，诗人就像平常在自家后院流连一样"坐看丹霞生翠微","长虹隐卧碧江心"则"欢友相逢清绝处",鲈鱼正肥,美酒如泉,"长桥为席云为幕,只欠洪崖笑拍肩"。淡然的笔触,别致的生活,幽隐的情怀,在这样令人惊叹的宏伟中也处变不惊:"银潢倒泻入沧溟,身近鱼龙夜不惊。"

再看看比朱长文晚一辈的苏州人梅灏,他的《吴江太湖笠泽虹桥》:

> 水无浊浪地无尘,渺渺江湖天与邻。
>
> 占得沧波输钓叟,吟穷清景属诗人。
>
> 阴晴隐见山千叠,上下澄明月一轮。
>
> 欲画为图随处看,风光变态状难真。

梅灏熙宁六年(1073)进士及第后长期在外做官,直到元符二年(1099),以元祐党人被罢职。虽为本土人士,却长期奔波在外,对于故乡的垂虹胜景,诗人饱含深情,最后表示真想画一幅图带走,便于随时观看念想,可是晨昏四季景态风光时时变化,难以真切地画出这种种的美呀——诗人抒写的遗憾之情,又何尝不是对家乡景致的小小傲娇和深深眷恋。

7

垂虹桥的第一个小高潮过去了,时间来到了南宋。

南宋文人的主题大多是围绕抗金北伐收复江山,也就有了更多不尽如人意的愁思和迷茫。

靖康之耻后,金军大举进犯,中原沦丧,抗金名将宗泽的外甥黄中辅来到吴江,国事动荡,又闻听舅父宗泽病逝的噩耗,悲愤中题词《念奴娇》于垂虹桥上:

炎精中否？叹人材委靡，都无英物。胡马长驱三犯阙，谁作长城坚壁？万国奔腾，两宫幽陷，此恨何时雪？草庐三顾，岂无高卧贤杰？

天意眷我中兴，吾皇神武，踵曾孙周发。河海封疆俱效顺，狂虏何劳灰灭？翠羽南巡，叩阍无路，徒有冲冠发。孤忠耿耿，剑铓冷浸秋月。

诗人一腔孤忠，空怀激愤，怒发凭栏，秋月下剑锋闪出冷峻的光芒。

宋高宗建炎四年（1130），金兵在杭州大肆掳掠后，于北返途中遭到韩世忠和夫人梁红玉在镇江黄天荡的阻击而大败；岳飞在建康和镇江之间又把金兵打得落花流水；吴玠在青溪岭、彭原店再次挫败金兵。这种节节胜利的大好形势下，南宋朝廷却仍重用奸臣秦桧当宰相，大肆迫害抗金爱国人士，推行投降卖国之策，引起共愤，有一位没有留下姓名的爱国诗人在吴江长桥上愁肠百结，忧恨难抑，愤而题写《水调歌头·建炎庚戌题吴江》：

平生太湖上，短棹几经过。如今重到何事，愁与水云多？拟把匣中长剑，换取扁舟一叶，归去老渔蓑。银艾非吾事，丘壑已蹉跎。

脍新鲈，斟美酒，起悲歌。太平生长，岂谓今日识干戈。欲泻三江雪浪，净洗胡尘千里，不用挽天河。回首望霄汉，双泪堕清波！

词中"三江"指的是太湖的三大支流吴淞江、娄江、东江，诗人想要倾泻三江的水浪，灭尽金人侵略者，决不要休战求和。可是朝廷无意收复失地，让人伤心垂泪堕清波。

收复河山无望，南宋维系着半壁江山。

时光悠悠过去了一个甲子，垂虹桥迎来姜夔过松陵的那经典一幕，因其风雅有情、唯美有致，晚清光绪年间的著名画家任伯年曾画了一幅《小红低唱我吹箫图》，以不同形式再次演绎了这一桥段。

在姜白石贡献了这段名场面之前，南宋的垂虹桥还有一段传说般的公案。

话说在南宋绍兴年间的某天，有人行舟经过垂虹桥，偶然间在桥洞拱顶发现几排字迹，找了书生来看，竟是一首《洞仙歌》：

飞梁压水，虹影澄清晓。橘里渔村半烟草。今来古往，物是人非，天地里，唯有江山不老。

雨巾风帽。四海谁知我。一剑横空几番过。按玉龙、嘶未断，月冷波寒，归去也、林屋洞天无锁。认云屏烟障是吾庐，任满地苍苔，年年不扫。

书生叫绝，众人也惊异是谁能在穹顶之上题字？纷纷扬扬传说开是仙人吕洞宾来过了，你看其归处是道教十大洞天之"林屋洞"，又说"云屏烟障是吾庐"，叹"今来古往，物是人非，天地里，唯有江山不老"。俱是俯瞰人间流变的语气，岂不仙人也？

"吕洞宾遗墨垂虹桥"很快传到了临安，宋高宗赵构也从上报中读到这件事，这位皇帝对诗词格律音韵十分精通，一眼看出后段中"一剑横空几番过"的"过"，"林屋洞天无锁"的"锁"不在韵上，若按律与词中"晓、草、老、扫"合韵，极有可能是闽南话发音，也就是说这首词很有可能是福建秀才所为。赵构依此推断派人寻访，查出是福建晋江人林外，他有过醉酒题诗的先例，譬如《题西湖酒家壁》："药炉丹灶旧生涯，白云深处是吾家。江城恋酒不归去，老却碧桃无限花。"也是满满神仙气质，接下来一首至今妇孺皆知的《题临安邸》让这段公案更添迷思：

山外青山楼外楼，西湖歌舞几时休？
暖风熏得游人醉，直把杭州作汴州。

落款的名字过于潦草，是林外还是林升？"外"与"升"的连笔写法太过相近难以确认，因为这一带真有一个擅长诗文的士人叫林升，为浙江温州苍南人，这两个一字之差的同龄人让人们犯了糊涂。温州苍南一带方言发音与闽南语极为接近，有没有可能垂虹桥下的《洞仙歌》就是林升所为？

千古绝唱到底出自谁手，两种说法莫衷一是。

经年之后，人们已分不清谁是谁，林升、林外名下共享了这几首诗作。时移事迁，一个个诗人远去，垂虹桥独立在诗篇中，镌刻在了时光里。

8

南宋的杨万里是我很喜欢的诗人，他的诚斋体读来亲切生动，他多次来过苏州，也留给了垂虹不少小诗，《舟泊吴江》就一连三首，清新可人让人轻松，其中"江湖便是老生涯，佳处何妨且泊家。自汲松江桥下水，垂虹亭上试新茶"的心态真是让人称羡，仿佛是来垂虹桥畔生活的，停舟之处就是家，一切都是如此松弛自足。

诚斋曾在两年之中三次过吴江，每次到垂虹都落雪，他没有像辛弃疾那样状写吴江雪景"好卷垂虹千丈，只放冰壶一色"。他笑谈遗憾这个季节只有鲈鱼没有莼菜，因此作《鲈鱼》诗：

> 两年三度过垂虹，每过垂虹每雪中。
> 要与鲈鱼偿旧债，不应张翰独秋风。
> 买来一尾那嫌少，尚有杯羹慰老穷。
> 只是莼丝无觅处，仰天大笑笑天公。

杨万里对垂虹钟爱有加，《再登垂虹亭》也是一写就三首，其中一首写道："宿醒作恼未惺忪，一对湖光酒病空。身到吴中无好处，三年两度上垂虹。"而他的老友陆游更是来过之后怎么也忘不掉垂虹，出游到抚州写《拟岘台观雪》："垂虹亭上三更月，拟岘台前清晓雪。我行万里跨秦吴，此地固应名二绝。"精神遨游时写《秋波媚》："东游我醉骑鲸去，君驾素鸾从。垂虹看月，天台采药，更与谁同。"喝醉了写《醉中作》："却骑黄鹤横空去，今夕垂虹醉月明。"醒来后回忆梦境写《明日复理梦中意作》："高挂蒲帆上黄鹤，独吹铜笛过垂虹。"真可谓随时随地念念不忘。

杨诚斋、陆放翁的苏州本地好友范成大，他对垂虹桥的欢喜又多了一层对家乡的依恋不舍之情。他在《骖鸾录》中记录了一次留了又留的出行："乾道壬辰（1172）十二月七日出发去广西赴任，泊船姑苏馆。十四日，出盘门，遇阻大风雨，泊赤门湾（今觅渡桥）。十五日，从赤门（苏州古城门）出发，在松江上岸吃过早饭，送客入曜庵（吴江东门外）话别，至夜，登上垂虹桥，见霜月满江，万波闪动，一时不舍登舟离开，送的人也流连忘返，于是一起赏月，泊于桥下，次日再出发。"

隔着几百年的时光读着石湖居士行程中那些熟悉的地名和路线，有一种奇特的亲切感，再经过这些地方的时候会不会像是一种相逢。

从范成大的记录中看出，家乡的风物牵动着他的心，这一虹影怕是走到哪里都印在心里了，就如他留给垂虹的诗句："何处风烟寻祖武，此生功业记今游。长年剩看垂虹月，肯向鸥前说滞留。"

南宋时期吴江文人叶茵也曾作诗《垂虹桥》，又是一种风貌：

何年现彩虹，悬足控西东。
两地烟波隔，一天风月同。

吟咏垂虹桥的诗作在两宋期间已汇聚成河，每朵浪花都有不同的样子，浪潮涌过之后，还在继续奔流。

长桥的经典画面也频频出现在画作中，如青绿山水《千里江山图》中垂虹桥的元素，那是江山社稷一眼望去不能忽略的所在；南宋佚名画作《长桥卧波图》也精微刻画了碧波上的千里木桥、桥上的四方亭子以及岸边的华严塔寺，景致、空间走向和布局都与垂虹桥周边极为相符，虽然学术界对确切图景属地存在某种争议，但是对于熟稔这方文化地理的人深知，垂虹桥无需自证"我是我"。

9

宋元易代之际，许多文人不愿归元，选择出世修道或流浪他乡，心境皆如武衍诗句"故国荒城梦，空江倦客心"。

诗人马臻在宋亡后开始学道，吴江夜泊时作："不见天随子，令人逸兴孤。村砧声自答，岸鸟音相呼。河汉回西极，星辰入太湖。古情吟不尽，明月照姑苏。"

蒋竹山、吴梦窗等漂泊流浪以避世，都曾寓居吴江一带，金军战火也重创了垂虹桥，蒋竹山兵后寓吴叹浮云苍狗，对比之下昔日有多繁盛，此时就有多寥落。

诗眼倦天涯的张可久在《人月圆·客垂虹》中感叹："三高祠下天如镜，山色浸空蒙。莼羹张翰，渔舟范蠡，茶灶龟蒙。故人何在，前程那里，心事谁同？黄花庭院，青灯夜雨，白发秋风。"

在这具有隐逸意味的太湖上做个隐居贤者或许是他们共同的心声，《宋史》的杂文中有一则记曰："松江渔翁者，不知其姓名，每棹小舟游长桥，往来波上，扣舷饮酒，酣歌自得。"想必就是众多隐于此地的文人缩影。

宋王室后裔赵孟頫也包括其中，他已看淡了王朝更迭，与夫人管道升一同醉心书画，琴瑟和鸣，一生一世一双人地闲散度日，创作了许多山水画，曾题《渔父词》曰："侬住东吴震泽州，烟波日日钓鱼舟。山似翠，酒如油，醉眼看山百自由。"其中有幅著名的《垂虹秋色图》流传至今，现收藏于美国大都会艺术博物馆。

赵孟頫结交的隐逸朋友中，我比较喜欢的一位是钱仲鼎（亦作重鼎），字德钧，南通人，后来搬到了苏州百花洲居住，入元之后不再仕出，搬到吴江分湖筑屋隐居，号水村居士，人称水村先生，曾作《水村歌》："舟摇摇兮，风袅袅兮。波鳞鳞兮，鸥翩翩兮。扣舷渔歌兮，孰知其他兮。"每每读来都感觉特别逍遥放松，仿佛也跟随着水村先生在水上自在漂行。

水村先生博古通今，讲解《诗经》非常有名，常在静春堂读古籍。他在给这个书房的题诗中写道："闭门雪卧远，咏史风情留。诗有三百篇，令子手所衷。""一读令人喜，再读令人愁。李杜骨已朽，江湖名同流。"读来似有隔着几百年的互通之感。

水村先生曾题咏赵孟頫的一幅高士图，颇有《诗经》古风：

> 在昔洛阳，雪深丈余。
>
> 士也高卧，来令尹车。
>
> 今年吴淞，雪复何如。
>
> 积素一色，鸥鹭有无。
>
> 之子江皋，修亭是居。
>
> 有琴有书，有酒有鱼。
>
> 赏静独眺，聊以自娱。
>
> 挹兹清风，凛凛起予。
>
> 此景此图，再卷再舒。

心态如此悠然自在的水村先生，一直活到九十多岁无疾而卒。

赵孟頫曾以水村先生隐居的吴江分湖风光为蓝本，画了幅手卷《水村图》送给他，水墨幽远，安闲恬淡，水村先生作《水村隐居记》，诸多知名人士题咏其后。赵孟頫《水村图》流传到清代宫中，引起皇家帝王对江南景物的神往，在修建圆明园时特意设置了一处"水村图"的景点。

如今这幅画收藏在北京故宫博物院。

元泰定元年（1324），吴江东门运河上修建了一座单孔桥，即三里桥——石桥，而非木桥。州判张显祖提议修治毁败的垂虹桥，于是泰定二年（1325）动工，历经一年时间，垂虹桥也易木为石，重获新生。

参知政事袁桷《重建长桥记》中载："桥长一千三百尺有奇，椹以巨石，下达层渊，积石既高，环若半月，为梁六十有二，以酬剽悍。广中三梁，为尺三百，以通巨舟。层栏狡猊，危石巇岏。甃以文甓，过者如席。旧有亭，名垂虹，周遭巍峨，因名以增荣观焉。"

垂虹桥变身了，石头桥两端的汇泽亭、底定亭前各有一对石狮子镇守，桥洞环若半月，共六十二个，其中有三个特大桥孔可通巨舟，起伏间更似游龙卧于碧波，烟霞缥缈，气象万千。当世诗人吴景奎咏曰：

> 桥压吴江七十洪，行人如在水晶宫。
>
> 月明鹊翼横银浦，雨霁鲸波落彩虹。
>
> 西望太湖秋气白，东迎初日海霞红。
>
> 祖龙纵不明年死，鞭石安能有此功。

祖龙指秦始皇，鞭石即始皇造石桥有神人相助的典故。诗人热情洋溢歌颂了这一有如神迹般的重造。

石头垂虹桥开始了新的"桥生"。

10

元代在历史上是个比较特殊的时期。

忽必烈建立元朝后，元朝统治者将人分为四等，汉人在三等，南人（原南宋境内的）处在最底层，而且取消了科举和画院。汉家学子普遍精神苦闷又无力反抗，隐居江湖向内寻求心灵解脱的"文人画"在这种社会背景下得到了进一步发展，更注重自然的山水题材。赵孟頫是开元画新风的一代大家，在他的影响带动下，出现了著名的"元四家"。这四人都是太湖周边人士，黄公望常熟人，倪瓒无锡人，王蒙湖州人，吴镇嘉兴人。王蒙是赵孟頫的外孙，倪瓒与黄公望都曾师从赵孟頫，四个太湖周边的画家在松江一带常来常往，相互题画作诗交往密切。

"元四家"中，黄公望（字子久）年纪要比其他三个大很多。他生于南宋末年，在蒙冤入狱后再出来已经五十岁，才开始真正潜心作画。他在狱中时写信给好友杨载（杨载是颇受赵孟頫推崇的"元诗四大家"之一），他回复黄公望《次韵黄子久狱中见赠》，其中有四句是：

> 世故无涯方扰扰，人生如梦竟昏昏。
>
> 何时再会吴江上，共泛扁舟醉瓦盆。

瓦盆是民间粗陋酒器，喻指隐士生活。杜甫曾有《少年行》诗曰："莫笑田家老瓦盆，自从盛酒长儿孙。倾银注玉惊人眼，共醉终同卧竹根。"杨载化用杜甫诗意问：我们何时再在吴江上重聚呢？一起饮酒做个隐于太湖的散人。

他们向往江湖散人陆龟蒙那样的生活，吴淞江边三高祠里的高古先贤与垂虹桥遥遥相望，这里已是文人隐逸的理想家园。

倪瓒（字云林）也曾夜泊吴江城下，咏曰："人家近住江城外，月色波光上下天。风景自佳时俗异，泊舟闻咏白云篇。"有一段时间倪云林在松陵隐居，往来同里一带，吟诗作画留下不少篇章，如题咏《垂虹亭》：

> 虚阁春城外，澄湖暮雨边。飞云忽入户，去鸟欲穷天。
>
> 林屋青西映，吴松碧左连。登临感时物，快吸酒如川。

又作诗《过同里》：

依微同里接松陵，绿玉青瑶缭复萦。

为咏江城秋草色，独行烟渚暮钟声。

黄香宅里留三宿，甫里门前过几程。

借书市药时来往，不向居人道姓名。

诗中可见倪瓒在此生活十分自在，他的后裔也生活在这里，若干年后倪家小姐嫁入在同里世代经营榨油业的陈家，生下一个儿子，乳名庆林，就是后来我们熟知的陈去病，他晚年退居同里时构筑了"绿玉青瑶馆"，即从"依微同里接松陵，绿玉青瑶缭复萦"诗句中而来，此乃后话。

这里是隐逸者的理想家园，黄公望出狱后与朋友们经常在这一带相会，浪迹苏州松江乃至浙江，模山范水，自创"浅绛山水"画法，完成了那幅充满传奇的绝世之作《富春山居图》。

元代的时局造就了这些潜心山水的书画大家，他们的画技与理论为后来明代绘画的小高潮作了很好的铺垫。

诗歌到元朝发展出了散曲形式，写垂虹的元曲不能不提嘉兴人徐再思，他是当时比较著名的散曲作家，因喜甜食所以号"甜斋"，那句"平生不会相思，才会相思，便害相思"的甜蜜情话就是出自他的手笔。徐再思生卒年月不详，大约在 1280 年至 1330 年之间在世。有一次他在夜里来到垂虹桥，凭栏而立，望着浩渺江水里晃动着的清寒月光，对风慨叹，作散曲小令《普天乐·垂虹夜月》：

玉华寒，冰壶冻。云间玉兔，水面苍龙。酒一樽，琴三弄。唤起凌波仙人梦，倚阑干满面天风。楼台远近，乾坤表里，江汉西东。

——月亮闪着清寒的光芒，好像盛冰的玉壶悬在空中，那样洁白明净；云间游走的明月好似玉兔，水面横卧的长桥宛若苍龙，美酒一樽，瑶琴三弄，月色如梦，琴声如诉，此番美景仿佛能唤出凌波微步的神女，罗袜生尘，翩然而至。倚着阑干任天上来风轻轻拂面，放眼望去，远远近近的楼台殿阁灯火摇曳，乾坤内外，烟波浩渺，辽阔无际，不问西东。

散曲在壮阔处戛然而止，短短小令，却放入了无可称量深邃情感，天地无涯，人之所限，此中滋味，在曲外还在回旋。

垂虹桥下的江水日夜流淌，不足百年的元朝流过去了。

11

时间来到了大明王朝，垂虹桥经历了几次大的修缮。

1471 年重修后，吴江进士梅伦作《重修长桥记》，其中记载重修维持了原有的六十二洞，在垂虹亭右岸垒石修筑数间房舍以供宾客憩息。自此，垂虹桥周边更加商贾云集。

十年之后，再修垂虹桥，桥洞增为七十二孔，三起三伏，目之所及真是蜿蜒如游龙，垂虹桥变得更加雄阔，三个高高耸起的大桥洞平均分布其间，可通航海商船，学士钱溥《重修垂虹桥记》言："下开七十二洞，跨鲸波之阔，耸鳌背之俊。"

作为运河、吴淞江、太湖的交汇之地，南来北往的交通更加便捷，带来经济繁荣，文化昌盛。垂虹桥边每天都上演着迎宾与送别，夕阳中，平湖画舫、短亭别酒；月色里，天在水，星在河，一船清梦垂虹波……

让我们把时间直接推到明中叶，江南一带"文艺复兴"般地集中出现了一批非凡艺术家，垂虹史上最盛大的、艺术含量最高的一场"垂虹别意"雅集即将到来。

先来说说这些吴门才子、文艺大家。

在中国古代艺术史上，诗、书、画俱佳的"明四家"无疑独占一席重地，他们是沈周（字启南，号石田，晚号白石翁）、文徵明（原名文璧，号衡山居士)、唐寅(字伯虎、子畏，号六如居士)、仇英(字实父，号十洲)。

四位都是苏州人士，活跃在吴门地区，因此也称"吴门四杰"。沈周年纪最大，是他们的老师，因此年轻一代以唐寅为首又有"吴中四才子"：唐寅、文徵明、祝允明(字希哲，号枝山)、徐祯卿(字昌谷)，即世俗流传甚广的明朝"江南四大才子"。

沈周于明宣宗宣德二年(1427)出生在苏州相城一个富裕的书香世家，沈氏一门是不近官宦、历代布衣、以书画传家的望族。沈周的曾祖父沈良与"元四家"之一的王蒙是好友，王蒙踏雪夜访沈良的即兴画作沈家世代珍藏着，沈周受其画风影响开创了吴门画派；祖父沈澄诗画俱佳，曾以贤良征召入京，但不久就以生病为由辞归乡里，广泛交游自遣，育有二子，长子沈贞，因追慕陶渊明所以自号陶庵，次子沈恒即沈周的父亲。兄弟俩都很有才华，诗词唱和，隐逸自乐，后世钱谦益作《列朝诗集小传》中这样描述："风日晴美，兄弟被古冠服，登楼眺望，或时扁舟入城，留止僧舍，焚香瀹茗，累夕忘返。皆善绘事，妙处逼宋人。"

沈周就在这样的环境里成长，跟着伯父沈贞学诗作画，又师从陈宽、刘珏、杜琼等，他们都是淡泊功名醉心书画的一代大家。有一日刘珏舟泊吴江，无所事事倚在垂虹桥边闲看，作《泊舟垂虹桥》云："贳酒烹鲈敌暮寒，垂虹桥上倚阑干。行人笑指诗翁懒，不到城中访县官。"

老师如此，家境如此，自然而然就把沈周熏陶成了处世淡然的性格，也曾因诗文才情出众获得出仕显达的机会，他还是遵从本心选择了隐逸闲散的生活，一生在艺术世界畅游，好似杜甫这句"丹青不知老将至，富贵于我如浮云"，最终成为明代丹青第一人。

写过《运河志》的学者史鉴(字明古，号西村)是沈周的好友，后来两人成了儿女亲家。史鉴是吴江盛泽人，沈周常来往于吴江一带，创作了《吴江图卷》等诸多诗画作品，对垂虹桥也情有独钟，与此题材有关的作品都很有特色。如《垂虹暮色图》，画中烟波浩渺远山如黛，垂虹桥静卧如龙，暮霞照水，岸上华严寺塔耸立在树林里，庄严肃穆；还有一幅收进《两江名胜图》的《垂虹桥》，像是拉近镜头的局部特写，只画了十三个桥洞，但是方寸构图里，远有山影近有柳荫，桥上垂虹亭畔行人清晰，湖面上天高水阔，岸边渔舟桅杆耸立，沈周题诗曰："长虹引南北，横截太湖流。步月金鳌背，啸歌天地秋。"垂虹桥壮阔秋景如在眼前。

沈周四十三岁这年，也就是1470年，他未来的两个高徒——唐伯虎与文徵明相继出生，唐伯虎比文徵明略大几个月，出生在"最是红尘中一二等富贵风流之地"的阊门一户商贾人家，自幼聪慧伶俐，被称作神童，十六岁以第一名考中了秀才，成名乡里，而文徵明则有些"发育迟缓"，直到十一岁才能流利地说话，幸而父亲文林有耐心，外任为官时也带在身边亲自教导。文徵明在父亲的培育下也成为聪颖好学的少年。后来，好朋友唐伯虎高中乡试第一，而文徵明屡试不第，却对绘画艺术痴迷不已。文林与沈周是至交，见儿子如此热爱画画，就请老友沈周收之为徒。文徵明好学又肯下功夫，这个"笨小孩"厚积薄发，青出于蓝而胜于蓝，最终接过老师的衣钵成为吴门画派的中坚人物，一直画到九十岁无疾而终。文家也成为苏州一支重要文脉，如拙政园那株文徵明当年亲手种下的紫藤一样，绵延至今。

牛津大学艺术史教授柯律格研究了集书法、绘画、文学、鉴藏于一身的一代大家文徵明之后，认为文徵明的影响力相当于欧洲文艺复兴时期的意大利多面艺术家米开朗基罗，这种同时期中外人物类比研究很有意思，米开朗基罗比文徵明小五岁，同样是九十而卒。

江南四大才子中祝允明是年纪最长的，比文徵明和唐伯虎大十岁，与最小的徐祯卿相差十九岁。祝允明家族长辈与沈家相交甚好，祝允明七八岁时就与沈周认识并深得喜爱，跟着沈周学书画。唐伯虎后来也成为沈周的学生，与爱开玩笑的祝允明性情相投，师兄师弟结成密友。祝允明因天生"六指"，所以自我解嘲号"枝山""枝指生"，后来以枝山署名的书法一纸难求，祝枝山的名声远超本名祝允明。

徐祯卿在四才子中年纪最小，却最早逝世，年仅三十三岁，非常可惜，也许就是因为江南四大才子不幸缺了一角，民间就杜撰了一个虚拟才子周文宾，凑局继续演绎四才子的趣事。久而久之，虚拟的周文宾名气反而大过真人徐祯卿了。

徐祯卿没有其他三位才子哥哥那么风姿倜傥，甚至相貌有点丑陋，据说还因长相欠佳被翰林院拒收，但人不可貌相，其诗文位列吴中之冠，《文章烟月》中"文章江左家家玉，烟月扬州树树花"的佳句为世人称誉至今。

四才子情投意合，经常结伴出游。一次春游后回到吴中，徐祯卿作诗《归自松陵》：

> 十里风帆日未斜，江城春晚见桃花。
>
> 深深门巷无人过，燕子还随客到家。

又一个秋日夜游垂虹，唐伯虎作诗《晚泊松陵》：

> 晚泊松陵系短篷，埠头灯火集船丛。
>
> 人行烟霭长桥上，月出蒹葭漫水中。
>
> 自古三江称禹迹，新涛五夜起秋风。
>
> 鲈鱼味美村醪贱，放箸金盘不觉空。

唐伯虎在四才子中最为活跃，也是民间传说最多、名气最大的一个，会试时被牵连进"考官贿赂案"后人生出现转折，心态和画风都开始有了改变，他自我言志："不炼金丹不坐禅，不为商贾不耕田。闲来写就青山卖，不使人间造孽钱。"

市井传说的故事给唐伯虎加了许多戏份，多是因为对他的同情和喜爱。他是沈周的得意门生，与老师感情深厚，沈周老年丧子，悲痛中作了一组《落花诗》遣怀，吴中名士及弟子们纷纷和诗以慰，唐伯虎一连写了三十首《和沈石田落花诗》来抚慰老师。

唐伯虎自身经历也与落花有相惜之意，常在春暮时节捡拾居所附近的落花，装入锦囊埋到干净的去处，曾写过一百多首落花诗抒怀，后世曹雪芹在《红楼梦》中有黛玉葬花吟诗的情节或许就是由此触动引发而来。

这些吴中名士有个共同友人，苏州学者戴冠，文徵明曾作《戴先生冠传》："其学自经史外，若诸子百家、山经地志、阴阳历律与夫稗官小说，莫不贯总。议论高远，务出人意。"戴冠与安徽休宁的富商戴思端有同谱之好，戴思端因长期在外经商，无暇顾及儿子戴昭的学业，因此让儿子到苏州游学，师从唐伯虎一干人等。戴昭长相俊美，谦逊有礼，又勤奋机敏，与这些名师都相交甚好，渐渐学有所成。

现在把所有的时间都指向 1508 年，吴门文士颇欣赏的安徽学子戴昭，字明甫，将学成回归休宁故里，这一场师友相送来到了诗情画意的垂虹桥，情景颇似李白诗句"请君试问东流水，别意与之谁短长？"。

垂虹亭上，亦师亦友的几十位文人名士齐聚于此，像一个以告别为主题的高端雅集，随便一个人出手就是传世经典，当然这是我作为历史回放时的今人所发出的慨叹，他们当时只沉浸在一场相聚和告别的情绪之中，推杯换盏笙歌之间，依依惜别气氛达到高潮，铺开笔墨纸砚，祝允明一挥而就四个大字：垂虹别意。

接着唐伯虎作画《垂虹别意图》，图后题诗曰：

柳脆霜前绿，桥垂水上虹。深杯惜离别，明日路西东。
欢笑辜圆月，平安附便风。归家说经历，挑尽短檠红。

戴冠作《诸名贤垂虹别意诗序》紧接其后,写明了此举的来龙去脉,然后请沈周等在座诸君依次题诗。沈周时年八十有二,老爷子兴致很高,欣然题诗——

> 垂虹不是灞陵桥,送客能来路亦遥。
> 西望太湖山阁日,东连沧海地通潮。
> 酒波汩汩翻荷叶,别思茫茫在柳条。
> 更欲传杯迟判袂,月明倚柱唤吹箫。

祝允明题诗——

> 把手江南奇绝处,石栏高拍袂轻分。
> 胸中故有长虹在,吐作天家补衮文。

文徵明题诗——

> 久客怀归辞旧知,扁舟江上欲行时。
> 多情最是垂虹月,千里悠悠照别离。

现场诗作总计三十六首之多,最后由汪昱题《跋垂虹别意卷后》,强调忠信笃敬,"何客苏者,非一明甫,别垂虹者,亦非一明甫"。因缘际会的月色中,琴声里,诗、书、画共同谱写演绎的这场"盛况空前"的友别,是两地文人的友情见证,也是历代垂虹雅集的一次难以逾越的文艺高潮。

这一夜的垂虹月,在丰赡的人文元素和艺术元素注入之后,美的分量日益厚重,美的意味更加深长。诚如柳宗元言之"夫美不自美,因人而彰"。松陵八景之一的"垂虹夜月"有了顶峰级的背书。

中国历史上著名的古代文人雅集首推东晋的"兰亭集",其次是北宋的"西园雅集",然而这个集苏轼、黄庭坚、米芾等众多文仕巨擘的雅集,仅是画家李公麟奉驸马王诜之邀而作的命题画《西园雅图集》,米芾的《西园雅图集记》也是如此。经学者考证能发生这种雅集的时间段里米芾正在汴京之外做官,林林总总的疑点夹杂一起的结论是:这极可能只是一场纸上虚拟,虽然画作很有名,但画中人的现实版雅集并未发生。

所以,垂虹别意这场实打实汇集众多名士的雅集,应是排在兰亭雅集之后的又一次文人盛会。可惜这幅《垂虹别意图卷》在几百年流传过程中遗失了部分诗作,仅存十九首。所幸卷首祝允明的字、唐伯虎的画都完好,大部分名士诗作也保留了下来(收藏于美国)。

吴门文人低调,心知这份雅集的重量,是世界级的艺术瑰宝,更是垂虹桥畔的珍贵旧忆。

12

"多情最是垂虹月,千里悠悠照别离。"这是文徵明留给那场垂虹别意的点睛诗句,若干年后,他又一次在垂虹桥畔送别留诗:

> 三载松陵重抚绥,忽随征诏向彤墀。
>
> 一时目际明良会,百里方怀父母慈。
>
> 岁歉具忧民乏食,政成还免众流移。
>
> 垂虹桥下棠千树,画属君侯去后思。

这是题在一幅《垂虹送别图》上的诗,卷首是王谷祥篆书:垂虹送别。王谷祥是苏州人士,嘉靖八年进士,算起来年纪是文徵明的孙辈了,大约是陪同一起送别某位友人。文徵明画这幅《垂虹送别图》并非对景实写,而是主打一个送别意境:城门楼外,江水连天,远山像要随着水波流走，近处垂虹桥只三孔桥身进入视线，桥畔亭外二人并排而坐，望着一艘扬帆客船倾谈话别；桥畔数棵棠棣树，棠棣有兄弟情深之意，待君日后想念时可展卷一思。

垂虹桥的诗画一直受世人珍视流传了下来，沈周的那幅《垂虹暮色》后来传到清代宫中。一生没到过江南的嘉庆，只能一面看画一面回想着太爷爷康熙在承德避暑山庄依据吴江垂虹景致设立的那处"长虹饮练"，又想着太爷爷当年晚过吴江的诗句："垂虹蜿蜒跨长波，画戟牙樯薄暮过。灯火千家明似昼，好风好雨祝时和。"随即也提起笔，学他爹乾隆那样题诗于卷上，也算以此圆了自己的"江南梦"：

> 秋色清寥夕阳远，垂虹卧波游龙宛。
>
> 浮屠高峙茂林端，策杖延瞩天欲晚。
>
> 沧浪浩渺通太湖，遥峰一抹云外铺。
>
> 连延七十二涵洞，长桥据胜雄三吴。
>
> 片帆斜挂泛小艇，水禽几点冲烟溟。
>
> 蝍蛛跨浪安鲸鲵，元气高接银汉迥。

垂虹一梦千年，融入了文人雅士、商贾走卒的生活。清道光年间的吴江儒学教谕赵彦修写《虹桥茶舍》，记录了当时一幕：

有茶楼在垂虹桥东。春秋佳日，余与二三友人谈聚。是处，左顾垂虹，右顾三高祠及鸭滩、钓雪诸胜，拟价买之，为今思之，犹怦怦然。
楼中风日晴，江上烟波夕。酹酒向垂虹，为吊吹箫客。

光绪年间的松陵秀才费善庆以诗之笔为利往桥再作"素描"：

> 五湖湖水绕城过，砥柱中流入运河。

一自令威分鹤奉，长虹终古卧烟波。

1915 年，新成立不久的民国政府重修垂虹桥，选取宋人杨杰的《舟泊长桥》及明人杜庠的《垂虹桥》中各一诗句，刻为桥联：八十丈虹晴卧影，万千年浪直冲湖。

垂虹烟波，时光映画，松陵千年的风雅。时间的长卷里，吟咏垂虹的诗作加起来超过了一部诗经总集的篇数，这些不朽篇章与这里的云山烟树融为一体，在吴江之上又开创了一条文化艺术之河。

在我的意识里，垂虹桥上诞生的这条艺术长河，宋朝和明朝是两次"潮汛"般的文艺浪潮，成为史上最具影响的高光时段，无法复制，难以超越。这两个时期留存下来的诗、书、画，是世界艺术之林的珍宝，是如今断桥最辉煌的曾经，最骄傲的延续。

垂虹桥已不是一座桥，而是一扇窗，能够打开吴江地方文化流变的一扇窗。

站在遗址观瞧，两截断桥一长一短，相互张望，断开处仿佛是时空的裂口，盛满历史的风烟与旧梦，晨光暮影，水似流年。

诗中古桥今在否

1

诗词中的吴江古桥，垂虹桥必定是老大，所以我用了"垂虹简史"般的篇章去书写。除此之外，我在诗词里遇见了与其他古桥有关的故事。

旧日里读到清代文人朱彝尊一首感人的词《高阳台·桥影流虹》，这是个虹影流波一往深情的故事，发生地与我上下班经常往返的流虹桥有关，每次经过都心有所动。词为：

桥影流虹，湖光映雪，翠帘不卷春深。一寸横波，断肠人在楼阴。游丝不系羊车住，倩何人、传语青禽？最难禁。倚遍雕栏，梦遍罗衾。

重来已是朝云散，怅明珠佩冷，紫玉烟沉。前度桃花，依然开满江浔。钟情怕到相思路，盼长堤、草尽红心。动愁吟。碧落黄泉，两处难寻。

——桥影在水中宛若流动的彩虹，水中波光像映着雪似的闪着人的眼睛。翠帘低垂，窗外春深，她倚在窗前楼阴处，水波一样的眼眸痴望着，默默思念那个让她牵断柔肠的少年。无奈游动的情丝系不住他的车船，不知能请谁作青鸟传递情语？最难以禁受的是，倚遍栏杆，望眼欲穿，却再也看不见他，多少次梦里追寻也无法和他再相遇。

少年再次来到这里的时候，她已如巫山神女化作朝云散去，佩戴的明珠已经冰冷，似紫玉如烟而逝。他惆怅满怀望向江边，桃花依然盛开，而美若桃花的少女却从此杳然。他也是无限钟情之人，最怕落入相思之路，唯有盼望长堤上的芳草都似他血红的心,答谢她的深情蜜意。他愁苦低吟,碧落黄泉,两处茫茫,再难追寻。

朱彝尊在这首词前写了个小序说明故事来源:"吴江叶元礼,少日过流虹桥,有女子在楼上,见而慕之,竟至病死。气方绝,适元礼复过其门,女之母以女临终之言告叶,叶入哭,女目始瞑。友人为作传,余记以词。"

这个凄美爱情故事里的少年叶元礼,是吴江分湖世家、明末文学家叶绍袁与沈宜修之孙,叶小鸾之侄,名舒崇,字元礼,相貌俊美,富有才情。在他十四岁的时候,父亲叶世侗不幸英年早逝,叶元礼由叔叔叶世倌抚养长大,叶世倌即著名诗评家叶燮,著有诗评专著《原诗》。

叶元礼跟随叶燮逐渐长成远近闻名、才貌双全的美少年,说貌比潘安亦不为过。叔侄二人情同父子,叶燮出门也时常带着才华初显的侄儿。

在一个开满桃花的春日,叔侄俩一同乘船前往姑苏城,途经吴江流虹桥时停下歇息,茶楼上住着一位秀美多情的小姐,或许早已听闻这位英俊少年的才名终得一见,或许是不经意的眼眸相遇种下柔情,就这么对温雅倜傥的叶元礼入了心,情不知所起一往而深,从此堕入情网念念不忘,时常守在窗边,朝思暮想,盼望着能再次看见他出现在港口。

可是日日期待皆成空,小姐渐渐茶饭不思,失了魂一般。炙热汹涌的相思日日煎熬,这种不能言语的苦痛最终拖垮了她的身体,卜医问药均不奏效,奄奄一息时刻她将心里话告诉了母亲:此心已属叶生,今世无缘,愿结来世。

可叹这一日正值叶元礼再次来到流虹桥,得知小姐病逝的消息大吃一惊,小姐的母亲将女儿临终话语告知叶元礼,少年才明了小姐一片相思心意,悲恸不已,抚尸痛哭,未曾瞑目的小姐适才轻轻阖上了眼睛。

叶元礼本是柔情之人,又惜又痛留下"蝶粉蜂黄拚付与,浅颦深笑总难知,教人何处忏情痴"的词句。

朱彝尊听到这个故事后很受震动，作了《高阳台》这首词，竟一下子传播开来，纳兰容若读后被深深打动，记住了故事主角、美少年叶元礼。他十分欣赏并推崇前辈朱彝尊婉丽的词风，经年后他的纳兰词也与朱彝尊、陈维崧同列为"清词三大家"。

几年后朱彝尊编成《江湖载酒集》，这首《高阳台》亦收录在内，叶舒崇（元礼）为诗集作了序。

康熙十五年（1676）叶元礼考中进士，成为纳兰容若的同年，进京后与容若及卢氏（纳兰正妻）结为知己。卢氏病逝时，由叶元礼亲写墓志铭。叶元礼官至中书舍人，然而天不假年，三十九岁英年早逝。

叶元礼柔软的内心也有过一位一眼钟情的女子，叫阿芸，杭州人。他曾写《寄阿芸》诗："记得华堂始目成，环佩疑逐步虚声。筵前凤曲红牙按，月底龙团素手烹。啼罢鹃魂伤锦瑟，梦回蝶影恼春城。何时双桨三生石，绣佛幢前再证盟。"同乡学者徐釚《本事诗》中记：元礼《杂忆诗》有"半钩初月移红树，一曲微波绕绿杨"亦为芸作也。这段少有人知的"隐情"随着元礼逝去也永远埋葬了。

朱彝尊题咏叶元礼的流虹遗事后，王士禛等文人也留下过笔墨。康熙初年，柳如是的好友、嘉兴才女黄媛介作过一幅《流虹桥遗事图》，王士禛亦在画上题了诗，此画如今不知流落何处。

嘉庆年间，人称"郭白眉"的郭麔在流虹桥亦有感而作《高阳台·过流虹桥感叶元礼事》：

两岸绯桃，一湾渌水，断桥犹说流虹。旧事无端，牵人旧恨重重。多情只合相思死，更何须、眉语曾通。太匆匆。春尽飞花，泪尽啼红。

高楼当日知何处，想房栊宛转，窗户玲珑。天远瑶姬，彩云去也无踪。人间我亦伤心史，似流莺、只哭春风。小桥东。新月天边，依旧如弓。

光绪年间松陵秀才费善庆亦作诗《流虹桥》感怀:"一桥依旧跨西东,两岸桑麻望郁葱。彼美云亡元礼逝,有谁韵事说流虹。"

情似流虹而去,留予后人凭栏。

一见钟情的甜蜜与苦痛非常契合如今歌手李健那首《传奇》:"只是因为在人群中多看了你一眼……"一眼千年的故事还在不断流转。

翻阅流虹桥的前世今生,其初建已无考,只知明代弘治九年(1496)重建,清代乾隆四十四年(1779)再次重建。我现在时常途经的这座流虹桥为二十世纪七十年代在原址附近重造的水泥桥。

天边新月依旧,烟波旧事随风,流虹桥尚存地名一处,传说种种。

2

还是朱彝尊的词,他壮年时游历吴江,作《洞仙歌·吴江晓发》,提到了另一座古桥"语鸭桥":

澄湖淡月,响渔榔无数。一霎通波拨柔橹。过垂虹亭畔,语鸭桥边,篱根绽、点点牵牛花吐。

红楼思此际,谢女檀郎,几处残灯在窗户。随分且敧眠、枕上吴歌,声未了、梦轻重作。也尽胜、鞭丝乱山中,听风铎郎当,马头冲雾。

——晨曦微明,小舟启航,澄净的湖面一片淡月轻漾,渔人以长木敲击船舷的捕鱼声逐渐多了起来,一霎间水面波动,柔橹轻摇就过了垂虹桥,看见语鸭桥边篱杖上缠绕的牵牛花正开得暄妍。想必那厢华丽的楼宇里,住着貌美的才人佳女,窗边还摇曳着没有熄灭的灯火。收回目光侧卧船中随意靠着,枕边吴侬软语的渔歌轻音缭绕,睡去一会儿又醒来,歌声未歇,继而睡去,重新入梦,如此惬意的江上漫游,远远胜过了荒山道上挥鞭催马、铃铛乱响、雾中穿行的旅程。

词中"语鸭桥"应是吴江那时的一座桥名，我在第一章里写到陆龟蒙养的鸭会语人言那则故事，据说就是发生在这里，故而得名。

如今这座语鸭桥在哪？有没有湮灭在历史的烟尘？带着这个念头，我在史书里找寻，又将资料投射进现实去找，都没有结果。

几年前偶然读到一本《江南词》里给出注释："吴江桥名，又疑似临顿桥，苏州东北方向，陆龟蒙当年经常居住并养鸭的附近。"若说疑似那可就多了，地方志记载陆龟蒙在吴江的养鸭点就有好几处，仅举几例：松陵垂虹桥附近的鸭漪亭；黎里镇东南陆家荡的鸭栏泾，这里"鸭栏帆影"曾是旧时"黎川八景"之一；震泽的养鸭池、平望的养鸭滩，都曾是陆龟蒙的活动区域，还有庙港陆家港，有座古桥"甫里桥"（俗称陆港桥），相传为纪念陆龟蒙所建，桥联即：万顷具区留禹迹，陆家甫里忆唐贤。

可是都无法对应出一座语鸭桥。

不过，我的遗憾在寻桥过程中慢慢释然了，化为了桥下涓涓流水，这些地方都与陆鲁望有着紧密关联，这里的桥无一是语鸭桥，又无一不是语鸭桥，它们已经与先贤一起在典籍里永存。

3

桥，像江南水乡衣襟上的纽袢，完成时间的连接、空间的相扣。走上一座古桥，就像是站在过去看到了未来；回到当下，站在现今回望过去，往昔如风迎面而来，古今两岸，一段言语之外的历史就铺陈眼前了。

我站在运河边的这座古桥上，微风习习，水波如鳞，一侧有运输船缓缓驶过，另一侧是堤岸，隔着一排香樟树就是繁忙的国道，来来往往车走人行，喧嚣与沉默共享这一片水岸。

想起它的过往，它曾有一个排行老四的名字，杨诚斋来过，舟泊吴江时留下"独立吴江第四桥，桥南桥北涉银涛。此身真在吴江里，不用并州快剪刀"的诗句表达亲临吴淞江的快慰，毕竟当年诗圣杜甫只能看着画感慨"焉得并州快剪刀，剪取吴淞半江水"。

姜白石来的时候是南宋淳熙十四年（1187）冬天，他往返于湖州与苏州之间经过吴江，作词《点绛唇·丁未冬过吴松作》：

燕雁无心，太湖西畔随云去。数峰清苦，商略黄昏雨。
第四桥边，拟共天随住。今何许，凭栏怀古，残柳参差舞。

——北方的鸿雁自由自在地从太湖西畔随着白云翻飞，数点青峰孤立在云烟中，显得清俊寒苦，天空好像在酝酿一场黄昏雨；真想在这第四桥边，跟天随子一起隐居同住，可如今他已不知在何处。我独倚栏杆，幽幽怀古，看见残败的柳枝杂乱地在风中飞舞。

第四桥也叫甘泉桥，据《吴江县志》，从垂虹桥循着运河往西，正是第四座桥，那里有甘泉涌出，因此也叫甘泉桥；据乾隆《苏州府志》记"以泉品居第四"故名，据说当年茶圣陆羽亲自品尝评定的天下甘泉第四。

不管怎么说，此桥的关键词有：第四、甘泉、陆羽、鲁望。

宋代书生周南在此作诗《酌第四桥水有怀陆羽》："未必茶瓯胜酒醒，且将衰发戴寒星。太湖西与松江接，不碍幽人第水经。"李演过太湖时作《摸鱼儿》有："又西风、四桥疏柳，惊蝉相对秋语。"侨居苏州的清末词家郑文焯在《绝妙好词校录》中言："宋词凡用四桥，大半皆谓吴江城外之甘泉桥。"甘泉桥也是自号天随子的晚唐文学家陆鲁望隐居期间常去之地，姜白石心仪这样的隐逸诗人，所以表示"拟共天随住"。

南宋末期任吴江知县的张达明曾题吴江甘泉："桥下四檐水，人间六品泉。松陵无鲁望，山茗为谁煎。"甘泉桥与江湖散人陆鲁望一起，留在了历史的某个路口，引得无数向往自由天地的后来者神思遥想。宋亡归隐的江西籍诗人萧立之咏《第四桥》：

自把孤樽擘蟹斟，荻花洲渚月平林。

一江秋色无人管，柔橹风前语夜深。

换个韵再吟：

黄帽牵船客自摇，水花压岸送归潮。

晚风忽断疏蓬雨，秋在烟波第四桥。

宋词的最后一个收尾作家张炎留词："他年五湖访隐，第一是吴淞第四桥。玄真子、共游烟水，人月俱高。"

元代山水画家倪瓒乘船经过的时候正值大风，却在大风浪中也要贮泉水一瓢才离去，用此水烧茶修心养性，作画吟诗："松陵第四桥前水，风急犹须贮一瓢。敲火煮茶歌白苎，怒涛翻雪小停桡。"清代乾隆帝看了倪瓒《隔江山色图》，忍不住题诗，其中一首为："第四桥头纵远目，一条眉绿界江天。萧疏老笔犹常见，最爱清新七字篇。"

朱彝尊也曾为这座桥留过一笔："疏地垂杨絮未飘，兰舟上巳祓除遥。射襄城北南风起，直到吴江第四桥。"

经过此处的诗人都因景生情，各抒己怀。春天里，元末明初苏州诗人徐贲："第四桥头春水多，朝朝暮暮自经过。"同代学者谢应芳来的时候正是寒食，作诗曰："第四桥边寒食夜，水村相伴沙鸥宿。"在南宋的秋日，李洪立于桥畔感喟"第四桥南云水秋"。

来过了就难以忘却。吴越王钱镠后裔钱文叔《渔村夜咏》："竹榻无眠夜始遥，草虫催织竞嘤嘤。秋来风水生凉冷，忆在吴淞第四桥。"苏轼在杭州送伯固归吴中时作《青玉案》中写："三年枕上吴中路。遣黄犬、随君去。若到松江呼小渡。莫惊鸥鹭，四桥尽是，老子经行处。"苏轼心心念念自己在松江经过的每一处，丝丝缕缕的情感尽在其中，后世张可久在此处与苏轼有了隔世的回应："初三月上，第四桥边。东坡旧赏心。"

致敬前辈的诗作还有清末民初的"画坛盟主"吴湖帆的《南乡子》：

花浪滚春潮。水满垂虹第四桥。双桨平移吟夜月，娆娆。波底银蛇荡万条。

絮语数来朝。更唱新词按碧箫。载得小红心似箭，迢迢。旧梦重经觉路遥。

这里吴湖帆遥相呼应的是姜夔与小红同舟的那次风雅之行。据说"曲终过尽松陵路，回首烟波十四桥"的版本是一种"误传"，应是"回首烟波第四桥"，有拓片为证。不过，如果说诗人回首间望过去的目光是从石湖开始，一座一座桥过来，那么虚指过了十四座桥也未尝不可。估计如此想的也不少，故而至今诗句仍是将错就错的十四桥，也或许是不明地理者代入了杜牧扬州"二十四桥明月夜"的诗意吧。

吴湖帆是苏州人，与叶圣陶、范烟桥都是就读草桥（苏州公立第一中学）的同学。范烟桥原名范镛，曾写文自述他的号"烟桥"也与姜白石这句词有关。他家的收藏里原有一枚白寿山章，刻有"烟波画桥词客"六字，他喜欢得不得了，就取"烟桥"二字为号了。

范烟桥是近代文学家，如果往古代靠一靠，也算是一名"词客"，由他作词的金曲当年红遍大江南北，至今仍在传唱，比如"浮云散，明月照人来……"是不是一听就能跟着哼出来？这是他为电影《西厢记》创作的歌词《月圆花好》。更有《夜上海》《花样的年华》《解语花》《黄叶舞秋风》等，都是出自范烟桥之手，可说经久不衰。

范烟桥的传世形象始终戴个墨镜，好像酷酷的样子，其实是因为他有"眼疾"。范烟桥是吴江同里人，与吴湖帆一样都是出身世家，作为范仲淹的后人（范仲淹从侄范纯懿之后），家族嘱咐他多在经书子集上用功，可他偏爱母亲收藏的弹词小说，偷偷拿到枕边每天晨昏时候悄悄读，长期用眼不当看坏了眼睛，所以长大后总喜欢戴着墨镜。现代人看他照片说是有点像民国版王家卫，我倒是想，有没有可能是王家卫在效法范烟桥的范儿？

同为吴江同里人的陈佩忍，即自号"垂虹亭长"的陈去病先生，也曾为第四桥留诗："第四桥边水最清，一瓢贮就好长行。何当写幅倪迂画，寄我江湖万里情。"倪迂就是指"元四家"之一的倪瓒，也是陈去病母亲倪太夫人的先祖，因他"性迂而好洁"，人称"迂倪"，曾不顾风大浪急也要在第四桥下贮水一瓢。

第四桥也并不是总这样诗情画意，水浪凶险的时刻也很多。传说其下有蛟龙，所以边上建有甘泉祠。诗人成廷圭路过时提醒船夫："洞庭山岚犹未消，炮车云起怕风潮。劝郎把舵莫放手，水恶须防第四桥。"宋伯仁也曾作《吴江四桥》云："不独吴江第四桥，风波处处险如潮。人心但得平如水，浪自滔天橹自摇。"这是一首典型的宋诗，读来很有理趣，自然波浪与社会波浪一体——既然无法遏制波涛，那就学会在激流汹涌里冲浪，在风波摇荡里安住自在。

我思索着站在这里，看着水波涌来涌去，感受着层层叠叠不同的诗意，像是听见了隔着世代的足音。

如今，第四桥芳迹何处，其实我并不确定，脚下的这座南七星桥可能是它，一公里外的北七星桥也可能是它，它们都在"甘泉"附近，古桥现在与修复的古纤道连为一体，体内是不同历史时期的材料加固，以不断续费模式留存于世。世代风云匆匆而过，它若有灵，会想什么，我猜不到。或许，诗韵永继，就是最好的留存。

4

4

　　吴江境内古桥不下百座，每一座都有自己的一段风情和故事，那些水上飞虹，利通了两岸，装点了水乡，是连接，是承载，亦是抵达。

　　据本土学者吴国良先生考证并编撰的《吴江古桥》记载，吴江最早的桥应算是梅堰龙南村遗址发现的部分木板和木桩构成的河埠——如今看起来似乎很难定义为桥梁，但它有了桥的功能性作用，先祖们靠它连接两岸，行走自如，我们也以它完成了古今连接。

　　吴江境内有史可查最早的桥，是西晋时期在盛泽建造的庙桥和侍郎桥，可惜桥已湮灭于历史的洪流，如今只存于文字资料了。吴江现存最古老的桥，就是七都的东庙桥、八都的香花桥和同里的思本桥了。

　　这里单说同里思本桥，因为涉及到一位南宋时期的吴江文人，前面章节中出现过，吟咏垂虹桥"两地烟波隔，一天风月同"的叶茵，思本桥就是他捐资建造的，桥名取"当思以民为本"之意。

　　最初留意到诗人叶茵是因为读到他的《山行》："青山不识我姓字，我亦不识青山名。飞来白鸟似相识，对我对山三两声。"这首诗的意趣一下打破了我熟知的那句稼轩词："我见青山多妩媚，料青山见我应如是。"同样是"独坐停云，水声山色来相娱"，却是完全不一样的感受。稼轩是疏狂的寂寞英雄，叶茵则是一种萧闲自适，引起了我的兴致，进一步了解下来，才知叶茵竟是吴江人，是晚了辛弃疾半个世纪的南宋诗人，字景文，曾经出过仕，不慕荣利而退居同里，筑屋隐居后以杜甫诗"洒然顺所适"命名居处"顺适堂"，并赋诗一首：

> 暗触少陵机，茅居峙竹扉。
>
> 安时贫亦乐，闻道咏而归。
>
> 凫鹤从长短，鸢鱼自跃飞。

吾犹臧谷耳，夷跖是耶非。

还有一首《自适》诗，恬淡的感觉让我联想到邵雍或林逋：

澹薄野人心，难教著利名。

重农田舍熟，省事世情生。

石老旗枪叶，池喧鼓吹声。

东风知此乐，飞絮荡新晴。

安贫乐道的叶茵隐居后作了不少淡泊清雅的诗作，可谓"心似白云常自在，意如流水任西东"，如这首《水竹墅十咏·竹风水月》："造物无尽藏，散在林泉中。结亭相周旋，人与万境空。"这意境不输王维在辋川。

叶茵留有诗作结集《顺适堂诗稿》，又因仰慕曾隐居于此的唐代文学家陆龟蒙而常年致力于收集汇编偶像的诗文，最终辑成《甫里集》二十卷，以告慰甫里先生，像跨越世代的灵魂知己。

乐于善举的叶茵为家乡修筑了好几座桥，思本桥就是其中一座，俗称思汾桥，是武康石垒成的单孔拱桥，历经了七百年多年的风风雨雨。如今桥栏已失，只剩桥身。石阶除后人整修时部分更换之外，仍为宋代时期的原始建构，石条上的花纹依稀可辨。古桥体基本幸存了下来，还在正常使用，远远望去，浑似横跨碧水之上的一道虹。

晚年的叶茵在同里辟地为圃，效法苏东坡当年和韵陶渊明的做法，也作诗致敬两位先贤前辈，作《晚年辟地为圃僭用老坡和靖节归田园居六韵》：

太湖三万顷，湖中东西山。

谋隐愧不早，欲往嗟衰年。

道南地夷旷，半占龟鱼渊。

断岸连疏村，浮云栖平田。

得此愿可酬，不啻湖山间。

瞻彼闵子巷，卜居千载前。

犹存六七舍，古柳生青烟。

邻曲来无时，为予喜欲颠。

畴知在尘境，中有风月闲。

吾将老此乡，草木俱欣然。

叶茵在自己的家乡安然故去，这里有他的田园，他的小桥。四季流转，年年春来草木欣然，一层一层时光包裹，思本桥畔枝枝叶叶茵绿一片，这一幕仿佛形象地镶嵌了它的"造物主"名字——叶茵，这种暗合或许就是冥冥之中一种纪念吧。

5

叶茵在同里构筑的水竹墅别业，是同里有史记载的第一座园林，有假山、池沼、竹坞、小桥，营造了清雅宜人的"水竹墅十景"，而这时离写《园治》的造园大师计成出世还有三百多年。

叶茵为水竹墅十景都题了诗，其中咏桥诗有《寻源桥》："蹀躞水穷处，鸡犬非人间。褰裳不用涉，迤逦逃秦山。"《赏心桥》："沿堤过竹所，履声惊龟鱼。人生适意耳，何必驷马车。"读来犹如亲临秦山仙境，几多快意。

不过这桥这景我们唯有在诗文中想象了，因为水竹墅几经流转，已在漫长岁月里消失无形，只知曾在清光绪六年（1880）再次易主任兰生，当时著名学者俞樾（曲园主人）亲题"南云草庐"隶书匾额。几年后任兰生亦归乡退隐构筑了退思园。

水竹墅今已无迹可寻，所幸叶茵的思本桥、任兰生的退思园都还完好留存，像是一个个时光的琥珀。

叶茵还有一首颇有趣味的小诗:"策驴风雪中,东君献诗料。花惊非故我,聊复索花笑。"写的是《得春桥》,这座桥在明代、清代几度重修,在 1963 年拆建成了钢筋水泥桥,改名"公园桥"。三十年后的 1999 年,重建为石板踏步桥,中间五块桥板是从原三元桥(陈去病故居附近)拆移而来,得春桥旧影只余青石题刻残存。

继续在古诗中游走,走上一座《小垂虹桥》,也是叶茵所作:

冯夷掣开潜蛟锁,御云飞过松江左。

悬腰展鬣眠东湖,生绡描作垂虹图。

隐君骑背占空阔,百尺阑干景轩豁。

有亭翼然芙蕖开,风朝月夕尤佳哉。

柳边何曾官船来,回视驿桥多尘埃。

这么美的小一号垂虹桥在哪?根据诗句是在"松江左",不会是指第四桥吧?查阅史料,南宋祝穆《方舆胜览》记载吴江有小垂虹桥,"在石塘垒石为之",按此说法正是"松江左",可"回视驿桥",即运河九里石塘有过这样一座小小垂虹桥。清乾隆年间的《吴江县志》也证实了祝穆的记述,但是今已不存,何时消失的不得而知。

在这一处消失的还有明代万历年间修筑的浮玉洲桥,只有在流传的桥联里浮想一下它当年的风姿:"十里波光连宝带,一弯月影映垂虹。"宝带即苏州石湖的宝带桥,建于唐朝,五十三孔,有了垂虹桥之后,宝带桥被称作"小长桥"。浮玉洲桥位置正是在宝带与垂虹之间,十里波光真是气势非凡的一段"浮玉",还有一对桥联亦可缅怀一下它曾经的存在:"三吴人文题柱客,五湖蓑笠钓渔船。"

效仿垂虹桥之名的在隔壁湖州德清也有一座,南宋词人吴文英年轻时游历江浙的时候曾经到访,并作词《贺新郎·为德清赵令君赋小垂虹》:

浪影龟纹皱。蘸平烟、青红半湿,枕溪窗牖。千尺晴霞慵卧水,万叠罗屏拥绣。漫几度、吴船回首。归雁五湖应不到,问苍茫、钓雪人知否。樵唱杳,度深秀。

重来趁得花时候。记留连、空山夜雨,短亭春酒。桃李新栽成蹊处,尽是行人去后。但东阁、官梅清瘦。欸乃一声山水绿,燕无言、风定垂帘昼。寒正悄,鞚吟袖。

词中可知,这大概是一处将垂虹意境平移过去的缩小版,你看,随着词人的目光,他伫立在赵府的窗前向外眺望,只见水面被风刮起了层层龟纹,远处天水相接,平处升烟,河岸两旁的草木像被烟水染湿了一样,花儿更加明艳,叶片青翠欲滴。小垂虹像千尺彩霞横卧在河面上,远处山峦起伏,犹如屏风护拥着这如画的锦绣之地。接下去词人移用吴江垂虹胜景的意境,代入式说"漫几度、吴船回首":经过吴江垂虹桥的往来客人多少次地一再回首赞赏,恋恋难舍;再接着感叹:这里的景色可以媲美那吴江垂虹,痴迷钓雪滩的隐逸者们可否知道,不必再去太湖中寻觅归处,在这儿就能有同样的乐趣——以这种比拟来对"小垂虹"做极大的赞美,可见当时真正的垂虹长桥对外辐射的影响力有多大。

另一处有"小垂虹"之称的桥在吴江境内的震泽镇(与古太湖同名的古镇)。这座小虹桥就是震泽八景之"虹桥远眺"中的虹桥,清雍正时期的震泽诗人倪师孟《虹桥远眺》曰:

悠然闲眺出尘嚣,一路归鸦破寂寥。
寺拥残霞明雁塔,波浮虹月落虹桥。
泉声远共溪流急,帆影低随浦树遥。
此地真堪供啸傲,沧江何用学渔樵。

其中"寺拥残霞明雁塔，波浮虹月落虹桥"就是远眺的最佳景观，此塔即顿塘河畔的慈云寺塔，是吴江著名佛寺慈云禅寺仅存的建筑，可谓震泽地标。塔高 38.44 米，初建于宋代，明万历五年（1577）重修，后历代修葺，保存完好，今年五月又完成了一轮修缮，再现"慈云夕照""塔桥相映"美景。此塔历经近千年，传说也很多，一段故事一片云，过往云烟，古韵悠然。

诗中虹桥初建无考，清乾隆四十五年（1780）、光绪十八年（1892）先后重建。拱形单孔，俊秀如虹。它的桥联也很美：波平柳岸长虹卧，水绕渔村半月悬。还有：鸭头新涨湖光远，雁齿斜连塔影横。塔影指的就是慈云寺塔，相传每逢中秋夜就出现一次奇妙景观——八月十五明月高悬，远处的慈云寺塔就像移步来到了虹桥之下，塔影倒映在桥洞水中央。一年之中十二个月圆之夜，仅此一晚塔桥相会。

1918 年在虹桥近处增建了一亭，名为"小垂虹亭"，与松陵的"垂虹亭"遥遥呼应。"小垂虹亭"上有一副对联：远望洞庭山色水光成画本，近邻塔影花香鸟语尽诗情。

不过如今的虹桥已不是原来的所在，1935 年因开凿顿塘转道河，将虹桥南迁到了现在的位置，没有了当年"虹桥远眺"和奇妙中秋夜的胜景，但"水绕渔村半月悬"的水乡夜景依然日日可守候。

虹桥搬走后顿塘河上"拱桥塔影"的画面就由禹迹桥独领风骚了。禹迹桥是清康熙年间为纪念大禹治水的功绩而建，乾隆年间重修，碧波桥影，与慈云寺塔交相辉映，并有文昌阁相衬，垂柳拂岸，风光宜人。前面章节写顿塘时提到乾隆南巡经过此处前往浙江，皇帝贪看江南美景而忽略了的颂德桥联如今仍在，留给后来的游人一段古话谈资。这里旖旎而典型的江南景观也成了艺术家们的心头爱，《林家铺子》等早期耳熟能详的国产名片都曾在此取景。

禹迹桥在震泽镇东，镇西有座思范桥，是为纪念范蠡所建。吴头越尾一方水土不分你我，即使范蠡助越灭吴，也都是帝王家的事，老百姓过着一样的日子，并没有对范蠡存有"亡国之恨"，思范桥的内侧桥联反而像是同禹迹桥并驾齐驱、相互媲美："禹迹媲宏模，望里东西双月影；蠡村怀故宅，泛来南北五湖船。"外侧桥联则是一衣带水的吴越同韵："苕水源来，阅尽兰桡桂楫；荻塘波泛，平分越尾吴头。"仿佛吴越自古是一家，何妨城头变换大王旗。

再说回虹桥，松陵的盛家厍也有一座，不算古，但也快百岁了，为1930年建造的梁式三孔桥。它的桥联倒有一番古意：春日几家还放鸭，秋风何处不思莼。"放鸭"意指不远处垂虹桥畔陆鲁望曾在的鸭漪亭。

梁式结构的桥不似拱形桥有弧形，也没有彩虹一样的桥洞，但是它横平竖直的形状映在清澈的水面，像开了一扇明净的窗，框住了一窗水乡美景，水上是方方正正的线条，映入水中柔漪轻漾仿佛幻化出龙宫之门，别有一番不同以往的情致。

盛家厍还有一座真正的古桥泰安桥，拱形单孔，初建无考，清光绪十八年（1892）重建，桥联上"艾特"了一下垂虹老大哥：近傍城隅通笠泽，远连淞水隔垂虹。

连接古今的桥已经越来越老了，盛家厍正在新旧建设的过渡期，一面繁华一面废墟。

2020年的时候，吴江一批画家进驻盛家厍写生，以不同艺术形式记录这即将远去的历史背影，我去观摩了几次。有一回，一个老人家走过来，久久驻足，叹一声"画得真好看"，然后问："以后在哪里可以看到你们这些画？我的家在你们画里呀，你们画下了我的房子，以后没有了，我想经常看看的……"又指着那座泰安桥，"那座桥喏，我阿爹就是桥下长到大的……"我听了心里一动，即使已是断壁残垣，但那里曾是他们的往日时光啊，以后这些画作将是他们最珍贵的念想了。

画家们还组织去了七都造访古桥，东庙桥有了七百九十五岁高龄的纪念画像。

　　修桥铺路自古以来都是利民造福的善举，在现代文明不断吞噬古代文明遗迹的过程中，如何继续保护好、留存好这份古意，是一个长久课题，也同样是一个善举，一种新的古今连接，一份传承江南文化的美意。

　　多希望这些文字也能构建成连接与传承的桥梁，那些不断消逝的符号住进了书写的世界。

第三章　松风

千年之城，古韵今风

1

黄昏时分，站在小城的边缘——苏州湾东太湖畔，这里是吴江的最西端，现在叫太湖新城，现代化建筑高楼耸立，与最东面的垂虹桥遥遥相望，此时日落松风起，夕照满乾坤，吴江城在长大，身后的松陵隐约在霞光里，像一段风。

吴江、松陵，千年历史的古地名，已经是一个文化符号，流转传承中走丢了一些，留下了一些，古韵今风正在交融。

想知道一个地方的水土风韵，民间流传的歌谣是最直接的反映，比如江南民歌"做天难做四月天，蚕要温和麦要寒；行路望晴农望雨，采茶娘子望阴天"，听过就会晓得江南此时要进行的农事，美美的"人间四月天"也挺让老天爷为难。

领会民歌民谣肯定离不开方言，各地方言都有独特的本土密码。这里又要请出吴江城的"开城之父"钱镠了，文献史料中最早的吴地民歌就是他创作并演唱的——吴越王钱镠衣锦还乡的时候与乡亲们共饮宴，觥筹交错间吴越王即兴唱起了《还乡歌》，估计是类似《陌上花》那样的文人雅词，与乡人口语毕竟还有着距离，不够接地气，乡亲们听不太懂，只"闻歌进酒，不明所以"，场面一度有点尴尬。钱镠王喝得尽兴，用土语又继续唱道："倸辈见侬顶欢喜，别是一般滋味子，永在吾伲心子里。"吴音吴语的乡俚调子一下子拉近了距离，乡亲们开口应和，满屋乡音，"吟笑振席，欢感闾里"。这一段记录于北宋学者释文莹《湘山野录》，为了便于理解，我改动了个别音译字。

方言俚语就像打开乡情的一把密钥，也是解锁地方文化的一种方式，在外乡长大的我对此有了心，以旁观者的角度进入就更觉得有趣。

我初到吴江的时候只听得懂母亲简单讲的"老派上海话"，舅舅一家是土生土长的苏州人，一口地道苏州话，跟吴江方言也不同，而吴江的众多乡镇也各有不同土语，但总的来说，弱化差异、合并同类项都归属同一个吴语系。我囫囵吞枣能听个大概，大脑后台下意识就多了一个用文字做中转的频道，听到不理解的发音用词会下意识地脱口问一句：大概哪两个字？问得大家哭笑不得，闹了不少笑话，然而乐趣也正在于此，譬如"雷响哈欠"，说的是打雷闪电，真是太形象了。

大多数时候方言口语是无法转换成对应文字的，只可意会不可言传。记得有一回办公室来了一个"陌生人"，似乎是其他人长久不见的老熟人，有人问他最近都在忙些啥，他答："弗宁忙点啥，哈扑扑。"我当时是有点懵圈的，不过对话听下去能猜出个七七八八。他走了之后，我听见同事们的议论，讲他这些年"不停地'扑'，会得过日脚，'把家'的"，我大概能懂就没好意思追问"哈扑扑"是啥个劳什子。后来听得多了，我自行破解了，应该可以写成"瞎爬爬"或"瞎耙耙"，一下就好理解了，用耙子随意搂搂地，多么形象有趣的方言，自谦胡乱做些事情养家糊口，不疾不徐地"爬爬"，颇有些类似现在常说的"盘"，其实又是蛮勤进的，这种表达方式正是吴地人性格的一种体现。

那时每年都要下乡去出差，乡镇同仁都知道我是"外地人"，怕我听不懂，就客气地尽量拗着舌头跟我说普通话。可他们的"普通话"一点也不普通，都是直给，例如看见我东西掉落在地上，好心提醒我说："得在地上了！"我一边捡起来一边暗笑果然是从地上"得来"的东西，就这样的笑点我可以乐个半天。

以方言作为地方文化的入口会发现很多好玩的事，生来就在默认环境里长大的本土人或许不易发觉他们的语言特色，我作为外来者却感受明显。除了"雷响哈欠"的生动，物品名称也叫得有趣，比如此地红薯叫山芋，土豆叫洋山芋，番茄可以叫番茄，但茄子要叫落苏。其他的好理解，马铃薯毕竟十六世纪才传入中国，叫洋山芋还有点舶来品文化遗迹的味道，可茄子叫"落苏"又是什么来历？查阅一番后看到一个说法，传说那位钱镠王——又是他，戏份很多啊——有个儿子是瘸子，一次去外面玩耍，碰上沿街叫卖的菜农，一路喊着"茄子，茄子！"就像在叫"瘸子，瘸子"，引起路人哄笑，回到宫中闷闷不乐。钱镠听了宫人禀报，一度陷入沉思，看着自己冠冕上垂落晃动的水滴型紫色流苏，脑筋一转，吩咐诏令，今后此地一律把茄子改称"落苏"，就这样流传了下来。不过后来读到陆游的《老学庵笔记》，老先生说落苏的出处"亦未必然"。但不管怎么说，这一带的茄子就是叫落苏，听起来美丽雅致，别有想象。

再有，动物的名称也有些特别。语言就是思维的外部显现，探寻一下底层逻辑还怪有意思。譬如，原来读唐诗《咏鹅》的时候，不会想到这个白毛浮绿水的大白鹅在吴地俚语中的名字叫"白乌龟"（龟在此发音"具"），如果听见"鹅"的发音，那不是说的大白鹅，或许是个"自称"，而陆龟蒙养的鸭，也不叫鸭子，叫做"啊"（发音短促），当年陆龟蒙戏谑他的鸭子会"自呼其名"，领悟这个笑点也是要进入吴语系才能秒懂。若是俏皮一点，也可以称鸭子为"啊离离"（音译），或许可以写为"鸭涟涟"——活泼泼的民间用语读来竟有着鸭子游过水面泛起涟漪的诗意画面感。

吴地方言最有古意的地方是保留了语气助词"哉",使得乡土话里自带一股子拙朴的雅,比如做错了什么事情不由自主说的一句"要死了""糟糕了",换做吴地方言会讲成"要西哉""哪么好哉",似乎一下就有了点"文质彬彬"的味道。难怪吴地人多数温柔似水自带韧劲,光火起来骂人都有点"善哉善哉"的味道,就如那个很有代表性的段子——苏州人打架之前都有个商量语气:"啊要给你两记耳光吃吃?"干架的画风突然就变得像请客吃饭了,而这个"吃"字,用途之广泛堪比广东人的"万物皆可吃",吃茶吃酒吃小菜都还是正常的吃,其他的吃耳光吃闲话吃排头……真是"吃弗落"。

生长在水乡泽国的人似乎说话也自带水音,听上去好像"拖泥带水"不够硬朗,可细究起来,古时吴地民风是尚武好斗的,不然也出不了专诸那样的刺客,炼不出宝剑干将莫邪。《隋书·地理志》中谈到江南吴地风俗时用了"人性躁动、风气果决"这样的词,并记录"俗以五月五日为斗力之战,各料强弱相敌,事类讲武"。吴地人从尚武变得文雅起来应该是在唐宋的几百年间,南宋范成大在《吴郡志》中记:"本朝文教渐摩之久,如五月斗力之戏亦不复有,惟所谓尚礼、淳宠、澄清、隆恰之说则自若……"

回到民间歌谣讲吴歌。民歌的路线都是现实主义,融进了方言与民风,"饥者歌其食,劳者歌其事",比如这首吴歌:

> 青青禾苗日夜长,手捏耥耙下田埂。
> 三上三下都耥倒,耥尽草芽稻苗长。

咏唱田间劳动是民间最质朴自然的诗行,有些是解压的"劳动号子",

相较于名人笔下的歌咏多出不少粗粝感，却正是最本真的生命之根。

吴人还有渔歌，玄真子张志和把吴地渔歌改编成了词牌《渔歌子》后，渔歌也进入了文人圈；还有船歌，有首吴地船歌流传了千年，已演变成了现代歌曲，就是南宋赵彦卫《云麓漫钞》中记录过的吴中舟师所唱："月子弯弯照九州，几家欢乐几家愁。几家夫妇同罗帐，几家飘散在他州。"

东吴棹歌也是船歌的一种，文人亦参与进来，明代汪广洋作过一组，其中有：

艇子抢风过太湖，水云行尽是东吴。阿谁坐理青丝网，遮得松江巨口鲈。

玻璃冷浸洞庭山，霜竹攒攒橘柚斑。垂发吴娃笑相语，官船不似钓船闲。

古诗词里李白的《子夜吴歌》非常有名，这个歌子就是晋朝吴地女子所创，女子名叫子夜，因此命为子夜调，收进六朝乐府后称为《子夜吴歌》，后又发展出《子夜四时歌》。明代张宁来此曾作过子夜歌，其中夏歌颇有意韵："森森吴江津，悠悠越溪渚。南风递荷香，洄溯三百里。不见荡舟人，难随采莲女。"

吴地民歌除了耕田、结网、摇船、采莲等劳动场面，还有个主题就是歌唱爱情。明代文学家、苏州人冯梦龙认为情歌是"民间性情之响"，是"天地间自然之文"，他到民间采风收录过不少吴地情歌并编印成集，其中有些非常朴素的表达格外传神，比如这首《等》：

栀子花开六瓣头，情哥郎约我黄昏头。日长遥遥难得过，双手扳窗看日头。

女子盼着太阳早早下山去约会，站也不是坐也不是，这种难描难画、时间难捱的样子以口语化歌子传神地展现出来。吴地方言里很喜欢用"头"这个字，歌里"六瓣头"表示的是形状，"黄昏头"指的是黄昏这个时间段；口语里指代方位，比如把运河西面称"西横头"、东面叫"东横头"；还有比较特殊的叫法，比如膝盖称作"脚馒头"，这个馒头不能吃，而吃的馒头则替代了包子的概念，有馅没馅的都以"馒头"冠之：肉馒头、菜馒头、生煎馒头、小笼馒头……还有对人的称呼，老头子叫"老老头"，小孩子叫"小毛头"……仿佛又"万物皆可头"了。

这种保留了方言特色的民歌最有地方乡土特点，好比说"民族的才是世界的"一样，保持一定地域特点才是地方文化之根。比如这首吴江民歌《姑嫂对话》，夹着方言就有了语气音调，光是读出来就已经很像唱的了：

东南风吹来悠悠扬，

姑娘阿嫂勒浪大树底落乘风凉，

那红嘴白衣格鹅末对对双双、双双对对漂勒水面浪，

吾小妹心里末勒浪暗思量

……

东南风吹来悠悠扬，

阿嫂末问姑娘为啥口勿张，

嫂嫂、嫂嫂那十七十八、十八十七就嫁到侬家来，

吾小妹末十七十八还勒屋里厢。

很有趣的画面，春风里小妹和嫂嫂坐在大树底下，小妹看见水面上成双成对的大白鹅心里在想情郎，阿嫂见小妹沉默不响问她是为啥，小妹把心事一晾：嫂嫂你十七八岁都嫁到我家啦，我现在十七八了还待在家

里没出嫁呢。原来姑娘是个恨嫁娘，盼着情郎来提亲，心里等得暗自着急，似乎嗔怪恼人的春风不解意。

这是个怎样的"小娘鱼"（吴语小姑娘的意思）呢？或许就是古曲中的模样：

> 吴江女儿白如玉，花底纱窗傍溪渌。
> 玉箫春暖贴朱唇，故作阳春断肠曲。
> 扁舟掠水去如飞，不见嫣然一笑时。
> 回首江城只孤塔，向来一念复因谁。

这首《吴江曲》是宋代诗人朱松经过此地时所作，写了对江城女儿的美好印象。朱松是谁可能没什么人知道，但他儿子的名字说出来应该是无人不知，就是宋代理学家朱熹，不过儿子成名家的时候，朱松已不在世，朱熹才十三岁父亲朱松就病逝了，享年四十六。

明末清初的"岭南三大家"之一屈大均曾来江南与朱彝尊一起参加抗清活动，也作了好几首《吴江曲》，其中一首写了吴江非常有代表性的风物："尖头船子荡田边，莼线秋来处处牵。更向越来溪畔去，吴娘鸡豆点茶鲜。"看来莼菜、鸡头米给了这位广东朋友很深刻的印象。

说到吴江民歌，怎能不提盛名的芦墟山歌。

吴地海拔极低，说"山歌"其实与大山没什么关系，就是一种田野表达方式，比较奔放、自由、爽朗。明代苏州人叶盛的《水东日记》中曾记："吴人耕作或舟行之劳，多作讴歌以自遣，名'唱山歌'。"

芦墟山歌始于明代，盛行于清代，其实不止于芦墟，以分湖为中心也向莘塔、北厍、金家坝、黎里等地流传，并辐射周边的上海青浦、浙江嘉善。田家唱山歌的场面也被当时文学家记录下来："隔浦莲歌唱夕阳，田田荷水弄清香。"（明代沈宜修《分湖竹枝词》）

据老辈人讲，传统习俗里中，芦墟每年都有赛歌活动。赛唱以短歌为主，男女老幼都能唱几句，闹猛得不得了。古调活跃在民间，像是古文化的遗传，活生生的人文是多么动人。

芦墟山歌是吴江现在比较完好流传下来的吴歌，特别是长歌《五姑娘》，为十九世纪江南农村风情画式的民间叙事诗，长达2900多行，流传在分湖一带百余年，后经专家收集整理，于二十世纪八十年代问世，走出了江浙沪，提高了知名度，填补了汉族无长歌的空白，堪与壮族的《刘三姐》、彝族的《阿诗玛》相媲美。

芦墟山歌作为吴歌的一个重要支脉于2006年进入首批国家级非物质文化遗产名录，《五姑娘》也已走出国门，登上世界的舞台，艺术生命还在继续传承中。

2

由民歌转变而来的还有竹枝词，也自带民间风土属性。

吴地"十五吴娃唱竹枝"，流传非常广泛，屈大均在《吴江曲》中写道："鸭嘴船轻去不迟，吴儿十岁作舟师。舵楼有女歌相接，唱罢杨枝又竹枝。"汪广洋《东吴棹歌》也言："太湖茫茫水拍天，吴侬只惯夜行船。《竹枝》歌罢灯将灭，风雨潇潇人未眠。"

竹枝词最早是由唐代刘禹锡（字梦得）发现并改良的。他被贬四川的时候，对巴蜀民谣这个"非物质文化遗产"产生了浓厚兴趣，开始大量收集民歌进行改编，形成了诗体竹枝词，最有名的就是这首"杨柳青青江水平，闻郎江上踏歌声。东边日出西边雨，道是无晴却有晴"。刘禹锡的这项成就对后世影响非常大，至宋代苏轼还以他为典范勉励自己的副手苏坚（伯固），那是绍圣元年（1094），苏坚受苏轼牵连被贬偏远的湖南澧州，苏轼临别词中说："君才如梦得。武陵更在西南极。竹枝词，莫傜新唱，谁谓古今隔。"

竹枝词在发展过程中，受到社会历史变迁以及作者个人思想情调的影响，大体演化为三类：一类是由文人搜集整理保存下来的民间歌谣；一类是由文人吸收、融会而创作的有浓郁民歌色彩的诗歌；还有一类是借竹枝词格调而写出的七言绝句，这一类文人气较浓，仍冠以"竹枝词"。

民间的竹枝词记述的就是民间事，比如这首：

白洋湖头秋月过，月色满湖湖不波。游人夹岸纷何多，旁观借问云听歌。
轩轩昂首作新声，声声远逐东风行。风吹歌声入湖水，湖中有客歌重起。
阿侬生居雁荡滨，能歌自谓时无比。山歌乍唱彼歌连，有意无意声缠绵。

讲的是民间赛歌会现场，男男女女歌声此起彼伏的热闹情景。而文人笔下的竹枝词主要是吟咏山水风光、民俗风情。沈周就曾用竹枝词的体裁写过《太湖竹枝词》，其中一则：

吴江长桥如长虹，西来太湖桥下通。
我家落日水如镜，照见人影在波中。

这是风光版的竹枝词，沈周的亲家史鉴作过一组民间情歌版的竹枝词：

洞庭西望水漫漫，浪打船头来往难。
荷叶作衣蒲作帽，只遮风雨弗遮寒。

野老乘舟自打桡，闲看翡翠戏兰苕。
连山不断南津口，曲水回通底定桥。

太湖一水跨三州，洞庭两山在上头。

侬意如山常日静，郎行似水去难留。

合伴送郎湖水边，柳丝无力系郎船。

黄藤作籓篱更苦，淤泥种藕别生莲。

震泽雨晴添水波，郎船将发唱吴歌。

谁知三万六千顷，不及侬愁一半多。

十里荷花云锦机，鸳鸯相对浴红衣。

不道采莲歌渐近，一双惊起背人飞。

燕子来时雁北飞，留郎不住别郎悲。

小麦空头难见面，春蚕作茧自缠丝。

风吹雨点打荷盘，点点成珠碎又圆。

碎珠更有重圆日，雨落何曾再上天。

　　这组竹枝词既有吴江一带的风土风貌，也传达着风光中的郎情妾意、别离愁苦、相思绵绵。文人着笔比较含蓄，美得很雅，却少了民歌的爽脆。

　　有浓郁民歌色彩的竹枝词里包含了从前地方性民风民情以及生活特色，像民间的一面镜子，可对照如今有没有什么不同。诗人胡奎作过三首吟唱吴江的竹枝词，可一窥明朝初年的吴江：

青裙女儿双髻螺，唱出吴宫子夜歌。

酒醒月明眠不得，秋风吹起太湖波。

第四桥边枫叶秋，青裙少妇木兰舟。

月明打桨唱歌去，惊起芦花双白鸥。

西山日落东山黄，侬唱竹枝行晚凉。

十幅蒲帆弓样满，南风吹过白龙堂。

明代中期松江华亭人（今上海）顾清，根据旧时十二个月份的吴江竹枝歌，自言"戏效之"，作了《吴江竹枝歌十二首》。顾清的生卒时间是1460—1528年，来看看五百年前吴江人民是怎样过日脚的：

正月吴江好放船，雪消冰泮水如天。江头杨柳千千树，记得东风似去年。

二月吴江燕子飞，河豚欲上荻芽肥。侬家艇子前洲里，贪看春波忘却归。

三月吴江柳正青，柳花飞去半为萍。蔬畦麦陇蔷薇架，妆点田家作画屏。

四月吴江正插田，青秧白水暖生烟。回桡转入深村里，只见垂杨不见天。

五月吴江赛屈原，红旗画楫满晴川。鸱夷漂泊谁家事，寂寞胥门一炷烟。

六月吴江锦作天，青蒲绿柳间红莲。渔郎日见不知爱，空在江边住百年。

七月吴江斗巧天，鸡头菱角彩楼前。青裙荡桨谁家女，独自中流唱采莲。

八月吴江泊钓船，芙蓉花下绿杨边。鸳鸯一双堪入画，只可遥看莫近前。

九月吴江空水鲜，菊花篱落晚霞天。诗中尽说斜川好，不道斜川在眼前。

十月吴江大有年，枥声两岸夕阳天。竞春白粲输官里，不遣乡胥恼夜眠。

冬月吴江水未坚，芦花枫叶尚依然。沙头一派天书字，知道鸿飞若个边。

腊月吴江更自妍，梅花开近竹林边。王猷可惜空归去，不见新晴雪后天。

这里的月份对应都是农历，通俗易懂的民歌唱尽了一年春夏秋冬的日日夜夜，风土人情之美也婉转其中。回望五百年间，年年春至燕来，风晴雨雪的四季风光似乎循环往复，似乎未改变，只像是山河依旧，换了人间。

明末复社成员吴有涯，在大明灭亡后削发为僧，归隐吴地。他作的竹枝词充满对清朝的不满和对往昔生活的怀念：

> 桥上层楼桥下田，垂虹寸水索租钱。
>
> 闲思万历年间景，水满芦花烟满船。

竹枝词的记录生活，有时也起到"以诗正史"的作用。前文已出现多次被誉为"广东徐霞客"的屈大均，曾作系列"广州竹枝词"，其中"洋船争得是官商，十字门开向二洋。五丝八丝广缎好，银钱堆满十三行"就是迄今关于广州十三行的最早文字记录，作为官方历史外的有益补充，给后人留下了宝贵的史实依据。（注：广州十三行是清代专门负责对外贸易的牙行，是清政府指定专营外贸的垄断机构。）

清初的叶燮依托竹枝体也记录过一次现场事件——吴江突发的大洪水，题为《庚戌六月，吴江一夕水发淹没民居，效竹枝体》：

> 太湖风卷水漫天，城里居民屋上眠。
>
> 市上米珠无买处，朝来湿米斗三钱。

> 人家养子惜如金，何事长桥抛掷频？
>
> 一陌青钱沽一婢，夜来愁听唤娘声。

> 千村一望绝炊烟，老弱相扶乞市廛。
>
> 最惜难行缠足妇，提筐不是采桑还。

> 三里桥边粥厂新，拥挤老幼可怜生。
>
> 为求一饱真难得，骄煞争名夺利人。

这样凄惨无奈的场面是难以进入当时官方记事的，只会淹没在某年某月关于洪灾的简约词条或者一组数字里，在宏大叙事之外的生命个体，是如何活着或者死去，只有在民间的语言系统才看得真切，经年后，终以历史面目重新出现。

3

古之松陵曾有八大景观，不知是何时起名的，因有垂虹夜月，想来是北宋1048年长桥建成之后，依托此胜景构成了八个一组，分别是垂虹夜月、太湖春波、龙庙甘泉、洞庭白云、简村远帆、雪滩晚钓、华严晚钟、西山夕照。元代徐再思造访松陵的时候创作了一组散曲《普天乐·吴江八景》，分别描摹了这八大胜景：

垂虹夜月

玉华寒，冰壶冻。云间玉兔，水面苍龙。酒一樽，琴三弄。
唤起凌波仙人梦，倚阑干满面天风。楼台远近，乾坤表里，江汉西东。

太湖春波

碧琼纹，绿玻璃。离情汲汲，潭影悠悠。古渡头，长桥右。
一片青风吹皱，洗桃花昨夜新愁。浮沉锦鳞，高低紫燕，远近白鸥。

龙庙甘泉

养萍实，分桃浪。源通虎跑，味胜蜂糖。可煮茶，堪供酿。
第四桥边冰轮上，浸一泓碧玉流香。香消酒容，芳腴齿牙，冷渗诗肠。

洞庭白云

变阴晴，乘鸾凤。西山暮色，东岳奇峰。可自怡，难持送。

舒卷无心为时用，庆风雷际会从龙。襄王梦里，高僧屋内，彦敬图中。

简村远帆

远村西，夕阳外。倒悬一片，瀑布飞来。万里程，三州界。

走羽流星迎风快，把湖光山色分开。飞鲸涌绿，墙乌点墨，江乌逾白。

雪滩晚钓

水痕收，平沙冻。千山落日，一线西风。箬帽偏，冰蓑重。

待遇当年非熊梦，古溪边老了渔翁。得鱼贯柳，呼童唤酒，醉倚孤篷。

华严晚钟

斗杓低，潮音应。菩提玉杵，金声□。蝶梦惊，龙神听。

夜坐高僧回禅定，诵琅函九九残经。谯楼鼓歇，兰舟缆解，茅店鸡鸣。

西山夕照

晚云收，夕阳挂。一川枫叶，两岸芦花。鸥鹭栖，牛羊下。

万顷波光天图画，水晶宫冷浸红霞。凝烟暮景，转晖老树，背影昏鸦。

这组散曲中最让我读来心里一动的就是《西山夕照》，不仅有自然景致之美，还有乡间人情之美。"晚云收，夕阳挂。一川枫叶，两岸芦花。鸥鹭栖，牛羊下"——这是最使人心柔软的黄昏时分，大地呈现出白天所未有的温顺，炊烟袅袅升起，辛劳了一天的农人荷锄而归，牛羊入圈，妻子儿女高高低低说着话，生命中珍爱着的都在慢慢聚拢于暮色。这幅乡村晚景与远古《诗经》千古同调："日之夕矣，羊牛下来"，也与古希腊的小诗不谋而合："黄昏呀，你招回一切，招回绵羊，招回山羊，招回小孩回到母亲身旁。"暮色朦胧，亲人们围桌吃饭，灯火温暖跳动，平和的乡村夜晚就要来临了。

明朝诗人陶振的祖上是上海人入赘吴江，成了那个时代的"新吴江人"，吴江也成了他的家乡。他作过一首《松陵八景》，把这组家乡胜景串在了一首诗里：

> 太湖三万六千顷，总付雪滩垂钓翁。
> 林屋参差红日下，洞庭缥缈白云中。
> 泉喷甘雨龙神庙，声吼蒲牢塔寺钟。
> 回首简村凝望久，不知明月挂垂虹。

诗中可见这八景到元代徐再思时已略有改变，再到清代，乾隆《吴江县志》中记录的八景分别是具区云涛、鲈乡烟雨、垂虹夜月、塔寺朝阳、西山爽气、龙湫甘泉、简村远帆、雪滩钓艇。

几百年风云过去，现在这些胜景之地又变成什么样了？

太湖云涛、鲈乡烟雨依然如故；西山爽气则是而今最新旧交融的好景，东太湖边远望洞庭山，水面爽阔，山影云烟，与宋代姚铉过松江时的感受并无二致："句吴奇胜绝无俦，更见松江八月秋。震泽波光连别派，洞庭山影落中流。"

比较遗憾的几处是龙湫甘泉、简村远帆、雪滩钓艇，经过岁月的波澜沧桑已经似是而非；塔寺朝阳、垂虹夜月则"只剩一半"：朝阳、夜月始终在，垂虹是断桥，华严有新塔，风韵尚存，只不过当年太过"耀眼"，让现在有了对比上的落寞。

"垂虹夜月"已不仅是景观，更像是一种情怀。有一年中秋，天气特别好，月清风爽，颇似刘梦得词中所述："天将今夜月，一遍洗寰瀛。暑退九霄净，秋澄万景清"（刘禹锡《八月十五夜玩月》），我突然就起了兴致，前往垂虹桥去体会一把古人的诗情。

好天气，散步的人也多。沈复在《浮生六记》里写到八月中秋吴地的风俗，"妇女是晚不拘大家小户皆出，结队而游，名曰'走月亮'"。多美的习俗，不过现在大多数出来走的或许并非因习俗，而是把走步当锻炼，消耗卡路里，走着走着频频扭过头，天上，水中，找找圆月亮，我就是其中一个。寻望间想起宋代陈彦明来到桥头的那个中秋夜，他望月而咏："世间八月十五夜，何处楼台得月多。不及吴江桥上望，水晶宫里挹嫦娥。"

断桥望月，树影婆娑，城市灯火远远近近，水上迷离。《吴江县志》风俗篇里记录过明代嘉靖以来，垂虹桥畔每逢中秋举办"踏歌灯会"，桥上火树银花，桥下彩船浮动，人流如织，歌声不断，又是另一番热闹吉庆的"垂虹夜月"之景。

想象着变换的昔日胜景，也想起那场汇集江南才子的"垂虹别意"盛大雅集，那些久远的不曾相遇的岁月，就像水面映照的楼台月影，既真实又虚幻。刘禹锡《八月十五夜玩月》中"能变人间世，翛然是玉京"正贴切此时此景。

水中月影呼应着人们的目光，嫦娥住进"垂虹夜月"，成为时光中的永恒意象。

那么"简村远帆"之景，在涛涛时光里，还剩下什么了呢？

简村是太湖边的一处避风港，千年流变，后来叫作南舍，清代吴江学者周廷谔作诗《简村南舍》曰：

> 奔流三万顷，幻出一孤村。
> 树色桐端裹，山容屋背昏。
> 客来增鸭闹，市小集鱼喧。
> 农事晚来急，晴光上筚门。

广阔太湖边一个繁华热闹的小渔村在诗行中呼之欲出，可以想见那时的简村是怎样鲜活的气息。

这鲜活的生命力与地理位置紧密相关，因为这里是松陵入太湖往洞庭东山等地的必经之路，也是周围渔民的栖息地。史书记载了码头简村曾经的小繁华：港岸两侧青石驳岸，砖木廊棚连绵有一公里长，买卖鸡鸭蔬菜湖鲜的、歇脚的、喝茶的，相互交换各类信息，衍生了茶馆、酒肆、杂货铺、铁匠铺、裁缝铺、剃头店等等。鼎盛时期，村上庙宇有十三座、古石桥十座，俨然已是太湖周边一个远近闻名的元气小镇，有古桥永宁桥上联句为证：近通笠泽潆元气，遥接吴山毓秀灵。

现在简村南舍已经改称南厍，发音同宿舍的舍，"厍"经常用作村落名，吴江有南厍北厍盛家厍，可别看成"库"了。

南厍村西南均是太湖，湖中洞庭诸山隐约可见，旧时"简村远帆"之景即西望太湖一片辽阔，白帆点点，鸥鹭齐飞，清代《震泽县志》中有诗描述："万顷洪波三面山，绕村芦荻白鸥闲。飞篷百幅参差见，极目疑从鸟道还。"

如今南厍西面已难再现远帆旧景，因陆路交通发达之后，这里围湖造田，古村与太湖慢慢隔开，只有沿水村落，不见港口码头了。

南厍像是千年古村简村的血脉后裔，祖上辉煌的时候她没亲见，但是有祖上基因，也应能很好地发展出自己来。多年前我曾有心寻访古村遗迹，或许是我想象过多，感觉与文字记载颇多不符，许多古迹在时代变动中或凋零或消失，唯有零星古桥尚在，也有些败落之感。因地处太湖交通要冲，这里也曾成为"匪窝"，岁月冲刷之下，"简陋"之简村似乎已摇摇欲坠。

后来几度听说这些年来的建设变化，图片上也看得出真的好似"焕然一新"，简村已经变身"新江村"——"江村"在作为文字之外的符号意义是费孝通先生赋予的，他当年著写《江村经济》时"江村"的取名泛指江南村落，也希望是乡民富裕、美美与共、天下大同的理想家园。为了一睹简村新貌，我在盛夏的午后独自驱车前去"探访"。

快开到南厍的时候已经看见标有"新江村"的指示牌，转进去后我把车停在"远帆运动公园"的停车场，感觉很像城市居民小区的布局。我突然意识到，南厍其实已经是城市的一部分，或者叫"城中村"更合适一些。

蝉声鸣噪里，我再度走进这个村落，却像是第一次来，这里已完全没有了曾经那种败落之感。

据说简村已是文艺青年经常的打卡地，各种聚会吸引了不少年轻人光顾。也许是时辰关系，我在游走观望间并没有感受到明显的商业气息，居民住户与营业的民宿、咖吧、饭店浑然一体，朴素安静，倒有一种田园归家的感觉。房屋楼宇之间种满了花草、蔬菜、果树，道路很干净，十字路口路标也很清晰。树荫底下，偶尔有几个老人摇着蒲扇，闲闲说着话。

时光好像到此慢了下来，我也闲闲地溜达。路过一家农户门前，一对银发老夫妻互相协助着修整门楣上乱爬的绿植，从院里突然窜出两个追打嬉闹的小男孩，差点撞到我身上。阿婆冲我笑着望向跑开的小男孩讲"小把戏不懂事体……"我看到满院子花草搭腔："你家的花养得真个好！"男主人听见了过来指着半人高的一缸荷说："你早一个钟头过来么这花还开着呢，今年的特别漂亮！我每天早上等着它开！"阿婆在边上听得眯眼笑，还对我补充说明："这花早上开，下午晚一点就关上了……"真是一对可爱的老夫妻。

绕行一圈走到了"南厍街"，聚龙桥就在街口，这座明代万历五年（1577）初建的古桥原名"永隆桥"，清代康熙二十八年（1689）重建时更名"聚龙桥"，或许是因为这条南厍水贯穿的渔港像一条卧龙？它的两面桥联非常有气势："文澜高壮银河色，虹势遥迎玉殿光。"和"安梁累世朝金阙，凝秀千年映彩霞。"

太阳照在古桥上，反射的光线热辣辣散开，光影里多了古老而神秘的气息，小河流水缓缓而过，拉缓了时光，一切变得悠长。

我沿着河岸继续闲走，穿过一段新修的仿古长廊，走入一段留存的廊棚古迹，这是古时雨天也不怕上街淋湿鞋袜的设计，功能与两广的骑楼相似。河岸边一家家住户有新屋也有旧房，有维持旧貌的剃头店还在经营。古桥连着河岸两旁的高楼和小院，楼顶成排的太阳能热水器是现代化生活的标志，而河边某处的煤球炉、收音机，仿佛又是回到了二十世纪八十年代的生活场景，坐在小靠椅上的老人面带自足又自在的神情，旁若无人，你若搭话，也很热情。

楼房院落交错中伫立着几处断墙旧瓦，这种新旧相连的感觉很微妙。我立在那古今交界处，听蝉鸣如雨，古韵今声里思绪乱飞。

我游荡着走走瞧瞧，前面折弯处像是尽头，走过去看见几个衣着随意的妇女正在自家门口洗洗刷刷聊着天，我用吴江话随意问："前面阿走得通？"一个胖阿嫂转过脸笑呵呵大声回我："这里路路通！"

果然是四通八达，不用走回头路，转着转着又从街上回到村里。

窗影渐黄昏，已到"斜阳照墟落，穷巷牛羊归"的鸦栖时候，一天中最温馨的时刻来临了。放在从前，此时也应是渔船归港了，如紫藤主人诗句："孤村渺渺具区东，蟹舍渔庄趣莫穷。卷幔湖光五百里，乱帆争送夕阳红。"紫藤主人即清代僧人明印，在做吴江接待寺住持时到访简村作了这首诗，描画了一幅生动的渔村晚景图。

夕阳斜晖穿过树叶缝隙洒洒落落，落在干干净净的乡间路上，蝉鸣暂歇，偶尔听到了几声闲闲的鸡鸣，继而是几声回应似的犬吠，竟更增添了些许幽静安宁的感觉。

"近水人家，芦花掩映黄茅屋。临流濯足。惊起双鸳浴。沽酒归来，唱个吴江曲。吹横竹。鲈鱼正熟。醉看秋山绿。"清人熊琏曾作《点绛唇·江村》，我在风光旧影中寻觅着往日情怀，可喜情怀依旧，江村又增新意。

"简村远帆"已成史书里的白帆点点，工业化进程中传统乡村势必渐行渐远，或许换了一种形式存在，我们边告别，边缅怀，边重新启航。乡村振兴中"新江村"已然成型，也等着几百年后来寻古探幽的人们，感受其续存的恬美安谧。

4

很早以前听到过一个段子，说是吴江一马平川没有山，所以只要是高出一般人头的土墩墩、坟墩墩就叫作山。当时只当是个损人的笑话听，毕竟苏州一带山美水美，虽说海拔低一些，正儿八经的山还是有的。

了解了地理细况才明白，这是个有史有据的段子，是专门戏谑吴江辖区的。很早以前划分疆域的时候，为了均衡，每个县得雨露均沾有座山，因而割了最近距离的吴县境内横山的一个角归吴江，但其实隔开了二三十里，还有不好划分的水域，画到境域图上都有些别扭，那块山脚就像个独悬悬的笑话，后来不知几时还是归回了横山岛。

翻阅《苏州山水志》得知苏州境内大大小小的山总共 118 座，昆山居然还有座"马鞍山"，形似马鞍而得名（亦名玉山），海拔不过才八十米，也位列其中。吴江的的确确一座也没有，只在"土墩"的类别里有几处叫作"山"的地名。一个是明末清初名儒朱鹤龄隐居之地庞山湖，相传曾有高数丈、横亘百亩的土墩叫庞山，今已不存；一个是梅山，在同里史家弄北端，是一处宅院里的土丘，后废；还一个是清代学者王鲲《松陵见闻录》中记载的"团圆山"，在今同里中学西北角，里人习惯称"珠子山"，其实是古冢，二十世纪五十年代出土了墓葬，由苏州博物馆收藏；再有就是同里英字圩的"北山"，也称"北坟山"，旧志载为"莫氏古墓"。

如此看来，那个笑话虽说得刻薄，却也是实情。

那又怎样呢，吴江水域广阔，水中借景，倒映出远处洞庭诸山，依旧美如画呀。山水清风明月，哪有真正的人世之主，苏东坡言："江山风月，本无常主，闲者便是主人。"不过也有人还是想着要弥补一下这个小小缺憾，于是，吴江城里有了一座"七阳山"。

"七阳山"当然也不能真的算是一座山，是松陵公园里一处高数丈的人工土丘，缓坡上下遍植树木花草，修建亭阁水榭，在这寻找晋代《四时咏》也会一样不少："春水满四泽，夏云多奇峰。秋月扬明辉，冬岭秀孤松。"不知多少次，春天里从山脚向上仰望，层层绿意亦有叠嶂之感，步入山中，也似空翠湿人衣；秋季盘桓山上山下，苍松翠柏、桂花金灿，成片的丹枫红艳里参差着黄叶缤纷，摇曳间染得天空如铺满了彩霞，美醉了整个秋天。此中绚丽岂不就是垂虹秋色满东南的一部分？

讲起来七阳山从雏形算起，已经一百多岁了，比松陵公园年数长。

太平天国时期，这个土墩开始长高长大，那是因为不断堆积的建筑废渣和清理河道的淤泥。民国初年的时候，为了映衬"松陵"这一古地名，就在大土墩上种植了许多松树，修整后有了"七阳听松"一景。当时面对了外界不少嘲笑的声音，然而天地一视同仁，风晴雨露，松渐成林，经年后明月松间照，风入松下清，令人想起魏晋嵇康的《风入松》古琴曲，还有唐代诗僧皎然的《风入松歌》："西岭松声落日秋，千枝万叶风飕飗。"这松风弄响无弦琴，古朴琴声悠悠萦绕在吴江这片人文昌盛之地。

民国二十三年（1934），以七阳山为依托，山下开始修筑中山纪念堂和息楼，构建了松陵公园（当时叫吴江公园），次年（1935）建成使用。历经战火、动乱，以及年深日久的毁损，半个多世纪历尽沧桑。近年来多次修葺调整，还重建了息楼（憩楼）。令人慨叹的是松陵公园也快迎来一百岁了。经过时间的沉淀，它已经成了吴江松陵不可或缺的一角，装进了几代人的记忆。

松陵公园所在地正是老东门城墙下，不远处就是垂虹桥。

之前提到清理河道的淤泥堆上了七阳山，这河就是玉带河，后来填河修路，有了"红旗路"这个很有年代感的路名，现在与流虹路相接已统称为"流虹路"。不过大多数老松陵人还是习惯称这一段为红旗路——曾经是松陵镇最繁华的路段。如今与垂虹周边以及附近的怀德井、古银杏构成的版图算是松陵最后一块集中古意的地方了。

怀德井在这已经五百年了，挖建于明朝嘉靖年间，由三个井眼并在一处组成，是当时的刑部尚书吴山出资为家乡百姓凿筑的公共用水设施，长久以来，这一带地名约定俗成叫作"三角井"。

造井的吴山是明朝著名"全孝翁"吴璋之孙，怀德井也是忠孝厚德家风传承的象征物。吴山与父亲吴洪是两代尚书，后辈中也出了不少杰出人才，如抗清将领吴易、清初诗人吴兆骞等。如今古井罩上了玻璃罩，作为历史文物立在市井一角，与对面广场上的古银杏遥遥相望，人来人往中似有时光古今穿梭。

大凡有古银杏的地方，几乎都曾有过寺庙，它与佛门圣地的缘分由来已久。众所周知佛门圣树是菩提树，但因其为热带植物，不宜在温带成活，得道高僧就想到了高大雄伟的银杏树——不仅树龄长久，秋季的一身金叶与宝殿古刹亦能相映成辉，那尊贵的黄色与僧人袈裟也特别相契，银杏树自带的浩然正气与佛门圣地气场又非常一致——于是银杏成了菩提树的"平替"，唐代时在寺庙广泛种植。

由此我查找史料，发现此广场所在区域果然有过一座圣寿禅寺，亦称北寺，始建于三国时期赤乌年间，在后梁开平三年（909），也就是吴越王钱镠设立吴江县这年，又重修了北寺，改称"兴宝院"，这棵银杏大约就是在那时种下的。

寺庙屡建屡毁终于不存，民国时期改成了办公地，多年后这里成为新中国吴江政府第一招待所，俗称"一招"。再后来，招待所就与古时的驿道招待寺一样消失在时代烟尘，演变成了广场，因这棵古树而得名"银杏广场"。

我时常经过树下仰望，古银杏树干浑圆结实，枝叶似在云端，它俯视着一切不动声色，站在时间的河流里看着身边的兴与废，看着远处垂虹长桥的建成又看着它轰然塌断，千百个春秋转换，或许已见惯波澜。

以这棵古银杏为原点，它的整个东面辐射半圆像个打开的扇面，上有历史的墨痕——三角古井、垂虹遗址、吴江文庙、民国十七年建造的农行旧址、民国二十五年建造的县立医院、松陵公园、解放初期建造的仿苏联建筑红楼、承载几代人记忆的红旗电影院、改造中的盛家库……扇面轻摇，时光滔滔，这些建筑如历史行进的音符，从遥远的北宋跳动到近代，组成的无声乐章是一条看得见的文脉，一部直观的松陵发展史。

松陵在不断长大，它的童年印记已经越来越少，即将融在时光流水中了。保护好、发展好这块版图，是对松陵这块古老土地的一份敬意。

"松陵"这个有着千年文化底蕴的称呼，不仅是地名，也是历史符号和情怀，更是一份文化认同和传承，可不要在发展中从现实消隐成仅存书本的注释了。

5

在银杏广场的西南方，松陵大道旁的圆通寺内，有两棵更古老的银杏树。

我初次走进圆通寺是在多年前暮春的一天，日暖风和里仰望古树，"凌云枝已密，似蹼叶非疏"，银杏叶子已密密匝匝，古人觉得形似鸭蹼、鸭脚掌，常以鸭脚代称，如黄庭坚诗云："霜林收鸭脚，春网荐琴高。"梅尧臣则这样解说："北人见鸭脚，南人见胡桃。""鸭脚类绿李，其名因叶高。"

不过我还是觉得银杏叶更像一把把小扇子，忽闪忽闪又像小蝴蝶，那一日看着这许多绿色的小蝴蝶，正与周身各样花儿亲密互动，"杂花生树"

的图景很是特别。走近前去，古银杏树下围栏外立着一个石碑，是一本翻开的大石头书，上面刻着说明："十样景"古树，两棵古银杏树，树身直径均在 1.5 米以上，高约八九米，两株均已中空，树身又丛生榉、朴、槐、榆、柏、枫、杉、柞、香椿、枸杞、冬青、盘杨等十余种花果树木，形成奇妙的"十样景"奇观。2005 年经苏州农林专家鉴定，古树树龄为980 余年，被列入江苏省名木名单。

原来如此。

我再次抬头仰望这近千岁的容颜，中空的树身依然挺拔高大，枝繁叶茂容得下各类鸟儿分层居住，或许这棵古树当中生长的不同树种也是鸟儿们带来的吧。丛生的树木与古树浑然一体，也看不清它们都是怎么长的，之间是怎样的依附关系，只见各色花开，绿意从容，那份什锦般的绚烂一点也不张扬，而是各安其身的自在，好像在这寺庙香火里花草都有了佛性，懂得了相互成全，就如"云映日而成霞，泉挂岩而成瀑"。

这座圆通寺原称"圆通庵"，初建于唐朝末年，2001 年再度重建时更名圆通寺。悠长岁月里几度毁损重修，不断地又毁又建，据说皆因这两棵雷劈不死的神树庇佑，可谓"风雪雷电上千年，雨荒苔院两株春"，因此我暗自思忖着苏州农林专家鉴定的树龄或许有些保守了。

重获新生的圆通寺石牌楼匾额为南怀瑾先生手书，寺内有三绝：四面千手观音像、"十样景"银杏树、金刚经塔碑。这"金刚经塔碑"原本是立在圣寿禅寺内（今银杏广场），为明代刻碑圣手章藻书刻，上有高僧真可题铭。真可就是吴江人，俗姓沈，字达观，号紫柏老人，与莲池、憨山、蕅益并称为明代四大高僧。塔碑历经四百余年逐渐断裂风化，字迹漫漶，后由圆通寺法师及居士发心重刻了 4.5 米高的新碑。原遗碑与现刻的金刚经塔碑并立在圆通寺内，古今相和，宛如绝唱。

古树经历的光阴，古寺演变的过程，都是吴江的一段历史，读着它们，就像听见了岁月在说话。

我时常惦念着寺里的古树，每当经过寺外的松陵大道都要寻望一番。特别是秋天的时候，两棵银杏金灿灿的树冠高过明黄色的院墙，像一团抹着金色的祥云，远远就能看见，与寺庙的主打黄色浑然相接，和谐一体，散发出一种庄重的静美。

进了佛门的银杏树用途更加广泛，银杏果成了圣果，银杏木也有了好用场，因其质地软硬适中，成了寺庙制作木鱼的选材。还有佛寺用来雕刻观音像，银杏木的材质能将佛像指甲呈现得微薄如真，因而佛家又称银杏为"佛指甲"。

银杏树带有不受风尘干扰的气质且具有观赏性，现代也经常作为行道树栽种。在我眼里，秋天的美有一半是银杏树贡献的，有几年我住在苏州古城，每到秋天去道前街走一走，就是为了相约那片满街灿烂的银杏。现在每到秋叶黄了，我的眼睛就不由自主寻觅着银杏，就算经过小区里的银杏树也会停下看一会儿，不过这些红尘中的年轻银杏似乎还没长出庄重来，更多的是人世亲和力，零星叶片飞舞的时候感觉特别调皮，好像哪哪都要瞧上一眼，有时停车树下，摇下车窗与它们打声招呼，活泼的银杏叶子就顺着风一下子跳进了车窗，我自然也是欢喜的，把大小几片叶子摆成了排排坐，再启动，好似拉着一车金色的风，心下就想着几时再去圆通寺看看古银杏。

再次走进寺院又是几年之后了。古树身披金甲，秋风起兮木叶飞，似乎比别处落叶更滞缓凝重。目睹灿烂的瞬间凋落，往往容易引起悲秋的惆怅，然而在这古树之下看见片片飞落的金色，我并没有秋风凋碧叶的萧瑟之感，只想到生命的浩大，想到"蒛兮蒛兮，风其吹女"的古老歌谣，想到"江南有嘉树，修耸入天插。叶如栏边迹，子剥杏中甲"的美好诗句。或许是生命的厚重与佛家的通透让古树有了蓬勃之意，不同的季节呈现着不同的生命形式，人心在此亦融于自然。

2021年我又一次去拜望这两棵古银杏，发现树身上贴出了新的鉴定牌，经过更精确的科学测定，树龄为 1210 年——在这合抱之木的毫末之时，也是松陵的幼年之时，这一千多圈年轮，圈圈点点间都是吴江成长的自然历史，像是一方水土的守护神。

6

和我一样对古银杏有兴趣的小伙伴，在 2022 年年尾自发组织了一场"触摸历史的年轮——寻访吴江古银杏"的文化之旅。时节已是初冬，不过江南这时候算是深秋，选择这个时间点是在等古银杏的叶子变黄。古树有个普遍的特点就是长得慢或者说是更壮实耐寒，在其他花草树木都已凋零进入冬季的时候，它们好像才开始秋天，同种的年轻银杏已经叶子掉得差不多了，古银杏才刚开始起色渐黄。

散落吴江乡村的古银杏有好多棵，我们选出四棵平均树龄八百以上的去拜访，路线是：四都村——永乐村——杭头村——旺塔村。

这是一场因缘际会，一群人与几棵树，蹚过漫漫岁月的河，在光阴某处相逢一笑，成就一段特别记忆。

第一站四都村是个控保古村落，"都"是古时地方行政区划名，吴江沿太湖按数字排列了好一串"都"，为太湖之滨"三十六溇七十二港"。明朝"三言二拍"中不少故事发生地都在吴江这一带，其中《施润泽滩阙遇友》就是四都的滩阙港。

乡村路线靠导航其实并不好找，已经到达四都村地界却不知该往哪个方向开，犹疑间突然一扭头，高出其他树木房屋的一个巨大树冠远远地招呼我们：那就是了。

来到树下，第一梯队的小伙伴早就到了，正围着石栏杆"膜拜"。数人方可合抱的树身威武雄壮，枝干高耸入云，叶片还半绿着，它的季节仿佛还在初秋，没有一点倦意。

据史料记载这里曾有崇吴寺，始建于五代后梁开平二年（908）——比吴江县建立还早一年，后毁于兵燹。明代正统年间重建，又毁又建最终还是败落湮灭了，只留下这棵银杏树。传说此树是按照百花公主的夙愿栽下的，百花公主是北宋末年抗金将领花荣之女，这样算起来，这棵树少说也有八百多岁了。

绕到古树后方，不远处有几间刷上了"庙宇黄"的小屋子，简陋、破落，但门前香烛似乎还挺旺盛，有座半人高长方形的四鼎大香炉，上面浇铸了三个大字：崇吴寺。

真正的崇吴寺已经没有了，不过它并没有完全消失，只是转换了一种存在形式——在清同治年间，这附近的木制古桥要重修成石桥，于是用了崇吴寺废址的石块修好了两座桥，呈八字形分布，一座东西走向，一座南北走向，称"八字桥"，百姓时常在此上香。后来两桥相连处就增设了一个石墩。石墩内有一尊石刻观音像，香火不断。八字桥在人们口中流传久了，因吴语谐音相近，逐渐被叫成了"博士桥"。

告别这棵古银杏，开往震泽永乐村——因"永乐寺"而得名，始建于南宋的永乐寺曾经规模非常宏大，建有十三处殿宇，而今只剩一座观音殿和这棵古树。

隔着一大片金色稻田，我们停下车子，步行过去。

远处的古树遗世独立，树上有两个鸟巢，树下有一座小庙，宽广田野里组成的这一幕真如"画面"般的不真实，不像是同一时空世界的事物。我们朝着古树方向在田埂间绕来绕去，走着走着，终于真实走进了这幅"画"。近处瞧，发现观音庙已经修葺粉刷得簇新簇新，与身旁的古树果然像两个时空的平行相遇。

这棵古银杏叶子也是处在青黄相接渐变中，看来是我们太性急了，古树们都从容着呢，一站就是千八百年，没有点笃定的气质怎么行。

走进去的时候是我们这组"自创"路径，走出来的才是"正途"：从观音殿正门这边往稻田外铺就了一条鲜花大道，都是新近完成的，等待着时间的检验。

第三站黎里杭头村的古银杏已经一千多年了，当地人早已习惯称之为"银杏村"。

我们到的时候是中午，阳光烁烁，古树的叶片似乎也带着光，一半黄一半绿。

站在树下听当地人讲古，这里曾经也有古寺，叫"吉庆寺"，寺里高僧种下两株银杏树，后来寺庙毁了，只有两株银杏树千百年来相伴。两株银杏树是雄雌一对（雌的结果，雄的不结果），那位村民指了指我们身旁这棵古树说："这棵是雄的，后来么，1958年的时候，要砍树……就砍掉了那棵雌树，现在的是后来补种的……"我们顺着他指的地方，看见了一棵年轻弱小许多的银杏树，原来是"续弦"。我们连呼遗憾，古树有灵，为什么要砍？村民欲言又止，后来讲了砍树前后发生的故事，砍古树与诡异的血光之灾是否存在因果，只能说万物皆有灵，草木亦有心。

带着故事的眼光再次望向这棵高大的雄树，想象着地面以下我们看不到的地方，或许还保持着曾经根系相握的悲伤姿势，地面之上参天的虬枝孤独耸入云端，似乎多出了几分落寞，也或许，枝枝叶叶在光影交错中正在制造一场属于它的时光逆流。

去访第四站古银杏已是下午，在同里的旺墩村。

经历了三处"慢性子"银杏之后，我们料想着大约晚几日才是更好的观赏期，略有疲惫的我们在居民挤挤挨挨的住房之间转着找寻最后一站，不期然地，就来到了树前。

真没想到最后一棵古树竟像已得知消息一样准备好了"给这群人点颜色瞧瞧"——简直不知该怎么形容，只能说是一树爆黄，泼天富贵的金黄，黄得太阔绰奢侈了，我们所有人惊呼出声！

满树金灿灿的黄叶，随风震颤，像要起飞的黄蝶，随即乘风而起，又纷纷回落，铺满树下不愿离去。眼见金黄的"小扇子"不断飞落，却又好像满树叶子不曾减少，我们在古树下不断流连，一边欣赏一边赞叹。

亲近欣赏之间发现这棵古树像是两半合体似的，硕大浑圆的树干颜色明显分成深浅两种，再细看，一部分是原生的树干，一部分留有人工救治的痕迹。附近有个正在晒菜干的村民告诉我们，这棵树已被雷劈死了一半，枯死的那半刷上了防腐的保护漆——这太令人震撼了，古树用半个身躯撑起了一颗不屈的灵魂，迸发出如此灿烂的生命之光！难怪银杏这个物种能够历经多个冰河期而不绝。

生命的坚韧让人敬畏。我们小心地在树下捡起落叶，那是一片一片生命的花瓣，层层叠加，叠成一朵一朵"黄玫瑰"，握在手中，感受烈焰后的沉静，柔软中的铿锵。

千年参差岁月组成一朵时间的玫瑰，这古老的大地，这不息的生命。

山水清音，生之色彩

1

一方生灵，离不开人的故事。

生而为人，我们要怎样存在，或许，这片土地上先人们留下的缕缕清音会给我们答案。

选择了一种生活方式，就是选择了一种人生，论语里有篇《子路、曾晳、冉有、公西华侍坐》，弟子们各自说着自己的志向，子路谈国家政治，冉有言治理地方，公西华想做诸侯司仪，最后曾晳说："莫春者，春服既成，冠者五六人，童子六七人，浴乎沂，风乎舞雩，咏而归。"孔子听完点头："吾与点也。"点即曾晳。

暮春时节，春风和煦，单衣短衫，五六个大人，七八个小孩，小河清水里沐浴玩耍，上岸任意吹干，舞之蹈之，一路唱着歌儿走回家——曾点所描绘的这幅"咏而归"简直太美好了，精神自足，轻松愉悦，是千百代多少人向往的随性生活。然而大多数人只是向往，只是憧憬，真正愿意放弃功名的人并不多，因此一旦有人去做了，就像替所有人实现了理想，西晋文学家张翰就是经典的一个。

为了这份"向往的生活"决然南归的张翰（字季鹰）大概是最具影响力的"吴江名人"了。时间太久远了，一千七百多年前的一个背影，已渐渐变成了一个平面标识，"莼鲈之思"使他看起来像个性格纵任不拘的老饕，他是因思念家乡和家乡的美食才辞官的吗？既是也不是。《晋书·张翰传》中说："张季鹰辟齐王东曹掾，在洛见秋风起，因思吴中菰菜羹、鲈鱼脍，曰：'人生贵得适意尔，何能羁宦数千里以要名爵！'遂命驾便归。俄而齐王败，时人皆谓为见机。"

张季鹰当时是司马囧任命的"大司马东曹掾"，其官职大致可以理解为齐王麾下的一名元帅。他以想吃家乡美食为由不辞而别被剔除了公职，世人闻听都弹眼落睛。不久后齐王失败而亡，人们才反应过来，张季鹰不仅仅是个性豪纵，更是内心明智。

张季鹰确实"见微知著"，当时的晋惠帝司马衷是个怎样的人——有一年大灾之后粮食短缺，饿死不少百姓，灾情不断上报，晋惠帝不解地问："何不食肉糜？"看来限制了想象的不仅是贫穷，也可能是富贵，究其根本是眼界和思维。这是位智商堪忧的人主，迟早祸起萧墙。

八王争端开始危机四伏，心里早有想法的张季鹰已有意识退隐。他的同乡好友也在洛阳做官，就是与陆机、陆云两兄弟一起被称为"洛阳三俊"的顾荣。有一日，两人一起饮酒，张季鹰对顾荣推心置腹道："天下纷纷，祸难未已。夫有四海之名者，求退良难。吾本山林间人，无望于时。子善以明防前，以智虑后。"顾荣拉着季鹰的手怆然说："吾亦与子采南山蕨，饮三江水耳。"各自心思明了，审时度势和选择就看各人性格了。

秋天到了，落叶纷飞更加触动张季鹰情怀，作《思吴江歌》："秋风起兮木叶飞，吴江水兮鲈正肥。三千里兮家未归，恨难禁兮仰天悲。"

不久后，张季鹰借口思乡，留下一句"人生贵得适意尔"，南归吴江。

张季鹰回到了家乡，过上了"咏而归"的适意生活，颇有竹林七贤阮籍之风。阮籍官至步兵校尉，世称阮步兵，因此世人亦称张季鹰为"江东步兵"。

那么留恋家乡的江东步兵当年怎么就北上洛阳了呢？说起来还真是有着晋人的随性之风——据《晋书·文苑列传》中记载，会稽名士贺循到洛阳去就职太孙舍人时，途经吴地停泊，坐在船中弹琴。季鹰路过听见琴声很是清越入心，就下船找到了贺循。原本并不认识的两人交谈后竟十分相知，甚是喜悦。季鹰问贺循去往何处，贺循答曰洛阳，季鹰就说同去同去，于是连家里还没告知就和贺循一起出发了。

贺循是会稽山阴人（今绍兴），字彦先（与顾荣的字相同），三国东吴后将军贺齐曾孙、中书令贺邵之子，祖先是庆普，即"庆氏学"的开创者，因避讳汉安帝父亲刘庆而改为贺姓。按照北宋词人贺铸的考证，这也是他与贺知章的老祖。

张季鹰父亲是东吴的大鸿胪张俨，顾荣是东吴丞相顾雍之孙、宜都太守顾穆之子，陆机是东吴丞相陆逊之孙、大司马陆抗之子……说这些的意思是孙吴灭亡后，这些孙吴政权的"遗民"被请到洛阳做官，为司马家所用，内心是有波澜的。陆机与弟弟陆云在太康十年（289）离开苏州赴洛阳道中曾作诗两首，记述了当时心绪，其一云：

> 总辔登长路，呜咽辞密亲。
>
> 借问子何之，世网婴我身。
>
> 永叹遵北渚，遗思结南津。
>
> 行行遂已远，野途旷无人。
>
> 山泽纷纡余，林薄杳阡眠。
>
> 虎啸深谷底，鸡鸣高树巅。
>
> 哀风中夜流，孤兽更我前。
>
> 悲情触物感，沉思郁缠绵。
>
> 伫立望故乡，顾影凄自怜。

《晋书·陆机传》中描写陆机："身长七尺，其声如钟，少有异才，文章冠世，伏膺儒术，非礼不动。"这样一个江南才俊，又出身名门，官府定会要他出仕。诗中看出陆机赴洛阳有种无奈的情绪，以"世网"缠身作喻，面对离乡背井去奔赴一场生死未卜的仕途，内心充满了凄清与惆怅。

陆机文采过人，《文赋》《吴趋行》至今精彩，书法也极好，《平复帖》流传千年，可惜未能及时抽身，被诬陷有谋反之心，司马颖下令处死。兢兢业业十几年，终为谗言所害，冤死异乡时年仅四十三岁。

贺循虽去了洛阳，后来装病不出十几年，得以善终；顾荣曾趁乱南逃过一回，又不得已重新接受任命，最后死在任上。

顾荣亡故后，张翰前来大哭。顾荣生前向来喜好抚琴，家人把他的琴放在灵床上，哀痛不能自已的张翰哭了一会儿径直上床鼓琴数曲，抚琴感伤长叹："顾彦先颇复赏此不？"言罢，无限悲凉再次恸哭，未及吊丧主直接走了，真是非同一般人的行事风格。

也许只有这样脱略不拘的性情中人，才会做出不同常人的决定，张翰当年弃官南归的时候曾有人问他："卿乃可纵适一时，独不为身后名邪？"答曰："使我有身后名，不如即时一杯酒！"

张翰舍弃身后之名选择了眼前一杯酒，没想到身后名声却经年不衰。五百年后李白数次在诗中提起他，如："陆机雄才岂自保？李斯税驾苦不早。华亭鹤唳讵可闻？上蔡苍鹰何足道？君不见吴中张翰称达生，秋风忽忆江东行。且乐生前一杯酒，何须身后千载名？"这是李白在《行路难》中的追问，对张翰的旷达态度十分赞赏。友人去往江东时李白又想到张翰，《送张舍人之江东》曰："张翰江东去，正值秋风时。天清一雁远，海阔孤帆迟。白日行欲暮，沧波杳难期。吴洲如见月，千里幸相思。"这还不算，《金陵送张十一再游东吴》又云："张翰黄华句，风流五百年。"

李白盛赞的"张翰黄华句"，是张翰所作的杂诗之一：

暮春和气应，白日照园林。

青条若总翠，黄华如散金。

嘉卉亮有观，顾此难久耽。

延颈无良涂，顿足托幽深。

荣与壮俱去，贱与老相寻。

观乐不照颜，惨怆发讴吟。

讴吟何嗟及，古人可慰心。

这句"黄华如散金"经常被后人误作"黄花"，以为是吟咏"满城尽带黄金甲"的菊花，其实不然，诗的头一句就交代了时间是"暮春"，就算假说是秋季，也未必是黄菊花，以散金说桂花岂不更相宜；也有今人理解是春天里一大片的油菜花田，这是个美丽的现代化理解，可是放在一千七百年前是不可能的，因为我国油菜花大面积种植是从南宋才开始的。以我理解，这里并非指代任何一种具体的花，诗人是在描述一个春天的场景，如果你曾在春天的树下欣赏过那些光线之美，就一定有过相同感受——暮春时节，风暖气和，太阳明晃晃照在园林里，日光落在树上更显得枝条嫩叶浓绿青翠，斑斑树影中，那些枝叶间隙洒下来的烁烁光华，如同散金黄得耀眼……然而这是稍纵即逝不长久的，荣华转瞬就是萧瑟，前半段的春景有多美妙，后半段张翰转入的忧虑就有多幽深。张翰诗句果然如钟嵘《诗品》所言："文采高丽，辞义清新。"

张翰这杯酒被后世诗人念念不忘，爱酒的李白在《送友人寻越中山水》再次提及："八月枚乘笔，三吴张翰杯。"白居易也有诗云："张翰一杯酒，荣期三乐歌。""坐倾张翰酒，行唱接舆歌。"他们欣赏张翰的个性，也在张翰这杯酒里得到了启示或慰藉。

在张翰之后，东晋时期的公元404年，适逢暮春三月三，四十岁的陶渊明春游郊野，在水边悠然陶醉，作诗《时运》，像是与曾点那番话有了隔空呼应："洋洋平津，乃漱乃濯。邈邈遐景，载欣载瞩。人亦有言，称心易足。挥兹一觞，陶然自乐。"

千年之下，我也想与陶渊明一同举杯共饮，敬曾点，敬张翰。

张翰后来因老母离世哀伤过度而卒，享年五十七岁。据古籍记载，张翰墓在"芦墟二十九都南役圩"，临近莼鲈港，即今二图港，也是张翰当年回到元荡的隐居之地。

2

西晋张翰是吴江"三高祠"里的高士之一，另两位是春秋范蠡和晚唐陆龟蒙。

陆龟蒙曾在《松江秋书》中写下与前辈张翰共情的诗句：

张翰深心怕祸机，不缘莼脆与鲈肥。如何徇世浮沉去，可要抛官独自归。

风度野烟侵醉帽，雨来秋浪溅吟衣。无人好尚无人责，吟啸低头又掩扉。

在写《松江怀古》时，又念及了先贤范蠡：

碧树吴宫远，青山震泽深。
无人踪范蠡，烟水暮沉沉。

陆龟蒙欣赏前辈的智慧和隐逸精神，因此在晚唐乱世也选择了隐居松江，写下这些篇章。他不会想到，多年以后，自己竟同先贤范蠡、张翰一起位列"吴江三高"——

顺着陆龟蒙的生活轨迹，先回到唐懿宗咸通九年（868），陆龟蒙进京准备应进士科考试。出生没落世家的他自幼聪颖，通晓六经，写得一手好文章，在进京考试前几年已在睦州陆墉处做过幕僚。但这次赶考却碰上了"庞勋之乱",朝廷下诏暂停了次年春的举试,因此他的应试也就不了了之,在长安、洛阳等地游历一番后回到家乡开始了隐士生活。

一年后,崔璞任苏州刺史,聘请南下避难的皮日休为从事,皮日休到任一个月后与松江隐士陆龟蒙结识。

皮日休(字袭美)是湖北襄阳人,咸通八年(867)进士,撰有《皮子文薮》,居住地在鹿门山——看到这个地名定会想到山水田园诗人、世称"孟襄阳"的孟浩然,这个著名的老乡前辈一生淡然处世,隐居鹿门山一带,皮日休称之为"文章大匠",想必也受其影响颇深。皮日休自号"醉吟先生",与白居易晚号相同,白居易的《醉吟先生传》写的就是自己退休后的半隐居生活,由这些或可看出皮日休在世道纷乱中对归隐生活的向往,所以与隐士陆龟蒙一见如故。

在此之前,陆龟蒙读过《襄阳耆旧传》,对襄阳山川、人物等都非常赞赏,听闻鹿门才子皮日休就职于苏州府之后,带了自己的诗文前来拜会。两大诗人彼此欣赏,好似久别重逢,遂成知己,开始以诗往来,频繁唱酬,不知不觉拉开了中国诗歌史上著名的"松陵唱和"帷幕——陆龟蒙作《读〈襄阳耆旧传〉因作诗五百言寄皮袭美》,皮日休次韵回复一千言;吴中连日雨不停,皮日休作《吴中苦雨因书一百韵寄鲁望》,陆龟蒙回《奉酬袭美先辈吴中苦雨一百韵》……两人相见恨晚,有说不完的话,如鲁望所言:"俱怀出尘想,共有吟诗癖。"

在他们生活中,季节时令咏之,衣食住行吟之,连贫病困苦也可入诗,抒发出一种贫俭淡雅的文人气,他们将琐细的日常都记录成诗,日月星辰,四时景致,渔樵酒茶,他们友情寄赠,有问有答,以此在唐末乱世里相互取暖,慰藉心灵。

他们不仅作诗,也把自己活成了诗,渐渐地吸引了一批文人参与进来,有苏州刺史崔璞、浙东观察推官李縠、吴中名士魏朴以及寓居吴地的诗人张贲等,一起作诗形成了风气,后人评论这些诗"雅正可法,触可成诗"。

一次春宴酒后，皮日休作《春夕酒醒》：

> 四弦才罢醉蛮奴，醽醁余香在翠炉。
>
> 夜半醒来红蜡短，一枝寒泪作珊瑚。

宋代以前男女皆可称"奴"，皮日休来自"荆蛮"，所以自称"蛮奴"。整首诗带着乐声、酒香，也带着色彩：翠炉、红烛；还带着酒后醒来的孤清：一滴凝固的烛泪像冰冷的珊瑚，颜色鲜艳而美丽，内心凄清而寡淡，人生道路正像这短了半截的红烛，已入中年，壮志未酬，情景交融得恰到好处。晚明文学家胡震亨在《唐音癸签》中评价皮日休这时期的诗"才笔开横，富有奇艳句"。

陆龟蒙作《和袭美春夕酒醒》回应：

> 几年无事傍江湖，醉倒黄公旧酒垆。
>
> 觉后不知明月上，满身花影倩人扶。

黄公酒垆原指竹林七贤饮酒之处，陆龟蒙以此代指颇有意味。这首诗相对皮日休的更有闲适气息——酒醉黄公酒垆，睡醒之后，明月已高悬，满身花影摇曳像是要来搀扶。这传神一笔，静态的清幽夜色里，出现花影浮摇的动态美感，冲减了袭美诗中的酒后凉意。

陆龟蒙许多诗都有这种平淡中自带真趣的特点，他不爱与俗人交往，喜欢饮酒、喝茶，平日时常随身携带书卷、笔床、茶灶、钓具，往来于松江之上，做"江湖散人"。他自比渔父、江上丈人，自号"天随子"就是此时开始的。两大诗人经常一起泛舟松江，一日醉歌而作《醉渔唱晚》，啸歌而返。此曲已流传下来，古之琴曲，今有余音，何其幸哉。

陆龟蒙的诗中几度提起老祖陆机，如"吾祖仗才力，革车蒙虎皮"，自注"士衡《文赋》"，更远一点的老祖是以廉洁著称于世的陆绩，家世源远，也是他引以为豪、洁身自好的内驱力。但是自他祖父陆正兴开始家道中落，到陆龟蒙时又正逢频发战乱的晚唐，读书难以致用，只能自修其身，不免有远离尘世的消极思想。皮陆在唱酬诗中多以文人雅士的隐逸情趣去消解这种情绪，陆龟蒙也将张翰所言"人生贵得适意尔"注入了隐士生活。从皮日休的诗中可以看到好友陆龟蒙的生活，"绕屋新栽竹，堆床手写书"，"白鸟白莲为梦寐，清风清月是家乡"。皮日休捕捉并书写的是一个隐士的情怀。

陆龟蒙寄给袭美的书信中这样写自己的日常：

> 早云才破漏春阳，野客晨兴喜又忙。
> 自与酌量煎药水，别教安置晒书床。
> 依方酿酒愁迟去，借样裁巾怕索将。
> 唯待数般幽事了，不妨还入少年场。

陆龟蒙自称"野客"，早上太阳才出来就开始忙活"数般幽事"了：煎药、晒书、酿酒、裁巾……忙忙叨叨一上午，却充满了愉悦，所以说"喜又忙"，这闲居的情景充满儒雅之气，也传递出一种超然自在的人生境界。

然而他们也不是完全跳出红尘不问世事，身在世俗外，心仍忧天下。尤其在散文里，有诸多对百姓疾苦的关注和对世情的鞭挞。陆龟蒙将自己的诗文作品纂集而成《笠泽丛书》，其思想性和艺术性曾受到鲁迅先生的高度评价："皮日休和陆龟蒙自以为隐士，别人也称之为隐士，而看他们在《皮子文薮》和《笠泽丛书》中的小品文，并没有忘记天下，正是一塌糊涂的泥塘里的光彩和锋芒。"

《笠泽丛书》中收录的《耒耜经》非常值得一提，是陆龟蒙在乡居生活里细致研究耕地农具而作的一部专志，为中国有史以来独一无二的古农具著作，已成为研究古代耕犁的经典文献，所以后人也称其为农学家。

他们的唱和活动持续到了第二年。春天的气息甫一冒头，诗人已迫不及待来到了松江边，皮日休作《松江早春》：

> 松陵清净雪消初，见底新安恐未如。
>
> 稳凭船舷无一事，分明数得脍残鱼。

陆龟蒙随即唱和《和袭美松江早春》：

> 柳下江餐待好风，暂时还得狎渔翁。
>
> 一生无事烟波足，唯有沙边水勃公。

冰雪消融，江水清澈，"无所事事"的诗人闲坐船边，清晰可见水中任意穿梭的"脍残鱼"，即银鱼。皮日休这里用了一个典故：传说吴王阖闾在江上食鱼脍——生吃鱼片，他将残余的鱼片扔到了江中，入水后化作了细长洁白的小鱼，得名"银鱼"。

陆龟蒙唱和诗中的"水勃公"是一种水鸟，水上渔翁就如这水鸟一样，烟波里悠闲自在。两位诗人都传达着他们共同的隐逸情调，犹如杜荀鹤云："逢人不说人间事，便是人间无事人。"

此时他们并不知晓这段往来唱酬的日子即将在这个春天的末尾行将结束，也不知晓这一年多来的诗作已经形成了中国诗歌发展史上一个绕不开的标志牌，后人称他们为"松陵诗派"，创作的风格为"皮陆体"。

咸通十二年（871）暮春，皮陆唱和历时一年多后，因苏州刺史崔璞罢任归京而结束。两人总共创作六百多首诗，陆龟蒙将唱和诗汇编成集，请皮日休作序。皮日休欣然提笔，在序言最后说："松江，吴之望也，别名曰松陵，请目之曰《松陵集》。"

始于白居易、元稹的次韵（元和体），在晚唐皮、陆唱和下进一步得到推动，皮陆体掀起了新的一股"次韵风"。在"唐音"到"宋调"的演变途中，《松陵集》成为文学史上一个重要节点。

陆龟蒙的好友除了皮日休，还有颜荛、罗隐、吴融，以及唱和期间结识的寓居吴地的张贲，即经常出现在鲁望诗中的华阳山人、华阳客。吴融即擅写讽喻诗、曾用二十六韵咏平望大蚊子的那位绍兴诗人。罗隐有名句"我未成名卿未嫁，可能俱是不如人"，原名罗横，大约比陆龟蒙小六七岁，也爱写讽刺诗，屡试不第改名罗隐，咸通九年（868）赴京应试时正赶上庞勋徐州叛乱南逼，"路转吴江信不通"而滞留吴江，与陆龟蒙一样也赶上了朝廷取消次年的考试。罗隐一生共十试不第，但他的诗句在成年人口中却广为传诵，比如"今朝有酒今朝醉，明日愁来明日愁"，还有"采得百花成蜜后，为谁辛苦为谁甜？"以及"时来天地皆同力，运去英雄不自由"。皮陆等这几位名家虽富有才华，可是不符合主流观念，蘅塘居士编选《唐诗三百首》时，也因他们的诗文"不适合学子理解"而一首未收，以至于后来人普遍对他们认知度不高。

陆龟蒙卒后由吴融作传记，韦庄作诔文，陆希生作碑文由颜荛书写，但都没能流传下来，只有吴融的《奠陆龟蒙文》存留。陆龟蒙一生勤于笔耕，然而书稿竟被盗去，所存仅《松陵集》和《笠泽丛书》。另有就得感谢南宋同里诗人叶茵，为偶像陆鲁望收集整理了《甫里集》。

陆龟蒙从小读书精进，最终未能完成儒家理想，却不经意以其独特的"生存方式"而成为隐逸文人的代表，欧阳修将他与王绩、张志和等一起编入《新唐书·隐逸列传》，家乡人也将他请进了"三高祠"敬仰。

陆龟蒙诗作有时奇峭僻险，有时淡雅平实，"平淡"诗风是他一直以来的艺术追求，他在自传中曾言"卒造平澹而后已"。平淡之美是一种境界，不是人人都懂得欣赏"浅之至而深，淡之至而浓"，幸而到宋代，平淡之美有了极致的发扬。我所喜爱的南宋诗人杨万里就是懂得欣赏这种韵味的人，他在《读〈笠泽丛书〉三首》诗中评曰：

笠泽诗名千载香，一回一读断人肠。

晚唐异味同谁赏，近日诗人轻晚唐。

　　杨万里的诗作也很有触处可诗、平淡可喜的风尚。他写自己酒醉后的小诗"清风索我吟，明月劝我饮。醉倒落花前，天地即衾枕"，与陆龟蒙春夕酒醒诗境一脉相承。杨万里将微小日常"活法"入诗，从而成就"诚斋体"，与陆龟蒙及松陵诗派或多或少有些渊源。杨诚斋曰："从来天分低拙之人，好谈格调，而不解风趣。何也？格调是空架子，有腔口易描；风趣专写性灵，非天才不办。"这里格调意指囿于诗词的格律音调，后世随园主人袁枚深爱此言，发展而出一派性灵之诗，如"儿童不知春，问草何故绿"，源远而来这条"诗脉"，我尤其喜爱。。

　　文脉如山脉，绵延相连，却不是每座山头都有自己的名字，所以松陵何其有幸，这片场域，有个诗歌史上不可忽略的里程碑，家乡人对松陵诗派文学价值的珍视，在某种程度上也是文脉的延续。

　　还有个题外话，也是隐形文脉——陆龟蒙是南宋左丞相陆秀夫的先祖，陆秀夫曾到吴江分湖寻访"天随遗址"，留下一处地名"来秀里"，今名秀士村；元代画家黄公望也是陆家一支，大多人都知道黄公望原来姓陆，名坚，出生在苏州常熟，幼年时出继给了温州永嘉人士黄乐，此黄公年已九旬，一直膝下无儿，盼望得子久矣，因此给陆坚改名黄公望，字子久，即后来的大痴道人。那么，有什么证据证明陆龟蒙就是黄公望的先祖呢？一是苏州博物馆藏民国十一年（1922）刊仰贤堂《陆氏世谱》，二是上海图书馆藏民国三十七年（1948）刊仰贤堂《陆氏世谱》，两本族谱中都有一段记载：陆龟蒙第十一代裔孙陆龙霆，为南宋咸淳年间进士，居松江华亭，有一子陆统，从华亭迁居常熟，陆统育有三子：德初、坚、德承。陆坚是陆统第二子。陆坚名下注曰："出继永嘉黄氏，号一峰，自号大痴，居常熟。"

3

明代在松陵市井间凿建怀德井的"父子尚书"吴家，明清易代时遭遇了一系列变故，历经种种，熬出了一个充满悲情色彩的边塞诗人——吴兆骞。

清顺治十五年（1658）三月的一天，江南已是东风拂面日日向暖，北京依旧残雪寒冰。在中南海的瀛台，正在进行一场奇特的考试，清代学者李敬堂《鹤徵录》中记述了当时的场景："试官罗列侦察，堂下列武士，银铛而外，黄铜之夹棍，腰市之刀，悉森布焉。"另一学者王应奎在《柳南随笔》中记述："每举人一名，命护军二员持刀夹两旁，与试者皆惴惴其栗，几不能下笔。"

这场特殊的考试，是顺治帝福临针对丁酉（1657）科场行贿案对江南乡试举人进行的复试考察，这些举人里也包含才学位列"江左三凤凰"之一的吴兆骞。

试题为《瀛台赋》。

瀛台是什么地方？是大明王朝修建的帝王听政地，一直称为"南台"，清朝顺治修治后才改称为"瀛台"，意为海中仙岛，君王之所也。

清廷对于这个庞大的汉族江山还没有完全驯服，以"丁酉科场案"为契机来打压内心傲气的江南文人，正可以收获臣服，所以上演了这出假定每个举人都是行贿舞弊罪人的荒唐戏码，让学子们斯文扫地自证清白，再跪谢皇恩浩大。

来吧，在你们的祖宗之地，写下你们的赞美诗。

寒风威逼，刀下作赋，无异于"爬出来吧，给你自由"，如此践踏人格尊严的荒谬测试，简直就是对汉家学子的精神霸凌。自小才华出众狂傲不羁的吴兆骞忍无可忍，写赋他是最擅长的，九岁已作《胆赋》，十岁即作《京都赋》，无一不令人瞩目，更不用说少年时的《春赋》《秋雪赋》。

写赋不是问题，问题是说服不了自己的内心。最终，他激愤又无奈地说了一句"焉有吴兆骞而以一举人行贿者乎！"吴兆骞"非暴力不合作"地交了白卷——功名我不要了，可以不？

不可以。

吴兆骞还是太年轻了，高昂头颅交的白卷，最后变成了捆绑的绳索。

三月九日，戴上枷锁的吴兆骞被押解着从礼部去往刑部接受审讯。北京上空狂风大作，黄沙扑面，步行中吴兆骞一步一句口占两首律诗，悲歌向天：

> 仓黄荷索出春宫，扑目风沙掩泪看。
> 自许文章堪报主，那知罗网已摧肝。
> 冤如精卫悲难尽，哀比啼鹃血未干。
> 若道叩心天变色，应教六月见霜寒。

出口成文，堪比七步作诗，无才学者焉能为之？但这并不是事件真正的核心，清廷是借"丁酉科场案"打压反清思想严重的江南士子，焉能轻易手软，最终结果是杀了两名主考官，十六名房考官处以绞刑，对吴兆骞等免去举人，并"俱着四十大板，家产籍没入官，父母妻子一并流徙宁古塔"。

"江左三凤凰"之一的才子吴兆骞无辜被遣，成了轰动一时的冤案。

"江左三凤凰"的称呼是文学前辈吴梅村首先提出，经流传得到文坛的认可，同时被他称赞列入"三凤凰"的还有陈维崧、彭师度，他们有个共同的身份——来自慎交社，且都是复社子弟。

复社与东林党的关系，以及反清复明的暗流涌动，使得这个身份多少带着些敏感成分。吴兆骞遭遇祸事似乎已不仅仅是个人的命运不济，身后因素或许也是促成之一。

吴兆骞出生在1631年，即明朝崇祯四年，五世祖就是怀德井的凿井人吴山，六世祖是尚书吴洪，七世祖就是明代的"全孝翁"吴璋。据本土研究学者汤海山先生追根溯源，吴兆骞更远的祖上可上溯到春秋时期吴王寿梦的小儿子季札，即公子札，一个品德高尚、富有远见的政治家及外交家，世称"延陵季子"。而成年后的吴兆骞取字汉槎，号就是"季子"，成为又一代吴季子。官宦世家，书香门第，家祖的荣耀和自身的出众都催生了些许恃才傲物之气，而这份来自心底的尊贵却一定也是让他有着不一般的使命感。

以崇祯自缢作为明朝灭亡的标志性事件的话——1644年，这一年，吴家这个新生少年已十三岁，虽然年纪小，对于甲申之变也感受到了极大震动。他在跟随父亲吴晋锡所到之处都留下了超出同龄人眼界的诗篇，特别是模仿杜甫写下的《秋感八首》，对国家命运、民族前途充满不合年龄的忧虑，如第八首：

> 长沙寒倚洞庭波，翠嶂丹枫雁几过。
>
> 虞帝祠荒闻野哭，番君台迥散夷歌。
>
> 关河向晚鱼龙寂，亭障凌秋羽檄多。
>
> 牢落楚天征战后，中原极目奈愁何。

少年老成的苍凉也许还不够深沉，却也文气回荡，自有高格。

十三岁的少年经历了崇祯之变，他的祖荣圣恩来自大明，明亡后父亲不再做官，出家修道，叔祖吴易投奔史可法成为抗清将领……时代转换中，吴兆骞长成了青年才俊，成为江南文社"慎交社"的佼佼者，二十出头年纪，诗文才名已传入京师，是福是祸，命运的答卷不会轻易揭晓，直到面对那场诡异屈辱的复试。吴兆骞的心境自然要比一般学子复杂起伏得多。交白卷，意气用事的底层情感，是一份尊严，甚至是江南文人风骨的最后底线。

公元 1659 年三月，受遣流民吴兆骞等离京出塞，漫漫前路，生死难料，一场没有归途的告别，前辈吴梅村悲歌以赠：

人生千里与万里，黯然消魂别而已。

君独何为至于此，山非山兮水非水，生非生兮死非死！

十三学经并学史，生在江南长纨绮。

词赋翩翩众莫比，白璧青蝇见排诋。

一朝束缚去，上书难自理。绝塞千山断行李，送吏泪不止，流人复何倚。

彼尚愁不归，我行定已矣。

八月龙沙雪花起，橐驼垂腰马没耳。

白骨皑皑经战垒，黑河无船渡者几。

前忧猛虎后苍兕，土穴偷生若蝼蚁。

大鱼如山不见尾，张鬐为风沫为雨。

日月倒行入海底，白昼相逢半人鬼。

噫嘻乎悲哉！生男聪明慎勿喜，仓颉夜哭良有以，受患只从读书始，君不见，吴季子！

吴梅村是当世有名的文学大家，却在诗的末尾发出这样的感叹：家有聪明男孩的不要高兴太早，昔日仓颉造字有鬼夜哭，看来是有缘由的，因为读书反遭致灾祸，吴季子受诬流放不就是这样的吗？！读书竟与受患相连，吴梅村悲愤质问这种不正常的现象为什么会发生，是控诉，更是深切得无法抑制的同情与悲慨。

这首凝聚血泪的悲歌迅速传播，产生巨大影响，也让更多人知道了这场冤案。

从松江到松花江，一字之隔，关山万里，从"倚楫渌潭空，新莲相映红"的江南到"半空长白雪，极目大荒云"的塞北，外部只是气候温度的巨大反差，是看得见的严寒苦厄，内心的跌宕却是难以计量的浩劫。

难熬的日子，家人朋友的来信是最有力的支撑，然而漫漫长路，收到一封信的时间居然以年为计，那封家信带来了垂虹桥畔绿杨的气息，吴兆骞收到家信激动而作《念奴娇·家信至有感》：

牧羝沙碛。待风鬟、唤作雨工行雨。不是垂虹亭子上，休盼绿杨烟缕。白苇烧残，黄榆吹落，也算相思树。空题裂帛，迢迢南北无路。

消受水驿山程，灯昏被冷，梦里偏叨絮。儿女心肠英雄泪，抵死偏萦离绪。锦字闺中，琼枝海上，辛苦随穷戍。柴车冰雪，七香金犊何处？

万里迢迢，对家的思念沉潜在字里行间，诗人自比沙漠放羊的苏武，"牧羝沙碛"这种有关气节的比喻，或许只敢在家信里私下表露。流放的生活、严酷的环境令人苦寂难挨，想起昔日繁花似锦，越对比越感伤，千言万语隔着山水万重，音信难通，何处慰乡情，唯有梦中。

那么，古来流放地宁古塔到底是个什么地方？

宁古塔并不是一座塔，只是一个地名，指一片疆域，最早叫宁公特。"宁公"为满语，汉译"六"的意思，"塔"为满语"特"的讹音，汉译"个"，意指当时六个部落，故曰"宁公特"。后来讹音传来传去，"宁古塔"成了约定俗成的地名，原意"六个部落那块地儿"。清初流人、江南名士方拱乾所撰《绝域纪略》，以及杨宾的《柳边记略》都有相关记载。对应现在的地理位置，宁古塔即黑龙江省牡丹江地区的海林、宁安一带。

东北的气候条件众所周知，如果没有取暖措施基本难以成活，可以想见三百年前的生存条件更加艰苦卓绝，更别说还要应付身体的灾病、精神的苦痛。

塞外严酷的生活考验着江南温软环境下长起来的身躯，而原始自然的宏伟辽阔又激发着人心深处的敬畏。这片神奇的黑土地有雄美壮丽的山川、珍稀奇特的物种、淳厚朴实的乡民，对于诗人来说，像打开了另一个世界，丰富的生灵层次常让诗人忘却了个人的愁苦哀怨，所读诗书也似在大自然中脱离文字展现了出来：智者乐水，仁者乐山，动静之间或许还会想起苏东坡在苦厄中搭建"超然台"……这份生命的感动，化作浑美诗篇，吴兆骞写长白山："长白雄东北，嵯峨俯塞州。迥临沧海曙，独峙大荒秋。白雪横千嶂，青天泻二流。登封如可作，应待翠华游。"写混同江（今黑龙江）："混同江水白山来，千里奔流昼夜雷。襟带北庭穿碛下，动摇东极蹴天迥。"

宁古塔的最高首领巴海将军很尊重这位富有才华的汉人学者，吴兆骞得以设馆讲学，并与流放的南方文客共同组建了"七子诗社"，传播文化的同时也在艰苦的现实中安顿了精神，他开始自称"塞外散人"。

然而对家乡对亲人的思念却似不动声色的流沙，堆积得越来越厚。又一个冰天雪地的除夕夜到来了，佳节之际想起家中老母，可自己远在天边，只有严寒与贫病，半生已蹉跎，心绪郁结中作诗排遣："寒灯相对恨如何？揽鬓星星愧惭多。一岁尚怜今夕在，半生空向异方过。哀笳绝障虚传警，浊酒穹庐且放歌。漫道春光明日好，塞天冰雪正嵯峨。"亲人对他的惦念也是一样深长，妹妹吴文柔作《谒金门·寄汉槎兄塞外》："情恻恻，谁遣雁行南北。惨淡云迷关塞黑，那知春草色。细雨花飞绣陌。又是去年寒食。啼断子规无气力，欲归归未得。"

第十个春天到来了，边城五月不见花开的料峭春夜，也唯有写诗以慰心寒："穿帐连山落月斜，梦回孤客尚天涯。雁飞白草年年雪，人老黄榆夜夜笳。驿路几通南国使，风云不断北庭沙。春衣少妇空相寄，五月边城未著花。"

身体与寒冰博弈，心灵与现实较量，将近二十载的日日夜夜，以为今生就这样与漫天大雪为伴，再难与母亲团圆与亲朋相见，没有预想到至交好友顾贞观始终没有放弃营救他。

顾贞观，字华峰，亦作梁汾，是明末思想家、东林党领袖顾宪成的曾孙。他比吴兆骞小六岁，两人的友情从顺治十一年（1654）开始，青年才俊因慎交社结识，思想接近，清狂的性情也一致，同道中人相互欣赏，交往密切而义气相盟，成为生死之交的挚友，相携奔赴人生理想。不承想几年后遭遇如此大的变故，命运的轨道从此岔开。

曾经一起年少轻狂的岁月是最难忘的青春，也许正是同一种"狂"，加上叔祖抗清的铁血背书，集聚而成巨大的情感力量，顾贞观对好友生发出更深厚的敬意与体恤。可是吴兆骞流放宁古塔由顺治帝钦定，想要营救南归，几乎比登天还难。顾贞观到处寻找着一线可能。

康熙元年（1662），也许顾贞观觉得换了最高掌权人，时境也有些转变，说不定有转圜机会，于是入京寻求仕途，争取话语权。作为顾宪成的曾孙，居然抛却遗民清誉侍奉新朝，让人大跌眼镜，没人知道他心里隐藏着一份厚重的君子情义，甚至吴兆骞也不知道。

康熙十五年（1676），三十九岁的顾贞观成为内阁大学士纳兰明珠府中住塾师，与明珠之子纳兰容若结识，又是俊才相遇，彼此相见恨晚。顾贞观长纳兰容若十八岁，二人亦师亦友，交契笃深。

纳兰容若称老师为梁汾，两人除了谈诗作词，也畅谈人生友谊，从而有了一个未曾谋面的朋友：汉槎。容若与妻子卢氏共同的好友叶舒崇（元礼）与汉槎都是吴江人，他喜欢江南文人身上的气质，他的恩师徐乾学是昆山人，梁汾是无锡人，还有交好的朱彝尊是嘉兴人……他甚至想如果自己不是生在满清贵族家庭而是一名江南贤士该多好。

容若也是冰雪聪明之人，明白梁汾对朋友的心思，但是汉槎流徙宁古塔是先帝钦定的，他只能找时机在父亲面前试探，绝不敢轻举妄动。

这年冬天，梁汾在北京千佛寺，于冰雪中感念在更加寒冰刺骨之地的汉槎，以词代书，写下《金缕曲》二首遥寄老友：

季子平安否？便归来，平生万事，那堪回首！行路悠悠谁慰藉，母老家贫子幼。记不起，从前杯酒。魑魅搏人应见惯，总输他，覆雨翻云手，冰与雪，周旋久。

泪痕莫滴牛衣透，数天涯，依然骨肉，几家能够？比似红颜多命薄，更不如今还有。只绝塞，苦寒难受。廿载包胥承一诺，盼乌头马角终相救。置此札，君怀袖。

我亦飘零久！十年来，深恩负尽，死生师友。宿昔齐名非忝窃，试看杜陵消瘦。曾不减，夜郎僝僽。薄命长辞知己别，问人生到此凄凉否？千万恨，为君剖。

兄生辛未吾丁丑，共此时，冰霜摧折，早衰蒲柳。诗赋从今须少作，留取心魂相守。但愿得，河清人寿！归日急翻行戍稿，把空名料理传身后。言不尽，观顿首。

伟大高尚的情感自有感染力，容若读了这两首词，泪流数行，言："河梁生别之诗，山阳死友之传，得此而三！"他认为这两首《金缕曲》的直击人心可与李陵的《与苏武》、向秀的《思旧赋》并举，激情于胸的词人忍不住提笔作《金缕曲·赠梁汾》：

德也狂生耳。偶然间，淄尘京国，乌衣门第。有酒惟浇赵州土，谁会成生此意。不信道、遂成知己。青眼高歌俱未老，向尊前、拭尽英雄泪。君不见，月如水。

共君此夜须沉醉。且由他，蛾眉谣诼，古今同忌。身世悠悠何足问，冷笑置之而已。寻思起、从头翻悔。一日心期千劫在，后身缘、恐结他生里。然诺重，君须记。

性情中人纳兰容若，情深意重字字千金，"狂生"至交之情不足为外人道。

容若开始认真考虑助力忘年挚友完成心愿的计划，特意写信给梁汾，以《金缕曲·洒尽无端泪》表明心意：

简梁汾，时方为吴汉槎作归计。

洒尽无端泪，莫因他、琼楼寂寞，误来人世。信道痴儿多厚福，谁遣偏生明慧。莫更著、浮名相累。仕宦何妨如断梗，只那将、声影供群吠。天欲问，且休矣。

情深我自判憔悴。转丁宁、香怜易爇，玉怜轻碎。羡杀软红尘里客，一味醉生梦死。歌与哭、任猜何意。绝塞生还吴季子，算眼前、此外皆闲事。知我者，梁汾耳。

信中说，他正在为吴汉槎南归的事想办法，言辞诚恳真挚，真是情圣的一颗柔心——

"我的眼泪没来由地流啊快要流尽了，那本属仙界的人哪，真不应该因为难耐仙界的寂寞而错误地降临人世。人世间只有愚笨之人才能享有厚福，谁让他吴汉槎偏偏那样聪明呢？更何况不只是聪明，还有远播的名声，这些都拖累了他。而汉槎他却偏偏特立独行，难免引起攻击，上天也难帮。我为他的遭遇感到深深痛惜，只要能够让他回来，我纵然自毁也心甘情愿。不过还是要叮咛你啊梁汾，名香总是易烧尽，美玉总是易摔碎，那些俗尘里醉生梦死的名利客，不会理解我们性情中人的心思，只会无端地猜忌。我现在向你承诺，要全力以赴把流放边塞的吴季子营救回来，眼前除了这件事，其他的都不重要。能够懂得我这番心意的人，只有梁汾你了。"

纯真如赤子的容若，这样真心实意的多情公子，不由得让我相信他或

枫江漫——古诗词里巡游吴江

许真就是贾宝玉的原型。

承诺的这件事可不是轻易能办到的，必须得从长计议，长至可能五年，可能十年。康熙是懂得驾驭文化力量的帝王，他看得清历朝历代转换之间，一颗汉家学子的内心是很难被外族完全统治和降伏的，历史的演变中文化融合的结果大多是异族被汉化。所以他一方面非常敬重自己的汉族老师陈廷敬，也让每位贵族子弟都有汉族老师教授文化，另一方面也用"帝王手段"恩威并施。在统治利益面前，某个个体的得失对他来讲是微不足道的，他看到的是一个人背后的那部分汉人族群。更何况，吴兆骞的案子早已是过去式。

就是在这样的艰难情形之下，营救计划一点点缓慢铺陈推进着。

五年之后迎来最终转机：以认修内务府工程的名义，朋友们凑足两千金将吴兆骞赎罪放还。

巴海将军派兵一路护送，吴兆骞于康熙二十年（1681）年尾入关京师，遂馆于容若家，成为容若弟弟揆叙的老师。新朋旧友，种种欣悦自不必讲。

友情相救吴季子生还，人间难得的信义之举感动无数人，一时传为美谈，坊间有诗云："金兰倘使无良友，关塞终当老健儿。"昔日诗友亦纷纷写诗祝贺，传诵最广的是王士禛的"太息梅村今宿草，不留老眼待君还"，慨叹当年悲歌的吴梅村已抱憾西去，没能看到吴季子生还这一天。

吴兆骞在宁古塔期间开馆授徒，培养人才，传播文化知识，并创作了大量边塞诗、抗俄爱国诗，以宁古塔名胜古迹为题材的咏叹诗等，被称为"江南才子塞北名人""大清第一边塞诗人"，二十几年的诗作汇成《秋笳集》传世，王士禛作《题吴汉槎〈秋笳集〉》：

> 松花江远波冥冥，长白山高秋叶零。
> 绝域音书凭雁帛，十年冰雪老龙庭。
> 邺中上客思吴质，郡北流人托管宁。

闻道金门纷笔札，剧怜汗简为谁青。

吴兆骞的"生之色彩"真是生生熬出来的，从才华横溢养尊处优的贵公子到历尽沧桑磨难的边塞诗人，用整整二十三年填写了一张生命的考卷——在年轻的二十七岁生命上时光叠加，出发到归来，一个青年已是半朽老人。

纷杂评议中有了一种说法，说是这段苦难成就了吴兆骞，此言过于轻巧了，苦难终究是苦难。不可否认，是黑土地给吴兆骞提供了丰富的诗赋养料，时代和遭遇折磨他也玉成了他，然而，一个人之所以成为这个人而非那个人，除了环境，更重要的是有将厄运转化成生命能量的一种能力，是懂得先贤所言"事上修"的体悟者。

康熙二十二年（1683）春吴兆骞返乡省亲，彼时兄弟俱亡，唯存寡嫂孤侄，当年的尚书坊因变故也早已被抄没。在亲友资助下，吴兆骞于垂虹桥北修筑"归来草堂"，孙女吴蕙作《归来草堂有感》："寂寞空庭冷，凄凉旧迹存。乾坤埋傲骨，风雨吊游魂。翠色滋阶草，苔痕封树根。秋风肃户牖，独立向谁论。"

回到魂牵梦萦的家乡，却再也回不到往日时光，一切就像梦一场。

欢乐相聚，惆怅今昔，远方已有牵绊的情义，近处曾经亦是不可触及的远方，人间的喜与忧，如此令人神伤。

多重情感交织，加之"水土不服"——二十几年没有亲历过江南湿热天气了，竟然在家乡水土不服了——汉槎病了。汉槎，弱冠成年时取的这个字，意思是星河里的舟筏。古人把银河看作是天上的汉水，故有"天汉、河汉、星汉、霄汉"等说法。汉槎这只天河小舟，游荡在人间似乎已完成使命，没了可真正停靠的岸口，乡愁迷失了方向。

康熙二十三年（1684）的春天，久病未愈的汉槎返京。

十一月的一天，弥留的汉槎对儿子轻语："吾欲与汝射雉白山之麓，钓尺鲤松花江，挈归供膳，付汝母作羹，以佐晚餐，岂可得耶？"此言令人无比唏嘘，人间的乡愁啊，就是这样无端。汉槎乘舟西去，回归银河了，终年五十四岁。

消息传到故乡，师友无不哀痛，五十八岁的叶燮感慨良多，作诗《闻吴汉槎卒于京邸哭之》："八千里外闻君信，垂老心惊良友沦。辽海秋风原上草，销沉天宝旧才人。"

几百年过去了，"流放"与"发配"的语汇也随着时代转了又转，时代一个微小的震动，对一个人而言，就是一生的巨变。

吴汉槎等江南流人对于个体命运来讲是不幸的，可是他们对宁古塔一带的文化贡献却是显而易见的，历史让汉槎们成为传播文明的"使者"。三百年后，我在宁古塔新城宁安出生的时候，昔日文化贫瘠之地已有塞北"小江南"之称。现在，我在汉槎的出生地，松陵垂虹桥畔一字一句写着他的人生，有一种莫名的亲近，红荷绿杨，白山黑水，生命的色彩，纸上流淌。

4

吴兆骞的《秋笳集》里附录了部分书信，其中有五封是《寄电发》，这个"电发"也是参与施救的慎交社众好友之一。松陵人徐釚，字电发，号虹亭，别号菊庄、鞠庄、拙存，晚号枫江渔父，著有《菊庄词》《南州草堂集》等。

徐釚年轻时号虹亭，年长了自号枫江渔父，除了心境之外，一定也是热爱家乡，才把"垂虹""枫江"与自己相连。他对家乡风物特产的描绘也是让人读来欢喜，如《蝶恋花·咏杨梅》：

纨扇生风人衣葛。尝尽樱桃，又过黄梅节。青李来禽闲抚帖。生生啗碎胭脂雪。

冰椀盛来消暑渴。可似杨家，佳果江南绝。点破绛唇才一撮。轻罗色染春纤捏。

读完之后只觉色泽亮眼，口齿生津，真是江南绝佳之果，恨不能立马"冰碗盛来消暑渴"。

徐釚自幼随父读书于本家私塾南州草堂，父亲徐韫奇，原名允美，字季华，仕至翰林院检讨，著有《西濛吟稿》。康熙十八年（1679）徐釚召试博学鸿词，亦授翰林院检讨，入史馆纂修明史。这年冬，吴兆骞于边塞将老友《菊庄词》推荐至朝鲜，引起很大反响。朝鲜官员仇元吉以金饼购之，给予高度评价，题词曰："中朝寄得菊庄词，读罢烟霞照海湄。北宋风流何处是，一声铁笛起相思。"

徐釚性格温和，词风敦厚，也善画，简淡清逸，颇有韵致，尤其画蟹，神趣如生。每当秋天，想起家乡的蟹"八戟横霜，截取脂膏似玉"，在外待着就不安稳，心里总想着"待回去、溪坳小筑。莼鲈共汝，吴江枫冷，洞庭橘绿"。

徐釚曾在四十岁时委托钱塘画家谢彬为自己绘了一幅肖像画，章声补景而成《枫江渔父图》，他的晚号"枫江渔父"也就叫开了，其《渔父·本意》曰：

> 鲈乡亭畔钓鱼翁，惯着蓑衣烟雨中。
> 滩上雪，柳边风。况有吴江枫叶红。

鲈乡亭，钓雪滩，独立吴江枫叶红，词中满满都是吴江元素，画境与这首渔父词正相合。几年后徐釚进京做官时亦携带在身边，仿佛这是自己与家乡最贴近的物什。文人墨客纷纷传看，多有题咏，共计为画题诗者竟有七十二人之多，像个纸上雅集，其中屈大均《题徐太史枫江渔父图》诗云：

羡尔吴江客，鲈香满水云。

如何白鸥好，忽别太湖群。

明月此何夕，秋光曾在君。

萧萧枫正落，一叶梦中闻。

顾贞观作《渔父·题徐电发枫江渔父图》：

十里烟波唤小红，问他鸥鹭可相容。

人淡荡，影空蒙，一笠重寻是画中。

纳兰容若亦作《渔歌子》，融于江南柔美风光：

收却纶竿落照红，秋风宁为剪芙蓉。

人淡淡，水蒙蒙，吹入芦花短笛中。

时人称纳兰容若题画词有种"烟水迷离"之感，诗情与画境融合得甚妙，格高韵远，婉约之致，为七十二题咏之最。

徐釚在京任职三年后病归故里，乡居四年后恢复原职。同年八月，因忤权贵而乞辞回乡，从此无心做官，作词曰"学嵇康懒，倪迂癖，米痴颠"，"觅三间屋，数竿竹，一池莲"。

枫江渔父回乡闲居后，著书立说，时而远游，足迹遍及南北十余省，著有许多纪游诗、题咏诗，康熙南巡时两次赐御书诏原官起用亦不肯去，宁与田园为伴，性情与其父徐韫奇颇为相似——徐韫奇的《田家乐》：

水绕庄窝竹绕墙，宛然风景似柴桑。雨来大芋高荷夜，秋在鲈鱼莼菜乡。

户外最怜枫叶赤，篱根也有菊花黄。东邻获稻西邻秫，劝我先营碌碡场。

徐釚在家乡安适度过了晚年，于康熙四十八年（1709）七十三岁而卒。这一年他的长孙已经十五岁，一个充满灵性的孩子，天赋异禀已初见端倪，即未来的传奇人物徐灵胎。

<h1 style="text-align:center">5</h1>

徐灵胎原名大业，又名大椿，字灵胎，晚号洄溪老人，生于清朝康熙三十二年 (1693)，清代名医——这是一般的词条介绍，那为什么说他是传奇人物呢？清代大诗人袁枚在《小仓山房诗文集》中有一则《徐灵胎先生传》，文中这样说："先生生有异禀，聪强过人。凡星经、地志、九宫、音律，以至舞刀夺槊、勾卒、嬴越之法，靡不宣究，而尤长于医。"——竟有这样的奇才，上知天文下知地理，诗书画皆通，还懂音乐、水利、武术，更是一名神医？

不用疑问，徐灵胎是妥妥一位清代的"斜杠青年"，且这些成就他都是"无师自通"，靠读书自悟而得。他的人生经历就是终身学习，需要什么学什么，学一样成一样，跨界自如。

少年时的灵胎也是跟一般子弟一样在家塾里读书，准备应对未来的科举之事。后来渐渐对时文（八股文）失去兴趣，觉得时下文坛书已读完，学来学去作八股文章似乎没有什么深究的意义，这一年他十四岁。终于有一天忍不住把想法告诉了老师，老师面对不知天高地厚的小娃说："时文有止境，然经学无止境矣！"灵胎继续追问老师，知晓了《易经》为经学根本，回家就钻进了祖父徐电发的藏书楼，把《周易》及所有相关的注本都找出来比照着看。因为年纪小，属于跳级式读书，所以都是瞒着长辈和老师，在夜间默坐潜阅，尽心推测。（《征士洄溪府君自序》）

《易经》研读之后颇有心得，又开始细究老子《道德经》，边学习体悟边写解读注本，这一写就持续了二十年，终本因"其训诂上下贯通，其诠释言简意赅"被选入《四库全书》。

这仅是徐灵胎作为学者的一面，但他并非皓首穷经的那一类，他的生活可不只有经学。

十八岁这年，父亲徐养浩因精通水利而被聘修撰《吴中水利志》，好奇少年徐灵胎又开始追问水利是怎么回事。父亲讲解水的利国利民之用，灵胎听得来劲，立即开始攻读研究水利方面的书籍，渐渐成了父亲的助手，也成了水利专家。

灵胎一边研读《道德经》，一边学水利致用，同时还继续学儒，旁及百家，学什么都很像样，而显露奇才的事还在后面。

由于日夜读书久坐体质变差，为了强身，二十岁的灵胎开始习武。

先从每天举石开始，一天加一点重量，竟练成"大力士"，之后又学技击、练散打，成了练家子。袁枚笔下徐灵胎暮年时的气色形象依然是"长身广颡，音声如钟，白须伟然，一望而知为奇男子"。

在灵胎二十多岁的时候，三弟患病，家里天天郎中上门，作为老大的他亲自给弟弟煎药，开始留意中医如何望闻问切，如何开方抓药，对医理稍稍有了了解。可三弟迟迟不见好转，正焦急时四弟五弟也病了。

不久，三弟病逝。悲痛未愈，四弟五弟也接连不治而亡。灵胎大受震动，心存疑惑是庸医误治。兄弟五人一时凋零三个，父亲禁受不住打击也倒下了，没过多久父亲和二弟竟也相继亡故，只剩灵胎和母亲孤苦为依。多年后他回忆当时情形："单亲独子，形影相依。朝持两桨辞娘出，暮倚柴门望子归。"（《洄溪道情·六十自寿》）

此后灵胎发奋学医，立志做良医解救众生。他不按传统套路寻名头拜师，而是又一次开始博览群书，直接拜经典医书上的古人为师学习。他先从扁鹊注释《黄帝内经》的著作《难经》入手，一面研读一面实践，至三十五岁时写成《难经经释》，第一次指出扁鹊此书并非全部出自《黄帝内经》，部分内容"另有师授"。这个说法与现代学者的考证一致，今日学界普遍认为《难经》虽是中医经典，但作者是假托扁鹊所写，其内容有些超出了《黄帝内经》。

接着又攻读古书《神农本草经》，数年的精读与实践，终于在四十三岁时完成《神农本草经百种录》，时至今日医学专家依然认为这是一本不可多得的中医专著。

徐灵胎不断学习不断写下心得，至六十四岁写成《医学源流论》、六十七岁著《伤寒类方》、七十一岁著《兰台轨范》、七十四岁著《医贯砭》《慎疾刍言》，这些医学著作至今仍在使用；他不仅治病救人，对社会弊病也一针见血提出批评："凡举世，一有利害关心，即不能大行我志，天下事尽然，岂独医也哉。"

这样日复一日沉浸在医经典籍中，直到两眼昏花，作散曲自遣曰：

终日遑遑，总没有一时闲荡。

严冬雪夜，拥被驼绵，直读到鸡声三唱。

到夏月蚊多，还要隔帐停灯映末光。

只今日，目暗神衰，还不肯把笔儿轻放。

当时与徐灵胎齐名的医生还有叶天士、缪宜亭，被称作"吴中三先生"。叶天士共拜了十七位老师成为名医，与民间自己学成的徐灵胎相比，类似科班的"学院派专家"。有一回叶天士看到徐灵胎的方子，对弟子说："药味太杂，此乃无师传授之故。"后来读到宋本《外台秘要》才知是自己孤陋寡闻了，因此教育弟子说："我前谓徐生立方无本，谁知俱出《外台》，可知学问无穷，不可轻量也。"

不走寻常路的徐灵胎依靠海量阅读，构建了自己的知识体系，不受师承限制，只以治病为本，手段更为灵活有效。后人整理的《洄溪医案》中有许多徐灵胎治病的经典案例，仅举一例——

乌镇有个叫莫秀东的人，患有奇病，开始只是背痛，慢慢发展到胸、胁，白天饮食如常，晚上就痛发难忍，呼号彻夜，邻里惨闻。医治了五年，家资荡尽始终不好。秀东想一死了之，被母亲拦下，母子抱头痛哭，亲戚恻隐间忽想起吴江有个神医徐灵胎，遂请来救治，诊断为"瘀血留经络"，对儿子徐曦说："此怪病也。广求治法以疗之，非但济人，正可造就己之学问。"于是把莫秀东接到家里治疗，用针、灸、熨、拓、煎、丸之法，无所不备，其痛渐轻亦渐短，就这样管吃管住管治疗，一个月后痊愈。莫秀东不知怎样感谢才好，徐灵胎却反而感谢他曰："我方欲谢子耳。凡病深者，须尽我之技而后奏功。今人必欲一剂见效，三剂不验，则易他医。子独始终相信，我之知己也，能无感乎。"

可见徐公医道精深且懂得借机精进，成己达人，而非短浅谋财，不仅高德行，且有大智慧，真正是悬壶济世。

袁枚比徐灵胎小二十三岁，袁枚自述在弱冠这年已经听闻吴江布衣徐灵胎有权奇倜傥之名，终无缘得见。直到徐公七十多岁，袁枚因患臂痛，久治不好，乃买舟前往拜访，一见欢然，徐公不显老态，谈论生风，留袁枚小饮，赠以良药。住处门邻太湖，七十二峰似乎招之可到，老翁有佳句云："一生那有真闲日，百岁仍多未了缘。"两人相谈都十分不喜时下八股文，徐灵胎曾作讽刺八股应试的散曲，袁枚甚是欣赏，收入其《随园诗话》，《刺时文》云：

读书人，最不齐，烂时文，烂如泥。

国家本为求才计，谁知道变做了欺人技。

三句承题，两句破题，摆尾摇头，便道是圣门高弟。

可知道《三通》《四史》，是何等文章？汉祖、唐宗，是那一朝皇帝？

案头放高头讲章，店里买新科利器。

读得来肩背高低，口角嘘唏，甘蔗渣儿嚼了又嚼，有何滋味？

孤负光阴，白白昏迷一世。就教他骗得高官，也是百姓朝廷的晦气！

词中辛辣嘲讽八股取士的虚伪，尖锐地揭露这种制度的弊端，直指浅薄读书应付考试就是白白地浪费生命，于国于民于己都无益处。这种抨击简直振聋发聩，对古今教育工作者都有警醒功用。

袁枚还在诗话中评说："灵胎有《戒赌》《戒酒》《劝世道情》，语虽俚，恰有意义。"这讲的是徐灵胎的《洄溪道情》，这部道情集共有三十多首，除寓意劝诫外，还有酬赠、写景、悼亡、讽世之作。

道情是我国民间说唱艺术中的一种，是渔鼓的前身，与道教有着密切的关系，此散曲也被称为"黄冠体"，其渊源可以远溯至唐高宗时的"道调"，原是祭祀道家始祖老子的唱词。徐灵胎的《洄溪道情》扩大了道情的题材，风格清新自然，是道情中具有特色的作品，与郑板桥的《道情十首》皆是清代道情文学的代表作。

《洄溪道情》开篇即《劝孝歌》："五伦中，孝最先。两个爹娘，又是残年。便百顺千依，也容易周旋，为甚不好好地随他愿？"《行医叹》中云"救人心，做不得谋生计"，告诫那些不学无术、以行医牟利的投机者。一颗慈悲心的徐灵胎可谓苍生大医，不仅救护百姓个人健康，也关注伦理人心、维护公序良俗的社会健康。

灵胎的母亲闲暇时喜唱小曲，常借词曲劝解邻人的家庭纷争，灵胎为母亲写了不少道情词。老母亲年高目瞽而闷闷不乐时，他又请歌童将乐府唐诗谱上乐曲为母亲吹唱，由此发现许多乐曲失传的现象，就开始大量收集并研究整理，丰富曲库给母亲欣赏，以解忧尽孝。同时，他对传统声乐中的词、声、气、韵等领域进行了细致入微的探讨，撰写而成《乐府传声》，灵胎自此又多了一个身份：音乐家。这部署名徐大椿的音乐论著传至今日也备受戏曲界重视。

清代医学家陆以湉在《冷庐杂识·道情》中说："徐大椿好作道情，

一切诗文，皆以是代之。自谓构此颇不易，必情、境、音、词处处动人，方有道气。"灵胎从道家讲究的"气"，到医家运行的"气"，再到乐府唱作的"气"，融会贯通，各有建树，实乃奇人也。

乾隆也听说吴江有个精通音律的大医，宫里正需要这样的人才，对"皇家乐队"有帮助，又可扩充太医实力。这时东阁大学士蒋溥病了，乾隆即召徐灵胎到京诊视。

灵胎进京看诊后如实禀告：疾病已不能医治，预计过立夏七日当逝。

不出灵胎所料，蒋公果然那一天去世。乾隆嘉奖徐灵胎敦厚诚实，留他在太医院效劳。从一介布衣郎中一跃而成宫中御医，是多少人的梦寐以求，他却以惦念老母为由请辞，几个月后终于获批回乡。

乡间的田家生活更符合他的心意，作道情词《田家乐》，性情亦如其曾祖：

> 一顷良田，十亩桑园；两只耕牛，一对农船。
> 柳杏桃梅，篱间岸间；鸡犬猪羊，栏边树边。
> 看了蚕收起丝棉，穿得来花样鲜，浑身软。
> 过了黄梅把青苗插遍，到得那稻花香日，在正是明月团圆。
> 收成好，满场米谷，柴草接连天。
> 手拥着炉，背负着暄。抱女呼男，擦背挨肩，宰一只鸡肥，捉几个鱼鲜，白米饭如霜似雪，吃得来喜地欢天。
> 完粮日到城中买一面逢逢社鼓，只等贺新年。

徐公七十九岁时乾隆再次召他入宫，他行动一如平常，却好像已预知自己大限将至，所以带着儿子徐燨，装载着棺木赴京。到京师三天后果然无疾而逝，走完了传奇一生。

乾隆深感惋惜，赏赐金帛于徐燨扶棺回乡。

人们眼中的奇才如何看待自己的人生？他临终前已亲题其墓联：满山灵草仙人药，一径松风处士坟。

清风过岗，天高水长。

跨界通才徐灵胎的墓在今松陵八坼凌益村，牌坊上刻着"名世鸿儒"，两侧除了他的自题墓联，还有一幅赫然在目：魄返九原满腹经纶埋地下，书传四海万年利济在人间。

6

吴江之水春泱泱，水边曾蘸青螺香。我寻黛影不得见，对此绿波空断肠。
残星点点障轻雾，左妹金闺在何处？雉堞连墙有蔽亏，渔舟荡桨空来去。
葵花菰叶满江浮，画烛银缸彻夜游。曲渚流霞漾金钱，碧天清露洒琼楼。
一时吟咏出花下，百尺天孙锦云絓。相隔风光知几春，教人宛转怀长夜。
十幅蒲帆五两风，长桥犹跨旧城东。美人不在桥边住，盼作春天一段红。

——此为清代浙江上虞才女徐昭华经过吴江时所作《舟泊垂虹桥重翻吴江闺秀诗有感》，徐昭华是文字学家徐咸清之女，诗人毛奇龄的得意门生。这首诗是才女凭吊才女的感怀，对吴江这一方灵秀之地女性文学的追忆和祭奠。

吴江女性文学的繁荣，初始要追溯到明朝时期分湖世家的午梦堂。

午梦堂的文学符号意义由晚明文学家叶绍袁汇编《午梦堂集》开始。这部文学集初刊于崇祯九年（1636），叶绍袁将亡故的妻女诸子遗作汇编成集，以寄托哀思。女子们的作品主要有沈宜修撰写的《鹂吹》及汇编女诗人的合集《伊人思》、叶纨纨的《愁言》、叶小纨的《鸳鸯梦》《存余草》和叶小鸾的《返生香》等。

沈宜修是明末东吴女子文坛的领军人物，感受一首她的词作：

天涯随梦草青青，柳色遥遮长短亭，枝上黄鹂怨落英。远山横，不尽飞云自在行。

这首《忆王孙》的闺情小词从芳草、柳色、黄鹂、落英，以及远山、白云中捕捉到了灵巧诗意，有动有静，给人以视觉和听觉的无尽想象，可谓匠心别致，令人遐思。

沈宜修字宛君，于明万历十八年（1590）生于松陵文苑世家，为副都御史沈珫之女，叔父即戏曲界"吴江派"领袖沈璟（"临川派"为汤显祖）。宛君自幼好吟咏，擅文翰，其《梅花诗》《香雪吟》都十分见才情。

叶绍袁为宋代著名词人叶梦得的后裔，比宛君大一岁，初名宝生，自幼送至袁黄（即了凡先生）处抚养，后改名绍袁，字仲韶，号粟庵、天寥道人，是晚明文坛重要作家，著有《湖隐外史》等。万历三十三年（1605），十六岁的叶绍袁与沈宜修喜结连理，不仅是才子与佳人的相配，更是才华相当、心灵互通的精神结合，孕育了才学出众的子女，有了后来一段现象级女子文学的呈现。

他们共生养了五女八子，女子文学的主力军是三个女儿。长女叶纨纨出生于万历三十八年（1610），字昭齐，自幼聪慧，十三能诗，书法尤擅；次女叶小纨万历四十一年（1613）出生，字惠绸，也自幼端慧，尤擅诗词，后为中国第一位有作品存世的女戏剧家；第三个女儿叶小鸾，生于万历四十四年（1616），字琼章。

生下小鸾时正值叶绍袁官场失利，家境渐贫，十年间沈宜修已连着养育了四个子女，劳乏缺乳。小鸾六个月时，沈宜修弟弟沈自徵家又夭折了一个刚出生的婴孩，弟媳张倩倩伤心不已，于是叶家将小鸾暂时交由舅母张倩倩抚养。

张倩倩是沈宜修姑母的女儿，所以既是沈宜修的表妹也是弟媳，比沈宜修小四岁。沈宜修八岁的时候母亲去世，父亲沈珫就将自己的妹妹接到家中照顾小宜修，因此与表妹张倩倩一起长大，亲密无间。后来沈宜修出嫁分湖叶绍袁，张倩倩嫁给了沈宜修的同胞弟弟沈自徵。古人还不了解近亲结合的坏处，所生孩子接连早夭或许就与此有关。

叶小鸾的到来让沈自徵夫妇舒展了愁眉，沈自徵曾在文中回忆："汝生六月，襁褓而来，眉目如画，宛然玉人。"张倩倩更是当作亲生孩子悉心照料，发现小鸾特别灵秀早慧，就更用心教她识文断字。小鸾过目成诵，四岁已能背诵《离骚》及万首唐诗，还能说出意思来，张倩倩对宛君说："是儿灵慧，日后当齐班（昭）、蔡（文姬），姿容也非常人可比。"

张倩倩品貌出众，极富才情，一直用心教育小鸾，直到1625年，叶绍袁考中进士，将携家眷赴金陵做官，叶家把小鸾接回同往。这时的小鸾已熟读诗书，充满灵思，一日秋夜，家人同在堂前赏月，园子里树木花草都沐浴在如水的月光里，沈宛君随口吟道"桂寒清露湿"，还没想好下一句，小鸾就随即接道"枫冷乱红凋"。十岁的小女孩已有这么高的诗才，堪比古时谢道韫，宛君惊喜异常。

小鸾回了叶家之后，张倩倩膝下无一儿半女相伴，丈夫又常年在外，生计艰辛，本就日渐羸弱又终日郁郁寡欢，不过两年就病逝了。

小鸾得知噩耗伤心不已，从金陵回到吴江，在舅母墓前长跪不起，诗作《己巳春哭六舅母墓上》："十载恩难报，重泉哭不闻。年年春草色，肠断一孤坟。"

小鸾想起舅母的养育和教诲，悲从中来。舅母才高，但平时的诗作并未留存，大多散佚，在之后日子里，小鸾把记忆中舅母口吟的诗作写下来集中保存，以做怀念。沈宜修也将能记起的表妹诗作补录出来，叶绍袁后来都收进了《午梦堂集》，我们今日也才有幸感受张倩倩的才情：

忆秦娥

风雨咽，鹧鸪啼破清明节。清明节，杏花零落，闷怀千叠。

情悰依旧和谁说，眉山斗锁空愁绝。空愁绝，雨声和泪，问谁凄切。

蝶恋花

漠漠轻阴笼竹院。细雨无情，泪湿霜花面。试问寸肠何样断，残红碎绿西风片。

千遍相思才夜半。又听楼前，叫过伤心雁。不恨天涯人去远，三生缘薄吹箫伴。

丈夫沈自徵常年远游在外，张倩倩写词以寄思念。沈宜修十分欣赏表妹才情，认为不在李清照之下，亦作《蝶恋花·和张倩倩思君庸作》（君庸是沈自徵的字）：

竹影萧森凄曲院。哪管愁人，吹破西风面。一日柔肠千刻断。残灯结泪空成片。

细雨伤情过夜半。阵阵南飞，都是无书雁。薄幸难凭归计远。梨花雨对罗巾伴。

后来官至工部主事的叶绍袁因反对魏忠贤宦党祸国，以母亲年高为由辞官，归隐分湖，与沈宜修在叶家埭筑午梦堂而居，开启了一家上下物质清贫却诗情富足的生活。

叶家女儿们与父母兄弟同题歌赋，相互唱和，乃至婢女都能识文对诗。钱谦益在《列朝诗集小传》中记载："宛君与三女相与题花赋草、镂云裁月，中庭之咏，不逊谢家；娇女之篇，有逾左氏。于是诸伯姑姊，后先娣姒，靡不屏刀尺而事篇章，弃组纴而工子墨。松陵之上，分湖之滨，闺房之秀代兴，彤管之诒交作矣。"

叶小鸾"性高旷，厌繁华，爱烟霞，通禅理"，不爱脂粉，只爱在自然里风流袅娜，她惜花如人，在自家庭院探望"花草姐妹"曾作《虞美人·看花》：

阑干曲护闲庭小。犹恐春寒悄。隔墙影送一枝红。却是杏花消瘦、旧时风。

海棠睡去梨花褪。欲语浑难问。只知婀娜共争妍。不道有人为你、惜流年。

她在自己屋外种下一株蜡梅，将住所称作疏香阁，自己也别号"疏香阁主"，为寒梅写诗：

幽姿偏向岁寒开，寄语东风莫浪猜。
最是雪中难觅处，几回蜂蝶自空回。

梅花也是母亲和姐妹们钟爱吟咏的主题，疏香阁外四时景新，于是经常一起题咏，同作了《题疏香阁》，母亲就给孩子们每人和韵一首，连续吟咏，其乐融融。

小鸾还教自己的婢女红于写诗作词，多年后，红于有《唾香阁集》留世。

叶纨纨十七岁时嫁与袁俨之子，成为袁了凡的孙媳妇，然而婚姻并不幸福，经常愁绪凝怀，怀念家中姊妹相聚小阁的日子，独坐窗前写下《初夏怀寄两妹》：

别来蘋英一番新，笑语分明入梦频。
景色清和独惘怅，含情几度欲沾巾。

叶小纨回作《薄暮舟行忆昭齐姊》诉说别后惦念：

解缆斜阳里，春波寂寂流。

村烟迷草屋，津树隐渔舟。

别侯寻沙雁，闲情伴水鸥。

云山空满目，谁共一遨游。

不久之后叶小纨也嫁与诸生沈永祯，成为曲坛盟主沈璟的孙媳。

叶小鸾十六岁了，已是仙姿绰约、远近闻名的才女。这一年，幼时已有婚约的昆山张家来商议婚期，商定在 1632 年农历十月十六迎亲。

入秋后，叶家上下就开始喜盈盈筹备起来，然而叶小鸾的心情却不是欢喜，枯坐窗前吟出《秋暮独坐有感怀两姊》：

萧条暝色起寒烟，独听哀鸿倍怆然。木叶尽从风力落，云山都向雨中连。

自怜华发盈双鬓，无奈浮生促百年。何日与君寻大道，草堂相对共谈玄。

九月十五，张家按礼仪送来了"催妆礼"，据沈宜修《季女琼章传》记述，这日白天小鸾还好端端在教幼弟世倌（即叶燮）读《楚辞》，并无身体不适，婿家催妆礼到后小鸾就病倒了，没想到仅半个月"竟成不起之疾"。张家闻听，提出将婚期提前到十月初十，叶家答应了，告知病榻上的小鸾，小鸾叹曰："如此甚速，如何来得及。"十月初十这天病情急转直下，次日凌晨，扶枕于沈宜修臂中，"星眸炯炯，念佛声声，明朗清澈，须臾而逝"。

叶家痛失爱女，悲恸不已，大姐叶纨纨与小妹情感深厚，也因过于哀伤，一病不起，留下两首《哭亡妹琼章》后不久也在娘家病逝，追随妹妹去了。

小鸾七日后入棺时依然尚有秀色，举体轻盈，家人不信其亡，都认为她升仙去了。之后的日子里母亲和弟弟时常梦见小鸾，就像还活在他们中间。家人思念难抑，就请来一位当时扶乩招魂有名的"泐大师"，帮他们实现了一次跨越灵界的对话，得知小鸾为月府侍书女，名寒簧，于是有了著名的《破戒十吟》，其中最为后人所知的一对问答是，问："曾犯痴否？"小鸾答："曾犯。勉弃珠环收汉玉，戏捐粉盒葬花魂。"

这位"泐大师"就是后来鼎鼎大名的金圣叹，这些栩栩如生、完全符合小鸾形象口吻的对话，叶绍袁记录下来，题为《窃闻》，收进《午梦堂集》。

姐妹凋零对叶小纨的打击非常沉重，肝肠寸断，无以释怀，唯有把心思全然投入杂剧《鸳鸯梦》的创作中，以寄托哀思。此剧正名为《三仙子吟赏凤凰台吕真人点破鸳鸯梦》，将三姐妹融于剧中，化身三个下凡松陵体验红尘悲欢离合的分湖仙子：昭綦成、惠百芳、琼龙雕，地点、名字、情节高度对应，以血泪写尽手足之情。小纨用这种方式祭奠、追念，也自我疏解、疗伤，这部剧使叶小纨成为中国历史上第一位女性戏曲作家。

叶绍袁与沈宜修时常枯坐窗前相对无言，夜不成寐思念逝去的孩儿。清明前后雨冷风寒的一个春日，夫妻夜里对坐伤心忆往昔，叶绍袁作《夜坐同内人忆二亡女》：

春遍庭兰翠色浮，半荒门径黯然秋。犹飞燕子寻香阁，独剩梨花锁画楼。

酒后巾衫新涕泪，夜深风雨旧穷愁。挑灯共对西窗话，寒食年年恨几休。

物是人非，思恨无休，令人肝肠俱毁，沈宜修经受不住层层哀伤勒紧弱体，于1635年病逝，卒年四十六岁。

叶家一众女子皆能诗擅词，通晓琴棋书画，姿容出众，且各具性格，与男子平等比诗对赋，有着超出时代的女性意识，成为明末一道现象级文化风景，也是明代文学史灿烂的一笔，时人赞为"吴汾诸叶，叶叶交光"。

叶氏姊妹的幼弟叶世佺，易代后更名叶燮，是清代著名的诗评家，著有诗论专著《原诗》，与曹寅私交甚好。周汝昌先生研究这段关系后认为，《午梦堂集》的叶家女子们，对曹雪芹创作《红楼梦》具有一定影响，特别是"冷月葬花魂"的林黛玉，以及大观园中美丽多才的"痴女子"群像。

两百多年过去，叶氏第三十四世孙、爱国文士叶楚伧于1908年年末到分湖寻根访祖，作词《踏莎行·春日上汾堤》缅怀：

柳影沾衣，湖光漱黛，垅头风景春如醉。白云一片认归帆，石栏雕砌今何在。

午梦当年，文章儿辈，返生香爇诗魂碎。烟波浩渺锁渔歌，蘼芜墓草春憔悴。

次年，叶楚伧过分湖再次寻访九世祖姑叶小鸾墓，并撰诗两首，题为《正月三日过汾湖旧居，访得祖姑琼章女史墓址于大富圩宝生庵之阴，成二律以志奇幸》：

迷阳芳草旧灵芬，一代文章才女坟。魂断寒碑香冷落，梦回春水碧缤纷。

松楸树底啼鹃血，菡萏风前簇蝶裙。天使白头亭长健，隔堤为我溯遗闻。

分堤吊梦成前事，今日挐帆又过湖。金鉴百年诗谶语，玉钗两度合离符。

晓风细细探孤冢，绮思深深拥翠蒲。却恨棠梨魂返日，纸灰飞蝶在征途。

两年后他请来苏曼殊作画《汾堤吊梦图》，并请李叔同铸版印于《太平洋报》。他的挚友、同龄人柳亚子也到访了叶家埭，寻出已隐没于乱石荒草间的叶小鸾墓，为小鸾重刻墓碑，亲种梅丛以示纪念，留诗《叶琼章墓道歌》："松陵虞部矜风骨，分湖一水才人窟。午梦堂前梦未阑，疏香阁外香先没。"

时光又过去了近百年，当代吴江女作家朱睞对午梦堂做了多年研究，以优美深情的笔触为叶家才女作了传记，才女写才女，灵魂在时空中碰撞，这是吴江土地上女子文学的古今辉映，流淌的美好，汩汩不绝。

7

女诗人徐昭华来到垂虹桥畔的时间不详，她重读吴江闺秀们的昔日诗作，"那些花儿"都已凋零，徒生无限感慨。这些女诗人也涵盖了叶家五女小繁、叶家三子世榕之妻沈宪英（沈自炳之女）、叶小纨的女儿素嘉，以及爱国女词人徐灿（徐釚的姑母）、吴兆骞的妹妹吴文柔等……若干年后，这片灵秀之地又有一批女子才人涌出，特别是随园女弟子们，各具风采，也是一道特别的风景线，其中吴琼仙最为引人瞩目。

吴琼仙，字子佩，号珊珊，吴江平望人，曾为莺脰湖作词曰：

湖光十里碧粼粼，蟹舍渔庄自在身。细雨斜风归亦好，平波台上问仙人。

近水人家先得月，垂杨时节未闻莺。徐忱旧馆分明是，何处东风第一声？

水融肌理雪融肤，珠网抛残出水初。村里家家惯炊玉，金鱼不卖卖银鱼。

画楼近傍画眉桥，无限烟波未易描。自度新词成水调，也应明月教吹箫。

读来仿佛置身于十里波光的仙湖之上，月下箫声入水，词意清灵美妙，难怪袁枚特别赞赏吴琼仙的诗"天机清妙"，谓："春花作骨，无此婵妍；秋水为神，一何清。"

吴琼仙的咏物诗也很灵巧，如《萤》：

> 著雨禁烟怯不胜，乍明忽暗巧相矜。
>
> 天涯芳草前生梦，水榭书囊昨夜灯。
>
> 月黑移来星一点，风高扶上阁三层。
>
> 蒲葵扑堕知何处，笑问檀郎见未曾？

吴琼仙生性聪颖，幼时在家塾受教，女红无一不精，独爱诗咏。成年后嫁与黎里文人、翰林院待诏徐达源，这对文艺夫妻就像百余年前的叶绍袁沈宜修夫妻一样，夫唱妇和，吟诗作画，正如吴琼仙的闺中密友、同为吴江闺阁女诗人袁淑芳所言"诗禅玉女共传灯"，真是羡煞旁人。

白眉词人郭麐《樗园销夏录》中亦曾记："吾乡闺秀能诗者，宜秋夫人（汪玉珍）而外，有吴珊珊琼仙、袁柔仙淑芳。珊珊为徐君山民之配，山民刻意为诗，闺房中自相师友，尝持一册见示，清丽之词，入其家《玉台》集中，亦当不愧。"

徐达源吴琼仙后来都成为袁枚弟子。吴琼仙诗作颇丰，她不仅把自己的诗歌汇编成集，还和沈宜修编汇女诗人集《伊人思》的想法一样，也搜罗编辑了闺秀们的诗作，一起收进《写韵楼诗集》。在那个时代，她们勇于自我肯定，让女性也在文坛留有一席之地，实现自我价值，已是女子独立人格的初醒。

徐达源既是文学家也是史学家，收集资料撰写了黎里镇历史上第一部《黎里志》，并撰有《吴郡甫里人物传》《涧上草堂纪略》等，不仅工诗文，也善绘画，刻有著名的《紫藤花馆藏帖》，乃饱学多识的风雅之士，与酷爱诗歌、亦擅绘画的妻子琴瑟和鸣，伉俪情深，可惜吴琼仙三十六岁因病早逝。

吴琼仙逝世后，《写韵楼诗集》刻印面世，当时诗坛不少名人为其题咏，其中学者洪亮吉题曰："人间奇福都曾占，郎是兰成，妾是双成，读书敲诗岁屡更。三生慧业终难昧，写韵前生，用韵今生，尚剩灵根付再生……"

吴琼仙共留著作《写韵楼诗集》《双巢翡翠阁小札》，由于她的诗名，也使她的书房"写韵楼"成了黎里一处充满人文气息的所在，与夫君徐达源的"新咏楼"并立光阴深处，倾听月色，共沐日明。

近代著名诗人、民主人士柳亚子也是黎里人，他不仅是有胆识的政治家，也是有欣赏眼光的文人，曾作《松陵女子诗征·序》，对吴江的女子文学大加肯定与赞誉，他的家族中也有不少才学出众的优秀女性，如妹妹柳公权、柳均权，女儿柳无非、柳无垢。柳公权对家乡黎里的"黎川八景"都有赋诗，此处摘录两首：

禊湖秋月

盈盈禊水碧如油，月色波光满眼秋。

一叶扁舟徐打桨，此身疑作广寒游。

江村夕照

碧波滟潋晚霞红，老屋疏篱夕照中。

白鸟一双惊拍岸，渔翁归棹过村东。

历史上从来不缺优秀女子，她们缺的是与男子同等受教育的机会和一个能够展示自己才华的社会平台。

女性文学在西方文学史的渐进中也越来越有独特色彩，十九世纪的英国有过勃朗特三姐妹,《简爱》的抗争意识激励着女性；二十世纪二十年代,英国作家弗吉尼亚·伍尔夫大胆写作《一间只属于自己的房间》,提出独立思考,自由生活,直到如今依然启迪着女性精神的自觉。

当代作家迟子建曾以女作家的身份给女子文学作过一个譬喻,她说女作家就像月亮的妹妹,月亮在天上,月亮的妹妹在大地上,她们笔端流淌的文字,不管多么粗粝豪放,质地都如水一般柔软。她们的文学,也就更接近于天籁之音。

女性的力量,值得被所有人看见。

8

写到吴江女子文学,或者说到历史洪流中闪耀着"她力量"光芒的诗性女子,很难绕过一个名字:柳如是。

有恨寒潮,无情残照,正是萧萧南浦。更吹起,霜条孤影,还记得,旧时飞絮。况晚来,烟浪斜阳,见行客,特地瘦腰如舞。总一种凄凉,十分憔悴,尚有燕台佳句。

春日酿成秋日雨。念畴昔风流,暗伤如许。纵饶有,绕堤画舸,冷落尽,水云犹故。忆从前,一点东风,几隔着重帘,眉儿愁苦。待约个梅魂,黄昏月淡,与伊深怜低语。

——词为柳如是的长调代表作《金明池·寒柳》,她常以柳自喻,此处寒柳飞絮,飘零无依的况味,正似她的人世之叹。

然而弱柳如她,却是不可征服的。

柳如是大约出生在明万历四十六年(1618),身世来历不明,一说是嘉兴人,一说是吴江人,没有定论。原本姓杨,据史学家陈寅恪考证,最初名为云娟,后世人们常说的名字"杨爱"疑似误传所致(证据有二,此处略去不谈）。云娟家贫不幸，从小被辗转贩卖，卖入吴江盛泽归家院后，在江南名伎徐佛家做婢女，此后改姓了柳，名隐，或有隐于章台柳之意。

徐佛原名徐寿羽，小字阿佛，能诗能琴擅画兰。徐佛见柳隐聪颖，便悉心教她诗画抚琴等技艺，她悟性很高，诗画渐有风格。

柳隐长到十四岁，被"吴江故相"周道登（周敦颐后裔）府上买去作周道登母亲周老夫人的侍婢，不久被年逾花甲的周道登看中，索为最小侍妾。周道登好为人师，以亲手调教柳隐琴棋书画为乐事，引得妻妾不容，步步加害，逼迫之下柳隐逃离周家，流落松江成为歌伎，自号"影怜"。

影怜自此与复社及东林党人有了交往，经常乔装成男子参加他们的雅集，谈诗论赋，往来于吴越之间，对天下大势逐渐有了自己的见解。十五岁时结识了比自己大十岁的才子大臣、著名词人陈子龙，俊男靓女，志趣相投，这对青年很快相知相爱，长居松江南园，形影不离。

陈子龙为"云间三子"之一（云间即今上海松江），被后人称为明代最后一位大诗人。在陈子龙的熏陶影响下，柳隐长进飞速。

也就是这段时间里的她，被一些文人冠以才貌双全的"秦淮八艳"之首。这样有着明显男性凝视意味的称谓成了之后几百年来"柳如是"的标签，使一个生动的才女变成了风尘中的一个扁平符号，完全掩盖了她原本的光芒。她绝不是只活在男人视觉审美中的娇娃，她的心性甚至高于一般须眉。

悲情的崇祯十二年（1639），清军入关，北国战火缭乱，只恨不是男儿身的柳隐在杭州拜谒了纪念抗金名将岳飞的岳武穆祠，忧愤作诗：

钱塘曾作帝王州，武穆遗坟在此丘。游月旌旗伤豹尾，重湖风雨隔髦头。

当年官馆连胡骑，此夜苍茫接戍楼。海内如今传战斗，田横墓下益堪愁。

陈子龙与柳隐在外同居，起初是瞒着家人的，最终家里还是知道了两人的事，反应非常激烈，除了长辈不允，陈夫人张氏也大闹南园，弄得满城沸沸扬扬，巨大舆论压力之下，二人分手。

松江一别，柳隐回到盛泽，正式更名为我们后来熟知的"柳如是"，又称河东君、我闻居士。

柳如是身世飘零常别离，满怀心绪咏《杨柳》，在咏柳的诗词中自有一格："下见长条见短枝，止缘幽恨减芳时。年来几度丝千尺，引得丝长易别离。"

此时的柳如是已才名远播，各界名流相识不少，面对众多有钱有势的追求者，她没有轻易依附于人，清醒意识到要好好为自己的人生归宿做打算了。

柳如是最经典的自主画面要出现了，她放出话去："非牧斋那般人才不嫁！"

牧斋就是当时的文坛盟主"东林魁首"钱谦益，是那位钱镠王的后裔，居住在苏州常熟虞山脚下半野堂，一方豪绅有一妻两妾，年过五十，子嗣薄弱，膝下仅有一妾生小儿，名钱孙爱。

柳如是仰慕钱谦益的才学，对他的一切了然于心，只是无缘相见，在汪汝谦的引荐下，决定亲自放舟虞山。

崇祯十三年（1640）冬，柳如是女扮男装，穿成儒士的样子，以"柳儒士"的名帖前往虞山半野堂。

"柳如是初访半野堂"的经典场面历来版本不一，各有戏剧性：其一说钱谦益见拜帖"柳儒士"，乃无名晚辈，托故不见，柳如是便呈上自己的代表旧作：

垂杨小院绣帘东，莺阁残枝未思逢。

大抵西泠寒食路，桃花得气美人中。

其中名句"桃花得气美人中"在文人圈几乎无人不晓，当年钱谦益听闻之后也曾盛赞有加，这时他才恍悟，原来是她——"桃花美人"来访，赶忙出迎。

另一说法是钱谦益看见拜帖不识其人，出来只见一个青巾儒服的淡瘦书生，眉清目秀身量娇小，一时雌雄难辨。主宾交谈甚悦，方知柳儒士乃柳如是。

钱谦益弟子顾苓在《河东君小传》中记录了柳如是的出场："幅巾弓鞋，着男子服，口便给，神情洒落，有林下风。"

后世诸多名士画过柳如是女扮男装的出场小像，名《河东君初访半野堂小影》最多，并有题咏，据陈去病先生在《五石脂》一书中所记，曾有吴江闺秀陆澹容也绘过如是小像一幅，长不满尺，眉目意致，生动自然。

这次初见，相互隔空倾慕之情落入现实，投契的情意覆盖了年龄差距，唱和之作频出，相处欢乐使得钱谦益一再挽留，如是在半野堂待了一个月之久。过了年又相约春游西湖，柳如是行舟至嘉兴鸳鸯湖，托故身体不适，告别钱谦益返回了吴江。

钱谦益苦候佳期，柳如是却没有赴约，她不想再一次不明不白地成为某个男人吟诗作赋的游伴，她要的是一个可靠终身的身份。

钱谦益遂以匹嫡之礼与如是定下终身，招来与世诸多非议，牧斋不顾众人反对，在半野堂后方为柳如是修建"绛云楼"，构筑"我闻室"，巧用"如是我闻"，并把如是本名中的"云"字都用上了，可谓用心用情之至。

绛云楼落成后，钱谦益以大礼正式迎娶柳如是进门，虽为侧室，牧斋亦嘱下人一律尊称柳夫人。这一年柳如是大约二十四岁，落定终身大事，结束了十年流离的生活。

钱柳二人在绛云楼谈诗论画，其乐融融地过了一段安逸日子。

崇祯十七年（1644）甲申之变，大明苟延残喘在南京建立了小朝廷，任钱谦益为南明礼部尚书，柳如是随钱谦益到了金陵。

次年五月，清军兵临南京城下，柳如是说服钱谦益守住节操一起投水殉国，绝不做屈辱的亡国奴，可是临跳之时钱谦益却奋力拦下了柳如是，令如是心灰不已。这段故事后人编排钱谦益嫌水太冷而不跳，气笑了史学家，陈寅恪先生特意考证之后认为是戏剧化杜撰。

钱谦益开城迎降后剃发进京候用，柳如是羞愤不肯同往，留居金陵，秘密参与反清复明。

大约柳如是的原因，进京才半年，钱谦益便称病退返南京，携柳如是回到了常熟，也参与到了反清之中。1647年，钱谦益突然遭到逮捕，锒铛北上，关入刑部大狱。柳如是扶病随行，上书陈情愿代死或从死。

此时陈子龙在抗清战斗中被俘，投水殉国，昔日爱侣牺牲的消息传来，柳如是既伤心又感佩，他果然是她心目中铮铮铁骨的民族英雄，她为他伤悲，也为他骄傲，为自己没有爱错人而心有慰藉。在盛泽时，柳如是就曾对复社领袖张溥说："中原鼎沸，正需大英雄出而戡乱御侮，应如谢东山运筹却敌，不可如陶靖节亮节高风。如我身为男子，必当救亡图存，以身报国！"颇具豪侠之风。

1648年4月，钱谦益押回南京囚禁，柳如是筹资上下打点，全力奔走营救，钱谦益得已免祸，出狱后管制在苏州拙政园，大为感慨，"恸哭临江无孝子，从行赴难有贤妻"。

在这风雨飘摇的动荡中，他们有了一个女儿，取名钱孙蕊。

钱谦益跟随柳如是积极响应郑成功北伐，暗中"尽囊以资之"，柳如是变卖首饰，四处筹集善款支援义军、犒赏将士。起事失败后，继续参与秘密策划，以接应郑成功再度北伐。

1650年，一场大火把绛云楼烧毁，他们又在长江口白茆港构筑红豆山庄，既作为隐居之所，同时也作为各地联络、传递海上消息的秘密交通站。

1663 年夏，郑成功去世，救国理想最终没能实现。

1664 年 6 月的一天，八十三岁的钱谦益去世，家庭支柱倒了，钱孙爱撑不住门庭，乡里曾受恩于钱谦益的族人竟撺掇聚众欲夺其田产，不仅操戈入室，还当着柳如是的面拷打钱家仆从，威逼柳如是，要她立刻交出三千两银子，"有则生，无则死"。

面对这群无赖小人，柳如是怒斥喝令均无济于事，佯称上楼取银两。回到卧室，写下绝笔，以锦帛结项自尽。钱谦益的家业保住了，而一代奇女子就这样香消玉殒，时年四十六。

她的绝笔是写给女儿的，此时女儿钱孙蕊已成婚，夫婿是无锡编修赵玉森之子，同钱孙爱都被困在楼下。一代才女的最后文字竟是绝命书，她在文中写明了恶棍们的名字以及事情的原委后说："手无三两，立索三千金，逼得汝与官人进退无门，可痛可恨也。我想汝兄妹二人，必然性命不保。我来汝家二十五年，从不曾受人气，今竟当面凌辱。我不得不死，但我死后，汝事兄嫂，如事父母。我之冤仇，汝当同哥哥出头露面，拜求汝父相知。我诉阴司、汝父，绝不轻放一人。"

世事沉重，时间轻翻，两百七十多年后的中华大地又被日军铁蹄践踏。1938 年秋，史学家陈寅恪历经艰险来到昆明，对钱谦益门下文章颇有研究的他，偶然访旧书得遇曾旅居常熟白茆港钱氏红豆馆旧园的卖书主人，其随身携带着园中红豆树所结的一粒红豆，陈寅恪大喜，花重金买下。在这同样山河残破、沦丧逃亡的国危时刻，这颗红豆，像是某种精神寄托。

忽忽而过又二十年，这粒小小红豆在先生心里生根发芽，成就了一部史学名著《柳如是别传》，这也是先生倾注心血和最后生命的著作。他认为柳如是虽为"婉娈倚门之少女，绸缪鼓瑟之小妇"，其事迹却令人"感泣不能自己"，而在男人主宰的社会，她却没能受到公正的待遇和评价，甚至"为当时迂腐者所深诋""为后世轻薄者所厚诬"。在先生看来,柳如是有"独立之精神",称得上"女侠名姝""文宗国士"。

我认为先生是真正懂如是的学者,他理解身世之苦是她心里永久的痛,也看到了她为自我赋权的奋争精神和难能可贵的民族气节,她绝不是一个俗女子。

她的才情留在《湖上草》《戊寅草》《红豆村庄杂录》《东山酬唱集》等诗集里,以及《月烟柳图卷》《烟雨山村》《香远益清》等书画里,还留有三十一篇文藻清丽的尺牍,她以文学以艺术观照世界,重新建立了一种存在。

王国维曾题柳如是《湖上草》曰:"幅巾道服自权奇,兄弟相呼竟不疑。莫怪女儿太唐突,蓟门朝士几须眉。"

今年九月,我有缘到常熟,来到"十里青山半入城"的虞山,拜谒了虞山脚下柳如是墓,与钱谦益墓大约相距百米。墓边有座石亭,楹联为柳如是的七言联句:浅深流水琴中听,远近青山画里看。墓碑上刻着"河东君之墓"五字,墓前放着几串新鲜的葡萄,苍松翠柏掩映其间,既肃穆又清雅。据同行的常熟师友说,柳如是墓前常年鲜花水果不断,人们默默纪念着这位身世坎坷、聪慧侠义的一代才女。

树影晃动间我想起柳如是的《题墨竹》:

> 不肯开花不肯妍,萧萧影落砚池边。
> 一枝片叶休轻看,曾住名山傲七贤。

这多像她的精神画像,她配得上这份清冷的傲气。

我立定墓前,心无杂念三鞠躬,穿越三百六十年的时光烟尘,献上女性对女性的敬意。

第四章　碎词

碎影逸章，他们的故事

1

在第二章《飞虹》里讲过两段苏轼与吴江垂虹的缘分，这里还有个后续的尾巴，我对苏轼的故事总是不厌其烦。

苏轼的母亲曾多次跟他讲，怀着他的时候做过一个清晰的梦，梦见一个僧人来投宿，那僧人生得挺拔俊秀，只是眇一目——右眼失明。苏轼生来有慧根，喜欢结交方外之士，或许与此有关。

后来苏轼将这事告诉了云庵和尚，云庵和尚立即想到了眇一目的五戒和尚，发觉苏轼在降生前后与五戒和尚有颇多时间地点的巧合，再仔细对照了五戒和尚的生平轨迹，认为苏轼有可能就是五戒和尚转世。

苏轼也时常有前世是僧人的自我感觉。一次在杭州与参寥（道潜）同游寿星寺，明明第一次来，却总觉着那么熟悉。于是他把脑中印象说给道潜听，接下去所到之处竟与苏轼所言一致，连几级阶梯都尽数相同，苏轼就更加深信自己前世就是在此修行过的僧人，还写诗寄给张先："前生我已到杭州，到处长如到旧游。更欲洞霄为隐吏，一庵闲地且相留。"
（《和张子野见寄三绝句·过旧游》）

苏轼一生有不少方外知交，除了上述道潜和更广为人知的佛印和尚，还有僧人仲殊。那次与道潜、秦观游历垂虹桥多年后，苏轼再次经过此地，与仲殊有过一段奇缘。这段奇缘苏轼记录在《破琴诗（并引）》里，引言中苏轼先讲了一个旧时故事——

唐朝宰相房琯在开元年间做卢氏县（河南三门峡市下辖）县令的时候，曾经与道士邢和璞一起出游，"经夏口村，入废佛寺，坐古松下"，和璞叫人凿开地面，发现一口瓮，里面藏有娄师德与永禅师的书画，和璞笑着问房琯："颇忆此耶？"房琯怅然间若有所思，似悟前生为永禅师。

此处赘言解说一下故事中的几个人物。房琯，就是与杜甫私交甚好的房太尉，也是李颀《听董大胡笳声兼寄语弄房给事》中的房给事，董大即琴师董庭兰；道士邢和璞，是有名的方士，言事如神，可通三界；娄师德，是武则天在位期间的贤明宰相，成语典故"唾面自干"就来源于他；永禅师即释智永，王羲之的七世孙，早年出家，后来云游到吴兴永欣寺常驻，人称永禅师，其书法影响了唐一代的书风，传世真迹最为有名的是《真草千字文》。

厘清人物之后，继续讲苏轼——故事里这些"出土字画"后来流传到他的故友柳瑾（字子玉）手中收藏，说是出自唐代版本，宋人做的复古临摹。柳子玉既是苏轼的朋友也是姻亲，苏轼那首《昭君怨·金山送柳子玉》，就是六词客垂虹夜饮的前三个月与子玉的告别，此处暂且不表。

元祐六年（1091）三月十九日，五十六岁的苏轼从杭州回京，夜宿吴江，梦见仲殊带着一把琴过来看他，弹奏时发出异响，发觉琴有破损，只剩十三弦，苏轼叹惜不已，仲殊却说："虽损，尚可修。"苏轼问："奈十三弦何？"仲殊也不答言，诵诗云："度数形名本偶然，破琴今有十三弦。此生若遇邢和璞，方信秦筝是响泉。"苏轼听后当下有悟。

为了便于理解，此处补充几句古琴知识点：古人讲的琴一般是指七弦琴（古琴）或二十五弦的瑟。《汉书》记载二十五弦的瑟是由五十弦改进而来，后又演变出筝。秦代古筝即十三弦，再后来发展固定成为二十一根弦。因此仲殊诗中说，如果得遇通晓三界事的邢和璞，就会知道这把破琴的前世今生，十三弦的秦筝也能奏出高山流水的乐声。

　　苏轼梦里了然之后醒来就忘了。第二天白天午睡的时候又重复了这个梦境，仲殊正在跟他说着话，吟诵那首诗，突然有人前来造访。苏轼惊醒，发现来人正是仲殊。他因近来在苏州承天寺修行，听说苏轼驻留吴江特来拜望。恍惚间，苏轼感觉刚才大概不是做梦，就拿梦中之事问仲殊，仲殊却完全不知。

　　这段在吴江的奇缘苏轼一直记在心里，四月份到了扬州，友人设宴款待，苏轼作词《临江仙·夜到扬州席上作》还带着吴音：

　　尊酒何人怀李白，草堂遥指江东。珠帘十里卷香风。花开又花谢，离恨几千重。

　　轻舸渡江连夜到，一时惊笑衰容。语音犹自带吴侬。夜阑对酒处，依旧梦魂中。

　　继续北上，苏轼六月份在京师见到了柳瑾的儿子柳子文。想到这些关于前世今生的事，想到柳瑾画山水草木妙绝一时，仲殊原本也是书生，弃家学佛，通脱无所著，皆奇士也，遂求得那幅画作了诗，并把那个梦写在上面，诗为：

　　　　破琴虽未修，中有琴意足。

　　　　谁云十三弦，音节如佩玉。

　　　　新琴空高张，丝声不附木。

宛然七弦筝，动与世好逐。

陋矣房次律，因循堕流俗。

悬知董庭兰，不识无弦曲。

诗中提到了房琯与董庭兰，董庭兰即李颀诗中讲的董大，唐代著名的琴师，与房琯是伯牙子期般的知音。后来房琯因董大被贬，杜甫为房琯上疏也失去了左拾遗的职位，高适的名句"莫愁前路无知己，天下谁人不识君"就是写给董大的，。

苏轼在画上题诗后仍意犹未尽，又作《书破琴诗后》：

此身何物不堪为，逆旅浮云自不知。

偶见一张闲故纸，便疑身是永禅师。

苏轼这里像是说房琯，其实是在说自己，经常感觉自己是五戒和尚转世，他在《南华寺》中写道："我本修行人，三世积精练。中间一念失，受此百年谴。"

这是苏轼再度经过吴江时与方外至交仲殊的一段渊源，与轮回有关，亦与琴有关，这种关联也许不是偶然，在苏轼起起伏伏的人生里，这种前生今世的意识，或许也是他面对曲折命运的一种支撑，使他更加通达脱俗。

乐曲对人心的抚慰是超越了语言，语言有时反而是禁锢，所以佛家禅悟往往是不语而醍醐。或许就因如此，跌宕一生的苏轼爱参禅也爱听琴。

既然扯到这了，索性再扯远一点，苏轼爱听琴音，包括琵琶。曾有一首词《诉衷情·琵琶女》，是三十五岁时在宋道的家中，听一女子弹奏琵琶有感而作，彼时苏轼还在人生高处，词中是一种欣赏，一种怜惜：

小莲初上琵琶弦，弹破碧云天。分明绣阁幽恨，都向曲中传。

肤莹玉，鬓梳蝉，绮窗前。素娥今夜，故故随人，似斗婵娟。

北齐后主高纬宠妃冯淑妃名小怜（莲），能弹琵琶、善歌舞，苏轼以小莲借指这个琵琶女。只见她轻轻调好弦，一指拨弹，声音清越得像冲破碧云天，再细听，乐声婉转下来，一声声传递着绣阁幽怨。小莲肤如美玉，发髻如蝉，倚在雕花窗前轻弹慢捻，此时的月光也分外明亮，月色一直跟随着她，好像是月里嫦娥特意来与她比美似的。

苏轼沉浸在新曲旧声之中，又作《宋叔达家听琵琶》一诗：

> 数弦已品龙香拨，半面犹遮凤尾槽。
>
> 新曲从翻玉连锁，旧声终爱郁轮袍。
>
> 梦回只记归舟字，赋罢双垂紫锦绦。
>
> 何异乌孙送公主，碧天无际雁行高。

经年之后，苏轼饱受磨难，好在琴音在心，禅意相随，焚香作调《行香子》，抒曰："几时归去，作个闲人。对一张琴，一壶酒，一溪云。"

传说苏轼爱听琴却自身五音不全，按曲填词经常不合音律，被人吐槽词虽好却不在音调上，李清照就曾在《词论》中辛辣点评苏词"句读不葺之诗尔，又往往不协音律"。毕竟作诗与填词不同，也难怪李清照挑理。时至今日，大多曲调已失，苏词却流传了下来，不得不说，苏轼的词，完全可以脱离曲调的限制而独立存在，甚至，应该单独为他的词重新谱曲，或者说，他的"不按规矩出牌"才形成了自己独特的风格，又何尝不是一种创新呢。

2

前文中苏轼的方外友人仲殊，原名张挥，字师利，仲殊是他的法号。

苏轼曾在《东坡志林》中记："苏州仲殊师利和尚，能文，善诗及歌词，皆操笔立成，不点窜一字。予曰：'此僧胸中无一毫发事，故与之游。'"

诗才如此好的仲殊有没有给吴江留过诗词呢？还真有，他在苏州承天寺修行的时候曾写过吴江长桥的春景：

> 长桥春水拍堤沙。疏雨带残霞。几声脆管何处，桥下有人家。
>
> 宫树绿，晚烟斜。噪闲鸦。山光无尽，水风长在，满面杨花。

江南风物之美在僧人眼中更加清逸绝俗，苏轼赞赏不已。

苏轼在笔记中还曾提到苏州定慧寺，他与住持守钦禅师交好。守钦禅师在寺内特建一室"啸轩"，供苏轼来时居住。当苏轼被贬惠州后音信不通，守钦禅师甚为挂念，怎奈年老体衰，难出远门，寺中一个小和尚卓契顺主动要求替禅师"跑一趟"。于是，就为了看望苏轼是否安好，卓契顺带上禅师的诗札以及苏迈（此时在宜兴）写给父亲的信，一路跋山涉水，历经近百天，徒步千里"跑"到惠州，终于见到了苏轼。惊喜感动不已的苏轼挥毫书写了一幅偶像陶渊明的《归去来兮》相赠。这是一份珍贵的情意，更可贵的是不要任何报酬的卓契顺返程时特意择道江西陶公故里，留下了这幅墨宝，替苏轼实现了对偶像的致敬。

后来，这幅长卷刻于石上，成为定慧寺的镇寺之宝，其拓片现存苏州博物馆。

明代苏州知府况钟（知晓《十五贯》的应该比较熟悉这位清官）将定慧寺内那间苏轼专用"啸轩"改建为苏公祠，寺旁的一条小弄称苏公弄。苏公祠今已不存，苏公弄则沿用至今，成为风雅江南的慢行线路。

苏州与苏轼的缘分如水绵长，这里的人与事让苏轼总有着不一样的情愫。他一生没有机缘任职苏州或多或少有些遗憾，不过他所欣赏的前辈似乎都与苏州有着密不可分的交集，而且他们无意间还共同促成了一个有意思的"机缘巧合"——白居易在出任苏州刺史前，刘禹锡以诗戏酬曰"苏州刺史例能诗，西掖今来替左司"，循例一样任过苏州刺史的韦应物、白居易都是大诗人，不久后刘禹锡也任职苏州，成了"能诗"的苏州刺史中的一个，"苏州太守例能诗"就成了后人诗咏的用典。苏轼在1074年杭州通判任上送别旧任陈述古、迎接新太守杨元素时就用了这个典故。杨太守一路从苏州过来，苏轼与欢迎队伍一起前往迎接，作词《诉衷情·送述古迓元素》，起头两句即："钱塘风景古来奇，太守例能诗。"白居易在苏州任前也是杭州刺史，苏轼在此用典就显得格外灵活而涵文丰富。而多年以后的宋哲宗元祐四年（1089），复出的苏轼也出任了杭州知州，这句"太守例能诗"也使苏轼与当年的刘禹锡一样，一不小心成了自己诗中的"之一"。

苏轼虽然没有任职苏州，但在苏州一带有过多次游历，还留下一句："过姑苏不游虎丘、不谒闾邱（丘），乃二欠事。"这是明代杨慎《词品》中的记录，最早在南宋时期，有至诚至孝称誉的昆山文人龚明之在著作《中吴纪闻》里也曾记东坡之语："苏州有二丘，不到虎丘，即到闾丘。"

虎丘是远古时代的海涌山，现在已是尽人皆知的风景名胜，而闾丘则是一个人，即曾在东坡诗文中出现的"闾丘大夫孝终公显"，姓闾丘，名孝终，字公显。苏轼被贬到黄州时，闾丘孝终正是黄州太守，他为官清廉，正直友善，知道苏轼才高八斗，乃饱学之士，因而十分敬重和善待。《吴趋访古录》亦有记载："东坡谪黄州，孝终为太守，往来甚密。"

闾丘太守在黄州筑有栖霞楼（苏轼诗文曾有提及），常邀请苏轼与文人墨客一同饮酒作赋，两人友谊深厚，苏轼得以在闲暇之余效仿白乐天在东坡空地莳花种菜，有了"东坡居士"的自号。不久后，闾丘孝终辞官回到苏州，与诸名人为九老之会，米芾诗文亦有所云。闾丘孝终居住的地方后来被称作"闾丘（邱）坊"，地名沿用至今，位于人民路因果巷北面，东出皮市街。苏东坡每经苏州，必定出入此巷造访闾丘。如果你来苏州，不妨"邀约苏轼"，访游二丘。

3

年少时曾避难苏州、最终做了苏州刺史的白居易，因身体患病，仅做官一年就不得不抱恙离开，留下令人称颂的七里山塘"白公堤"，从此后对苏州风光念念不忘——

江南好,风景旧曾谙。日出江花红胜火,春来江水绿如蓝。能不忆江南?

作这组《忆江南》时，白居易已经六十七岁，离他从苏州刺史任上离职已十年有余，还常常想起在吴地的日子，想起吴淞江边的心境：

松江亭携乐观渔宴宿

震泽平芜岸，松江落叶波。在官常梦想，为客始经过。
水面排罾网，船头簇绮罗。朝盘鲙红鲤，夜烛舞青娥。
雁断知风急，潮平见月多。繁丝与促管，不解和渔歌。

白居易回洛阳时对吴地风物恋恋不舍，恨不能把美景美食都能打包带走，最后带了吴江的白莲种子回去。彼时，他已在洛阳履道里安置了宅院，准备在此养老。诗人边种白莲边叮嘱江南莲子："吴中白藕洛中栽，莫恋江南花懒开。万里携归尔知否，红蕉朱槿不将来。"

白居易担心江南莲花眷恋故土懒得在洛阳开花，小心叮咛，像种下一颗诗心，想象着旧曾谙的风景，等待着莲花迎风的那一天。

白莲花终于开放，一年又一年，白居易对着来自吴江的白莲写下《感白莲花》：

白白芙蓉花，本生吴江濆。

不与红者杂，色类自区分。

谁移尔至此，姑苏白使君。

初来苦憔悴，久乃芳氛氲。

月月叶换叶，年年根生根。

陈根与故叶，销化成泥尘。

化者日已远，来者日复新。

一为池中物，永别江南春。

忽想西凉州，中有天宝民。

埋殁汉父祖，孽生胡子孙。

已忘乡土恋，岂念君亲恩。

生人尚复尔，草木何足云。

　　来自吴江濆的白莲花已经在洛阳成为永别江南春的池中之物，从来时的不适应而苦憔悴，到如今芬芳四溢绵延生息，白居易由此联想到环境的改变对人世命运的影响，感慨际遇，适者生存。

　　吴江的花种在白居易的池中结子六七年了，诗人再次感发《六年秋重题白莲》：

素房含露玉冠鲜，绀叶摇风钿扇圆。

本是吴州供进藕，今为伊水寄生莲。

移根到此三千里，结子经今六七年。

不独池中花故旧，兼乘旧日采花船。

　　白居易的宅院"屋室三之一，水五之一，竹九之一"，将心中的江南景致移至园中，池塘水榭，置天竺石、太湖石，竹木掩映，如《池上篇》所言："有堂有庭，有桥有船。有书有酒，有歌有弦……灵鹤怪石，紫菱白莲。皆吾所好，尽在吾前。"优哉游哉，十分惬意，看见顽童艳羡白莲而偷采也不生气，以诗句作镜头记下有趣一幕："小娃撑小艇，偷采白莲回。不解藏踪迹，浮萍一道开。"（《池上》）

　　难忘的江南风景，还有吴淞江上的美食，白居易都"平移"到了履道坊的家中。在这相仿的环境，相似的雨声滴答里，他停下酒杯，相问来自苏州的友人：

池上小宴问程秀才

洛下林园好自知，江南景物暗相随。

净淘红粒署香饭，薄切紫鳞烹水葵。

雨滴篷声青雀舫，浪摇花影白莲池。

停杯一问苏州客，何似吴松江上时。

　　吴江的白莲花一年又一年陪伴了白居易的晚岁时光，这段奇妙的缘分像一根看不见的丝线，牵连着诗人对吴地的绵绵惦念。

　　晚唐时期的皮日休与陆龟蒙在松陵唱和时，亦对吴江白莲情有独钟，皮诗："但恐醍醐难并洁，只应蒨卜可齐香。半垂金粉知何似，静婉临溪照额黄。"陆和："素葩多蒙别艳欺，此花端合在瑶池。无情有恨何人觉？月晓风清欲堕时。"拂晓时分的月儿将落未落，好似摇摇欲坠的白莲。这种清寂之感特别动人，清寂不同于孤寂，微妙的情感通过月下白莲传递。苏轼也赞陆诗咏物之功，妙意与林逋咏梅之"疏影横斜"异曲同工。

　　白莲犹如人间月，在时间的苍穹，开开落落。

　　明朝时期一个宁静夏日，吴江诗人宁祖武或许感受到了"荷露倾衣袖，松风入鬓根"，随即作了一首竹枝词："唐家坊藕太湖瓜，消暑冰肌透碧纱。水上纳凉何处好？垂虹亭子看荷花。"江南荷事，是夏天最美的礼赞，垂虹亭上，映入诗人眼帘的，不知可有白居易难以忘怀的吴江溇白莲花？

4

十里荷花，三秋桂子，都是江南标配。每当"一秋风露清凉足"，我就开始留意是否已有"枝枝点点黄金粟"，待桂花悄悄香满城时，就如李清照《鹧鸪天·桂花》里咏赞的再现：

> 暗淡轻黄体性柔，情疏迹远只香留。
>
> 何须浅碧深红色，自是花中第一流。

与李清照并称"济南二安"的辛弃疾也曾豪放中满含柔情描摹桂花："金粟如来出世，蕊宫仙子乘风。清香一袖意无穷。洗尽尘缘千种。长为西风作主，更居明月光中。十分秋意与玲珑。拚却今宵无梦。"词为《西江月·木樨》，崖桂的树木纹理就像犀牛角的纹路，故称木樨。

辛弃疾出生的时候，中原已为金兵所占，他自小受祖父教诲，立志报国雪耻、恢复中原。二十一岁参加了耿京的抗金队伍，二十三岁率忠义之军仅五十人，出其不意勇闯叛徒张安国的万人大军，直取叛徒首级并全身而退，何等英勇机智。归回南宋后，二十六岁写成军事著作《美芹十论》，一片赤诚的报国之心，满腔热血待成全，彼时年少，尚"不识愁滋味"，后来的事大家都知道了，"归正人"的身份使他始终不能一展鸿图，这个天才型的政治家军事家，只能"醉里挑灯看剑"，以词章述说家国情怀。清代徐釚的《词苑丛谈》中评议："辛稼轩当弱宋末造，负管、乐之才，不能尽展其用，一腔忠愤，无处发泄；观其与陈同父抵掌谈论，是何等人物？故其悲歌慷慨，抑郁无聊之气，一寄之于其词。"

辛弃疾在江阴签判任满后曾有一段流寓吴江的生活，朋友余叔良请他赏桂花，花香之中，举杯痛饮。此时的稼轩二十六岁风华正茂，刚刚献上《美芹十论》，只等召唤一展抱负。然而事情并没有朝他想象的方向发展，多年后的秋日，他在带湖登楼远望，万语千言化作一句"天凉好个秋"。

那年在吴江赏木樨的夜晚，花香恣意，秋月玲珑，与壮志一起，都留在了记忆里，时时回想，作《清平乐·忆吴江赏木樨》：

少年痛饮，忆向吴江醒。明月团团高树影，十里水沉烟冷。

大都一点宫黄，人间直恁芬芳。怕是秋天风露，染教世界都香。

"宫黄"是指古时宫女以黄粉点涂额头的一种淡妆，又称额黄，稼轩拿来比喻桂花，以怀念的口吻，述说着吴江痛饮的那个充满花香的秋夜。那一夜酒酣沉醉，醉而复醒，醒来望见岸边树上高高一团明月，倒映在广阔的江面，水中似乎映出月宫桂树的影子。天上的月桂与江岸的宫黄，融会的馨香如烟似雾，在秋天的风露里弥漫，晕染得几乎满世界都香了。

香飘记忆犹在，那个赏花青年已在壮志未酬中老去。人到中年的一个中秋夜，天上乌云密布，雨水浸湿了纱窗，辛弃疾又想起往昔丹桂与月："忆对中秋丹桂丛，花在杯中，月也杯中。今宵楼上一尊同，云湿纱窗，雨湿纱窗。"中秋无月酒无味，只有云影湿，简直想要乘风去与上天理论，却"路也难通，信也难通"。没有月亮的中秋夜，面对满堂烛花红，只能自我劝解"杯且从容，歌且从容"。（《一剪梅·中秋无月》）

起起落落几十年，嘉泰三年（1203），主战派人士再度被起用，六十四岁的辛弃疾精神为之一振，出任绍兴府兼浙东安抚使，次年任镇江知府。这期间，他的莫逆之交刘过的母亲离世。刘过是江西人，布衣之身长期流落吴淞江一带，辛弃疾知其囊中羞涩，南归奔丧捉襟见肘，于是买船筹资送行，刘过感动不已，垂虹桥下临别作词《念奴娇·留别辛稼轩》：

知音者少，算乾坤许大，著身何处。直待功成方肯退，何日可寻归路。多景楼前，垂虹亭下，一枕眠秋雨。虚名相误，十年枉费辛苦。

不是奏赋明光，上书北阙，无惊人之语。我自匆忙天未许，赢得衣裾尘土。白璧追欢，黄金买笑，付与君为主。莼鲈江上，浩然明日归去。

作为有血性的爱国志士，一直主张北伐的刘过"上皇帝之书，客诸侯之门"，却始终没有得到重用，有感于稼轩的知遇之恩，向好友推心置腹抒发生平之志，慨叹报国无门，吴淞江上想莼鲈，不如向张翰那样浩然归去。

辛弃疾又何尝没有想过归隐，现实与理想，向往与梦境，稼轩经常在这之间游走，他在规劝朋友的时候也说出了自己的心声：

造物故豪纵，千里玉鸾飞。等闲更把，万斛琼粉盖玻璃。好卷垂虹千丈，只放冰壶一色，云海路应迷。老子旧游处，回首梦耶非。

谪仙人，鸥鸟伴，两忘机。掀髯把酒一笑，诗在片帆西。寄语烟波旧侣，闻道莼鲈正美，休裂芰荷衣。上界足官府，汗漫与君期。

这是辛弃疾《水调歌头·和王正之右司吴江观雪见寄》，对被罢官的友人表示安慰：上界已经官府充斥，不如相约做个"地行仙"吧，一起逍遥在莼鲈江湖。

抛开词义主旨，稼轩笔下的吴江让我着眼难忘，这是他昔日游览的旧处，成为他念念不忘的梦中仙境，无意间成就了吴江难得的雪景词——造物故豪纵，千里玉鸾飞。等闲更把，万斛琼粉盖玻璃，好卷垂虹千丈，只放冰壶一色，云海路应迷——好一场大雪，像天公豪纵地放出无数白色鸾鸟在千里长空飞舞，又将上万斛的白玉琼粉随意挥洒，覆盖了冰似琉璃的江面，卷起千丈垂虹，只留下清一色的盛冰玉壶，在这雪花飞舞银装素裹的世界，仿佛置身无边云海而迷路了。

这幅垂虹雪景太迷人了，难怪附近有景曰"钓雪滩"。如今虽旧景不存，且雪景已成稀罕物，幸而还有稼轩词，一念钓回八个世纪前的那场大雪，美轮美奂的吴江，在历史的运镜中忽隐忽现……

5

松江上，微雨中，灯火明明灭灭的小船里，一位词人因客居他乡正愁思绵绵。朦胧雨丝笼罩着岸边春草掩映的离亭，仿佛处在重重秋烟里。天空中的鸥鹭像是订下山盟海誓的故人，年年到此，总能相遇。

这幅画面里的词人，是被称为"词中李商隐"的吴文英，年纪比姜夔小了约半个世纪，但是两人词作齐名，经历也相仿：布衣终生，以词著名；知音律，能自度曲；一生流寓各地，有两个难忘情人。

吴文英正在忧思中经过垂虹桥，写下《十二郎·垂虹桥》：

素天际水，浪拍碎、冻云不凝。记晓叶题霜，秋灯吟雨，曾系长桥过艇。又是宾鸿重来后，猛赋得、归期才定。嗟绣鸭解言，香鲈堪钓，尚庐人境。

幽兴。争如共载，越娥妆镜。念倦客依前，貂裘茸帽，重向淞江照影。酹酒苍茫，倚歌平远，亭上玉虹腰冷。迎醉面，暮雪飞花，几点黛愁山暝。

吴文英毕生不仕，流寓各地以做幕僚为生，以苏、杭二地为最久。特别是苏州，他曾在苏州仓幕任职，共居十年左右，其诗集中有"十载寄吴苑"之语，因此常往来于松江，几度经过垂虹，留下诗咏，这篇词作就是途经桥畔，写景抒怀，又触景想起曾经在此的旧忆：

天水相连，一片灰蒙，浊浪仿佛拍碎了冻结的云团。记得在一个秋天的清晨曾行经这里，岸边的树叶霜露沾连，我将船停靠在垂虹桥畔，在秋雨灯影中，乘兴吟哦过这儿的景色。如今又到了鸿雁南飞，宾雀入室的季节，我也终于定了归期；垂虹桥畔曾有鲁望驯养的解语鸭，还有如归亭边鲈鱼香，若能在此结庐隐居该多么好。幽兴中又想起有一次曾与伊人同船到此，她临水梳洗的场景还历历在目，今天我却是孤身独游重返旧地，虽是身穿裘衣、头戴貂帽，没有你在我依旧感觉寒冷。站在桥上看着水中孤零零的影子，酹酒对着苍茫的天空，吟歌飘远。垂虹亭上冷风吹，雪花扑面，愁思点点似暮色中淡淡的远山。

吴文英字君特，号梦窗，晚年又号觉翁，这一梦一觉的字号，暗合他如梦的一生。他在苏州做幕僚时与一位女子有长达十年的缠绵情感，这位苏州女子频繁出现在梦窗词里，但在历史文献中没有留下姓名。词评者称之为苏姬，吴梦窗从苏州仓幕卸任，离开苏州第二年，苏姬也离开了他，再无音信。梦窗遍寻不着，只把梦一般的回忆和深深的思念寄托在词中。

再次经过垂虹桥时，梦窗自身江湖潦倒，又念念不忘去姬，心绪起伏间又作《木兰花慢·重泊垂虹》：

酹清杯问水，惯曾见、几逢迎。自越棹轻飞，秋莼归后，杞菊荒荆。孤鸣。舞鸥惯下，又渔歌、忽断晚烟生。雪浪闲销钓石，冷枫频落江汀。

长亭。春恨何穷，目易尽、酒微醒。怅断魂西子，凌波去杳，环佩无声。阴晴。最无定处，被浮云、多翳镜华明。向晓东风霁色，绿杨楼外山青。

梦窗每当想起这段往事，便会感叹："可惜人生，不向吴城住。"秋日时节，羁旅怀人情更甚："何处合成愁。离人心上秋。纵芭蕉不雨也飕飕。都道晚凉天气好，有明月、怕登楼。"

"姜词清空，吴词密丽"，这是古人对姜白石、吴梦窗两人词作的评价。梦窗词如梦似幻、新异婉妙，情与梦、家与国，文字如精灵，朦胧、跳跃，引起后世诸多效仿，到清朝成了教科书般的存在，纳兰容若、朱彝尊等受其影响颇深。王国维曾评："梦窗之词，吾得取其词中一语以评之——映梦窗，凌乱碧。"

梦窗曾有词云"还背垂虹秋去，四桥烟雨，一宵歌酒"，很适合离家远行的吴江人，捎上家乡特色一路前行，或可随时慰藉思乡之情。

6

在古籍的海洋里，名人韵事之外，还有一则平民风雅故事，就发生在吴江的长桥。

话说北宋时期，有位青年公子钱忠，字惟思，好学且有见识，后来家道中落，孤身流落江浙一带。英宗治平年间，经过吴江，喜欢上了这里的水乡风物，欣赏这里的清丽佳人，所以流连不去，客居下来。

每到江上风软，春和日丽，钱忠便整日游赏其间，吟咏翠浪无声，画桥烟白。湖上多有采莲客、拾翠女，与他们相逐嬉戏，洲渚之间颇得乐趣。

其中有个女孩，年方及笄，垂螺浅黛，眉目清亮宛如天质仙子。钱忠心里欢喜，暗自倾慕，与她同游的时候钱忠拘谨起来，生怕说错话冒犯了她。

几个月后，钱忠与女子愈发相熟，女子也流露出眷眷之意。一日借着酒后，钱忠壮起胆子说破："吾与子相从江渚舟楫间数月矣，吾甚动子之色，独不知乎？"

女子含羞，并不扭捏，直言曰："吾之志亦然也。家有严尊，乃隐纶客也，常独钓湖上，尤好吟咏。子能为诗，以动其心，妾可终身奉君箕帚，不然，未可知也。"

一番心事互通，天色将晚，暮霭中两人举楫划动扁舟，云水依依分别。

钱忠回来后，按照女子说的意思细细琢磨，献诗给其父：

八十清翁今钓客，一纶一艇一鱼蓑。碧潭波底系船卧，红蓼香中对月歌。

玉脍盈盘同美酒,锦鳞随手出清波。风烟幽隐无人到,俗客如何愿一过。

再次见面的时候,钱忠把诗给女子看,女子欢喜地拿着诗回去给父亲。

次日,女子又拿着诗来了,说父亲写了和诗,好像对公子的诗并不是特别满意,公子得加把油啊。钱忠接过来一看,翁诗《和钱忠》曰:

向晚云晴无限好,船头又见乱堆蓑。却无尘世利名厌,尽是市朝兴废歌。
全宅合来居水泽,此身常得弄烟波。肥鱼美酒尤丰足,自是幽人不愿过。

钱忠读罢,再依前韵作诗:

小舟泛泛游春水,竹笠团团覆败蓑。盈棹长风三尺浪,满船明月一声歌。
非干奔走厌浮世,自是情怀慕素波。惟有仙翁为密友,就鱼携酒每相过。

女子又带着诗回去给父亲看。可是几天过去了,女子却没再来。

钱忠忧心地等,满满相思无处诉。总算在湖上又遇上了女子,女子却低头曰:"翁亦不甚爱子之诗。"钱忠很是沮丧,天天苦思冥想好诗句,只怨自己才短,不能赢得老翁欢心。

在又怨又喜又爱又怕的情绪里,数日就过去了。终于,钱忠真情实意又构成一诗:

吴江高隐仙乡客,衰鬓长髯白发干。满目生涯千顷浪,全家衣食一纶竿。
长桥水隐秋风软,极浦烟浮夜钓寒。因笑区区名利者,是非荣辱苦相干。

这首与前两首组成了《赠仙翁三首》。这次很快有了佳音,甫一见面女子就喜滋滋对钱忠说:"翁方爱子之诗,我与君事谐矣。"

钱忠非常开心。次日,与几个朋友晚间散步经过一座小桥,迎面遇见了心上人,四目相对不言语,各自喜笑而去,同伴们看得不明所以,满眼狐疑。

第二天一大早，钱忠还没起床就听见有人敲窗，起身去看，发现窗上放着书笺，是心上女子写来的一首诗：

> 昨日相逢小木桥，风牵裙带缠郎腰。
>
> 此情不语无人觉，只恐猜疑眼动摇。

钱忠读着，看着，不觉嘴角上扬，那份悄悄的甜蜜，真是想一想都会暗自快乐许久。

过了几日，钱忠与邻居泛舟钓于湖上，渔者歌唱四曲，钱忠亦唱和其间，欢快的歌声在湖面上飘荡。女子又遣人送了书笺来，上书一首诗：

> 轻桡直入湖心里，渡入荷花窣窣鸣。
>
> 何处渔谣相调戏，住船侧耳认郎声。

这样传情达意又过了一个多月，两人感情越来越浓。

女子父亲欣赏钱忠的诗文，终于准许二人成婚。因诗词而成就一段姻缘在吴江长桥一带传为佳话。娶得美人归的钱忠携心爱女子告别了里巷邻友，泛舟深入烟波，不知所往。

钱忠有个姑姑的儿子名叫王师孟，也就是他的表兄，登第授官后因失职被免，失意南行去钱塘访故人，途经吴江的时候，泊舟水际，登上长桥游览，忽然看见有彩船过来，速度很快，当中有人对他招呼："王兄固无恙乎？"

师孟觉得似表弟钱忠的声音，舟舣随即到得桥下，果然是钱忠。

钱忠邀请师孟登舟，叫出妻子拜见表兄，三人一同愉快饮宴，聊久别重逢的欢喜，聊各自的生活状况，钱忠作诗《赠姑子王师孟》："水国神仙宅，吾今过此中。长桥千古月，不复怨春风。"

三人酒后在长桥告别，自此没有人再见到过钱忠夫妇。传说多了，就讲钱忠之妻乃仙翁之女，水仙也。

这段故事收在宋代刘斧编撰的《青琐高议》里。《青琐高议》所记述的内容很庞杂，大多是志怪、传奇，还包括琐事、异闻、论议、纪传等，涉及社会生活的许多方面。这个故事在书中名为《长桥怨·钱忠长桥遇水仙》，有一个志怪式的尾巴——

王师孟接受表弟邀请登舟后一同饮酒，目之所及的酒肉饮食、器皿碗碟、陈设装饰等皆如王公贵族，甚至非人世常有，正在心里纳闷，钱忠叫出了妻子，以大兄之礼拜见师孟。师孟见到弟妹只觉似瑶枝玉干，美面生辉，心下更为称奇。三人共饮到天明时分，钱忠对师孟说："吾之居处在烟波之外，不欲奉召兄。兄方贵游，弟能无情！"随即取出金银相赠，师孟起身谢之。钱忠继续说："相别二纪，而兄之发白，伤怆尘世间烟波使人易老。"（注：古称一纪为十二年）师孟答："子为神仙，吾今游客，命也如何！"唏嘘泣下，钱忠赠诗而别，自此消失在长桥水云间，再也没有人见到过他们夫妻。

诗情漫步，沉醉不知归路

1

> 吴江本泽国，渔户小成村。
>
> 枫叶红秋屋，芦花白夜门。
>
> 都无三姓住，漫可十家存。
>
> 熟酒呼儿女，分鱼喧弟昆。
>
> 不忧风雨横，惟惮水衡烦。
>
> 鸥趁撑舟尾，蟹行穿屋根。
>
> 怡然乐生聚，业外复何言。

——"明四家"之首的沈周《石田诗选》中有这样一首《渔村》，这是一个画家眼里的吴江小村风貌，五百年前水乡生活的风情韵致尽收眼底，这份怡然还在时空里延续着。

清代文学家袁枚也对吴江情有独钟，经常来往吴江，在黎里时收了弟子徐达源、吴琼仙夫妇。诗文中不时提及黎里的风土人情，赞誉黎里的淳朴民风，《随园诗话》中写道："余过吴江黎里，爱其风俗醇美，家无司阍，以路无乞丐也。夜户不闭，以邻无盗贼也。行者不乘车、不着屐，以左右皆长廊也。士大夫互结婚姻，丝萝不断，家制小舟，荡摇自便，有古桃源风。"并留下诗篇《黎里行》：

> 吴江三十里，地号梨花村。

我似捕鱼翁，来问桃源津。

花草有静态，鸟雀亦驯驯。

从无夜吠犬，门不设司阍。

长廊三里覆，无须垫角巾。

家家棹小舟，目不识车轮。

勾栏无处访，樗蒱声不闻。

丝萝不外附，重叠为天姻。

不知何氏富，不知谁家贫。

更有奇女子，嫁与贤郎君。

秦嘉与徐淑，才调俱超群。

双双来执贽，宾宾拜起频。

留住小眠斋，款如骨肉亲。

我喜风俗美，更感古意敦。

逝将去故土，十万来买邻。

非徒结张邴，兼且联朱陈。

有女此地嫁，有男此地婚。

庶几子与孙，永作羲轩民。

　　据说旧时黎里农家生了儿子就要种下一棵梨树，慢慢地，这里就成了梨花村，也有旧传是因村南多梨花而得名，总之这是一个春风可酿梨花香的所在。这个在梨花里美了千百年的村庄，就像袁枚心里的"桃花津"，景美风俗也美，诗人恨不能就此留在黎里常住。几百年前随园主人这首诗可真是如今"心里、梦里、黎里"的最佳代言。

　　黎里，黎川，梨花里，黎里的名字真是美极了，读出来仿佛就有"梨花院落溶溶月，柳絮池塘淡淡风"的感觉，名字自带诗韵，也自带水韵，它的地理位置正好连接了鸢脰湖和分湖，旧时的"黎川八景"就有"禊湖秋月"——中秋之夜泛舟湖上观灯赏月，星河璀璨水云间，该是何等美妙。

黎里历代以来名门望族较多，有"周陈李蒯汝陆徐蔡"八大姓之说，因此中秋赏月比其他地方多了一个"显宝"环节——各自选取自家祖传藏宝，有官宦世家的官府配饰、书香世家的名人字画，以及绅商大户的古瓷、珠宝、玉器等，供来往客人观赏，是大饱眼福的中秋重要节目。如今，这项传承也走入民间，禊湖赏月和中秋显宝成了黎里中秋节的一大特色。

禊湖是由太湖水下注于村庄浦溆间而形成，水澄波平，明澈如镜，因而又名金镜湖。湖的中央有座道院：昭灵观，这是一个四面环水的古观，也是中秋赏月的绝佳去处，月挂中天时，立在秋禊桥上望过去，似能听见时光层叠沉积的乐声。

这座道院也是百姓口中的城隍庙，祀奉的守护神是唐太宗李世民的第十四子李明，一个极具艺术天分的王子，擅长书法，飞白造诣尤深。

因何祀奉李明，这里有个故事。

传说李明为官清正，惠及黎民，出任苏州刺史后，有一年吴江一带遭逢蝗灾，寸粒难收，开仓济粮也没能解决那么多灾民的吃饭问题，路上出现许多拖儿带女的饥民。当时黎里禊湖畔还有一处储粮官仓，因此李明急急上奏父皇恩请再开仓赈济。可是吴江与长安有万里之遥，等待批复的时间太长，十天半月叫饥饿的人如何等得？不得已，李明还没等来回旨就下令开仓赈灾，从生死线上救回了饥民。然而按照大唐律令，私开官仓是杀头之罪，当他得知自己被人以此罪名参奏之后，不想让父王两难，就自我了断投湖而亡。百姓闻讯痛惜不已，纷纷捐资为他建造祠庙，供奉李明塑像，之后朝廷也下旨立祠，因此有了"禊湖道院"。唐末淮兵围苏的危急时刻，吴越王在李明祠祈求庇佑，事有灵验，便赐封李明为昭灵侯，有了昭灵侯庙、昭灵观的称呼。

如今的昭灵古观，依然带着唐风宋韵，还有一株从徐家弄辗转移植而来的百岁蜡梅。每当寒冬梅花盛开，红墙衬着一树暖黄，静美如时光陈酿，也似同古观一起护佑着一方安宁。

黎里在春秋战国以来忽而归属吴国忽而又归属越国，站在两国分界线上，一湖之水也有了"分湖"之说。前面章节出场过写《松陵八景》的明代"新吴江人"陶振，也作过一篇《分湖赋》，描绘在湖边"日落苍湾，烟淡平芜，恍东山之月出"时分，遇见一个渔父，借老者之口说出了湖之得名："两界中分，南北无亏。其南也，则千缚之无尽；其北也，则百弓之有余。故其南半为嘉禾之境，其北半为松陵之墟。湖之得名，其以是欤。"并赞叹今之分湖"不独有异芳奇物之产，神仙巨灵之宅，抑且为浙西人物之渊薮，东吴学海之归墟也"。

有关分湖的诗文就如这里的美丽风光，不胜枚举，柳亚子原编《分湖诗钞》就厚厚一叠。如果游走分湖，也总让人想起岁月深处满门风雅的午梦堂，柳亚子曾经与忘年交陈去病先生一起游分湖怀古，陈去病作《分湖游两首题晓风残月之舫兼赠亚子》：

> 枫叶芦花几度秋，吴根越角复来游。
> 高冠长剑罗群彦，桂棹兰桨发浩讴。
> 蟹舍渔庄凭啸傲，荒祠古渡足勾留。
> 白云苍狗君休问，送抱推襟且自由。

> 白蘋红蓼逼深秋，挈榼提壶恣宴游。
> 细雨斜风迎越舫，铜琶铁板助吴讴。
> 珠帘金粟人何在？午梦疏香迹尚留。
> 玉佩琼琚惟尔仗，幕天席地位巢由。

晓风残月，旧梦今宵，水还是分湖水，人世已经不相同。

长久以来"分湖"与"汾湖"的名称一直并用，因历代有文人觉得湖水何以能分，常常在分字前标出三点水。现如今官方区划统一用作"汾湖"，为吴江与嘉善的交界，一半江苏一半浙江，也与上海交汇，现在有了"上海黎里，不过一里"的说法，进入上海半小时经济圈，分湖一带成了上海的后花园。

又到秋季，分湖的紫须蟹在历史的光影里游了出来——"秋宜动食指，地独让分湖。肥为甘黄稻，鲜犹贵紫蟹"，此为清代吴江诗人周永年的诗《紫须蟹》，是不是看得人垂涎三尺？

清代黎里诗人冯寿朋作的《黎川棹歌》，是黎里风情风貌的细致注脚，其中有：

芳草萋萋绿水湾，天随桥畔鸭栏泾。至今传得能言鸭，金弹王孙一笑听。

一条川水亘东西，水上春阴柳叶齐。最好步廊檐比栉，青鞋入市总无泥。

中秋彩市祝秋成，无数灯光赛月明。深夜踏灯人欲散，管弦声杂棹歌声。

西连莺短左分湖，紫蟹银鱼满载沽。八月游人胜上巳，禊湖秋禊外乡无。

这里提到了陆龟蒙隐居养鸭的鸭栏泾，即黎川八景之"鸭栏帆影"，还提及八景之"禊湖秋月"；诗中讲的步廊，是建在沿河的街上连着房屋的廊棚走道，防雨防晒，干干净净，如徐达源《黎里志》中记载："东西三里半，周八里余，民居稠密，瓦屋鳞次，沿街有廊，不需雨具。"

徐达源（字岷江，号山民）的徐姓被列在黎里八大姓的第七位。他的族祖父即徐电发（徐釚），祖父徐祖翼、父亲徐璇都是饱学之士。达源自小勤学，过目成诵，年方十五就考中秀才，后来成为翰林院待诏。自京师归乡后，博采掌故，写成十六卷详尽《黎里志》，以及《禊湖文拾》《紫藤花馆文钞》等，迁居甫里（即角直）后又撰写了《吴郡甫里诗篇》，一生为文，著作等身。他与吴琼仙这对文艺伉俪也是黎里广泛流传的一段佳话，可惜琼仙早逝，他们育有一双儿女，女儿镜如早夭，徐达源与续弦严氏又生养了几个子女。

徐达源在黎里方志中细细描绘了当时的街市："镇之中曰中市，有上下两岸、东西南北四栅。上岸多士大夫之家，崇尚学术，入夜诵读声不绝。镇之东曰东栅，每日黎明，乡人咸集，百货贸易，而米及油饼为尤多。舟楫塞港，街道肩摩，其繁阜喧盛为一镇之冠。"

昔日小繁华，今时亦有痕。油饼至今也是黎里的街面名小吃——油墩，也叫油汆子，由精细的水磨糯米粉包裹馅料入油锅烹炸而成，听起来似乎简单，其实挺需要些手艺的。特别是揉捏的粉质要韧而不散，功夫要恰到好处，传承到现在还是手工制作，馅料则更加多样化，咸口的有全肉馅，甜口的有豆沙馅，考究一点的还有白糖松子桂花馅。

据传说"油墩"是乾隆下江南时御赐的名字，成为可以代表黎里的一味特色小吃。每一个到过黎里的人都会记得这里的油汆子，当然，还有远近闻名的"辣鸡脚"，以及……此处略去若干字，美食爱好者可亲临品尝。

我第一次到黎里是多年前的一个春天，既有美食也有美景，满目七分鹅黄，三分橘绿，一座座小桥轻巧连接两岸人家，河道一侧花样繁多的系缆石仿佛记述着从前故事。其中有座青龙桥，就是电影《一盘没有下完的棋》的主要取景地，这桥原名际恩桥，有个关于轮回"再生人"的民间传说——

南宋年间这里曾住着一户蒋姓人家，丈夫早逝，蒋家姆妈辛苦拉扯儿子长大。儿子十六岁时，脊背上开始不断生出毒疮，开刀割了一个又长一个，痛苦不堪。蒋家姆妈决议用全部家产造桥，做功德以求神灵庇佑，房子家产都变卖之后终于修建了际恩桥，可是儿子开到第八刀的时候还是没能保住性命。二十年后，一个青年找上门，对蒋家姆妈说自己是留存记忆的再来人，并给她看了背上的八个刀疤，母子终于以这种形式"团圆"。

听这个故事的时候，桥下清澈的流水中游过几只安闲的大白鹅，突然有时光倒流之感，阳光落在水岸边的长廊上，影子旧而静谧，所有人物笼罩在缓慢悠长的光影中，那一刻我忽生迷离，仿佛穿越到了过去某个时空。

后来几次来往黎里，每次都有不同的变化，却再也没见过大白鹅。那次巧遇像个不可思议的幻境。

2

黎里就像一个饱读诗书的如水女子，文静典雅。这种书香气质自然而然，孕育了古今不少文人，如徐达源、吴琼仙夫妇，如近代著名诗人、民主人士柳亚子；即使武生，在黎里古镇文风影响之下，也能文武双全起来，如爱国将领张曜。

黎里镇新蒯家弄有古迹"退一步处"，就是1866年张曜所建，可惜张曜终究未能退下这一步，五十九岁在山东巡抚任上病逝，赠太子太保，谥号勤果。

张曜在山东任巡抚七年，兴水利、治黄河、修铁路、开厂局、办义学，深入百姓生活体恤民情，还特别爱惜人才，知人善任，发现刘鹗（字铁云）对治水有独到见解，就三番五次礼请，聘刘鹗作幕宾协助治理黄河。这段礼贤下士的情节，刘鹗写进了《老残游记》，以张曜为原型塑造"宫保求贤爱才若渴"的官员形象。张曜在山东卒后，济南百姓特地为他建了张公祠以示纪念，山东民间至今还流传着张公许多智慧风趣的段子。

清道光十二年（1832）张曜出生在浙江钱塘一个官宦之家，他从小不爱读书，喜欢武力解决问题，父母无奈，将十岁的张曜送到吴江黎里他姑父蒯贺荪处代为管教。

张曜在黎里慢慢长大，文风的熏陶似乎没有阻挡他成为力大无比的猛汉，依然喜欢舞枪弄棒，心思不在读书上。姑父蒯贺荪在河南固始县任县令的时候，二十岁的张曜前去投奔，凭身手功夫当上了团练，这正对他的胃口。

蒯贺荪亲上做亲，将兄弟蒯善培的女儿蒯凤仙许配给了张曜（据《黎里续志》及《垂虹识小录》记载），凤仙饱读诗书又聪明能干，与张曜真是文武互补。张曜二十二岁与凤仙在黎里完婚，婚后带着夫人回到固始，有着这样一位文气懂礼的夫人在侧，一向崇武的张曜潜移默化地开始有所改变。

咸丰七年（1857），张曜因对垒捻军有功，升任知府、道员，三年后父母先后离世，因军情紧急，朝廷命其"夺情留任"。得胜后咸丰下诏晋升其为河南布政司，这是二品大员的文职高官，曾与张曜不睦的一个御史发起弹劾，理由是一个"目不识丁"的武夫难以担此重任。朝廷重新颁旨，改授张曜南阳总兵。

这件事对张曜可谓当头棒喝，书香古镇出来的人被当作胸无点墨的一介武夫，如此轻看，简直辱没家乡，他开始把气力往读书上用了。

夫人凤仙本来就是贤内助，经常帮张曜处理往来文件，甚至捉刀代笔起草奏章，现在张曜更是拜夫人为师，重新学习经史子集、诗词歌赋，恨不能一夜之间就像夫人一样琴棋书画皆通，还特意请人专门镌刻了一枚"目不识丁"的闲章，以此激励自己奋发读书。

在夫人的悉心调教下，张曜进步很快，作诗论赋、书法绘画都有所长。事实再一次告诉世人，只要有心学，何时开始都不算晚。

张曜组建好"嵩武军"后，于同治五年（1866）乞假回乡归葬双亲，补孝三年。回想起这些年宦海沉浮，未能床前尽孝陪伴家人，有了退隐之心，于是在黎里蒯家弄修建了一座船厅，自书"退一步处"，在此专心读书守孝。

安居黎里一年后，边疆乱起，朝廷下旨授张曜广东陆路提督，左宗棠又奏请张曜为帮办新疆军务，敦促之下，张曜写下一首七律告别黎里：

> 中原莽莽尚烽烟，乞解征袍仅一年。
> 桑柘未营湖畔宅，琴尊权托米家船。
> 深悲风木阡才表，促上星轺诏又宣。
> 揽辔澄清诚不易，愿抒丹悃答尧天。

张曜重披战袍，召集"嵩武军"进驻哈密，成为左宗棠的得力大将，协助左宗棠收复伊犁、平定了新疆。

张曜"嵩武军"中有个黎里文人这里要提一下，是位名叫蔡丙圻的秀才，以候选县丞资格跟随在张曜军中，平定新疆后授补直隶州知州，卸任后回到黎里，花费十多年工夫勘察家乡地形地貌水土气候，收集一切相关的乡土资料，撰写了十六卷《黎里续志》，与徐达源写就《黎里志》的时间相距九十二年，是一本详尽丰富的升级版地方志，留下大量非常珍贵的历史信息。

张曜与左宗棠在边疆并肩作战，结下深厚友谊，一同商讨屯垦事宜时，张曜对策有度，令左宗棠十分赞赏，在奏折中表彰他"器识宏远、文武兼资"。左宗棠手书一副对联赠予张曜：

> 负郭无田，几亩荒园都种竹；
> 传家有宝，数间茅屋半藏书。

张曜终于被认可为一名文武双全的儒将，留有《河声岳色集》，在山东任上还重修了《山东通志》、主编了《山东军兴纪略》，不负左宗棠所言"文理斐然"，可惜他的老师——黎里的书香女子蒯凤仙，在张曜驻军新疆喀什噶尔时不幸病故，也带走了张曜的心，据说张曜到死也没有再续弦。

<h1 style="text-align:center">3</h1>

前面章节多次出现过的柳亚子，已是黎里的符号，可以说是近代黎里的灵魂人物。到过黎里的朋友也一定对柳亚子故居"赐福堂"有印象，但这房子初始并非柳氏老宅，房子的故事要从清代乾隆年间的工部尚书周元理讲起。

周元理为周敦颐后裔周奇龄之孙，康熙四十五年（1706）出生在浙江杭州，九岁的时候父亲去世，母亲带他投奔了在吴江黎里的娘家兄弟陈时夏、陈鹤鸣。

周元理在黎里和娘舅家的孩子们一起读书长大，十九岁考中秀才，到乾隆三年（1738）中得举人，任直隶蠡县知县，后升任天津知府、再任保定知府。

周元理办事干练，才识过人，颇受当时的直隶总督方观承的信任和器重。乾隆二十九年（1764）周元理升任清河道。由于衡水滏阳河上旧桥残损严重，方观承奏请重新造桥，获准后周元理作为清河道亲自指挥了这项工程，但这是一件好事却不是一件易事。

衡水滏阳河上建桥，是从河北通往北京的要道，也是山东到山西的要道，这一重要的水陆交通枢纽处从明代以来就曾数次建桥又数次被冲毁，两百年来从木桥到石桥重复着建了毁、毁了建的循环。

这回周元理决心一定要建一座结实牢固抗击打的石桥，他带领工匠勘察地形地貌，因地制宜进行设计，实地考察造桥石料，每一处细节都亲自过问。从乾隆三十年（1765）五月动工开始，周元理天天都到现场，直到1766年十月竣工，一座镌刻精美的七孔石拱桥在滏阳河上诞生了。桥长116米，宽7.5米，每个孔的跨度都是10米，桥身两侧石望柱58根，柱顶雕有石狮，石栏的浮雕图案刻有卷云纹和弧角内凹的矩形纹，十分美观精巧。

周元理请人绘图上报朝廷，乾隆看了十分欣喜，特赐书"安济桥"。

安济桥的美有目共睹，那它是否经受住了未来的考验、如周元理所设想的那般牢固呢？

《衡水县志》记载，安济桥从建成至今过去两百多年，历经风雨侵蚀、车来船往，至今仍横跨在滏阳河上；抗战期间曾被日军炸毁中间一孔，后来进行了两次中段修复，继续承载交通至1995年，衡水市文管所在桥西树立了禁止运输车辆通行标志；2013年5月安济桥列为全国重点文物保护单位，这座艺术价值与历史价值兼具的古桥已成为衡水历史文化的见证。

安济桥是周元理为官生涯一项不可磨灭的功绩。

周元理每到一处都十分注重民生，乐于为百姓做实事，特别是农田水利，治河修桥。由于善于治水，乾隆三十六年（1771）周元理出任山东巡抚。前文写过的张曜，在百余年后的1886年也出任了山东巡抚并且治河有功，黎里与山东缘分不浅。

周元理在山东巡抚任上治水有功，升任直隶总督，又疏浚了天津永定河、子牙河，修筑津门五闸，政绩卓著。乾隆三十八年（1773年）赏加太子少保衔，乾隆四十五年（1780）晋升从一品，实授工部尚书。

周元理七十岁的时候启奏告老还乡，一生节俭甚至有些抠门的周元理并无奢华心思，但他的儿子以及娘舅家的表弟兄后辈们共同集资为他在黎里建造了私邸"赐福堂"，以供周元理颐养天年，堂名是因周元理多次获得乾隆御赐的方斗"福"字而取，这十来个御笔书写的"福"字制成匾额悬挂在厅堂，以示隆恩。

乾隆认为周元理"性行纯良，才能称职"，是不可多得的好官，所以一再挽留。周元理就又干了六年，身体渐衰，乾隆终于恩准还乡，大书法家嵇璜亲写"赐福堂"匾额相赠，以贺光荣退休。

周元理返回黎里，在新居仅生活半年就离世了，可谓"鞠躬尽瘁死而后已"。

乾隆得知十分痛惜和内疚，口授一则上谕、一篇祭文，交由江苏的布政使带到黎里代为祭祀。

周元理的家人将乾隆上谕和祭文雕刻成碑文，安置在周宫傅祠堂的御碑亭，这是苏州地区唯一一块皇帝祭祀大臣的御碑。两百多年人世变换，这块碑被幸运地保存了下来，如今树立在黎里古镇南新街庙桥弄周宫傅祠堂一个六角亭子里。

周元理的赐福堂坐落在古镇中心街，是当时买下这一片南宋、明代及康熙年间的破旧老屋翻新改建的宅院，坐北朝南，共有六进，还有一个后花园。周家造这个府邸用了整整两年的时间，房屋用料都是江西婺源的优质杉木，水运过来的木排经常停满了周家靠岸的河浜，以至于这处周家小浜兜有了一个新地名"木排浜"。

周氏后人有心守护祖宅，却抵不过世代风云转换。太平天国时期，被称为慕王的谭绍洸镇守黎里一带，进驻了赐福堂，并按照王府的规制对一些建筑装饰做了改动。1898年，柳念曾（柳亚子父亲）带着一家老小从分湖大胜村迁居黎里，租赁了周元理的老宅周受恩堂（周元理任直隶总督时所造）。1922年，已没落的周氏家族由于经济拮据，周氏第十二代孙以赐福堂作抵押向柳亚子借贷资金。这时的柳亚子已是南社主帅，往来社员在周受恩堂活动时已明显感到空间局促，于是欣然以三千大洋典租赐福堂四五进，借用前三进，立下二十年契约，利息与房租两销。二十年很快过去，败落的周家终无起色，无力兑现赎回这座承载了祖上无限荣耀的大宅，只得将四五进的产权归在柳亚子名下。1950 年，柳亚子将自己名下房产捐献给了人民政府，赐福堂除第六进三楼三底外，其余部分全都列入地主财产由人民政府没收。1981 年，赐福堂作为柳亚子故居对外开放。1987 年 5 月，设立柳亚子纪念馆。

赐福堂第五进的楼上最西边，有个特殊的建筑结构"复壁"，是个两平方左右的暗室，当时是身为朝廷要员的周元理为自己留的一处"不时之需"，没想到一百五十年后派上了用场，救了一个民主革命者的性命，上演了那幕"柳亚子复壁逃生"的惊险故事。

现在的赐福堂不仅是柳亚子纪念馆，也保存了不少古镇文物，有明清家具和三十多块石刻：乾隆第五次下江南驻跸姑苏时所作的《梅花》、乾隆御赐周元理诗碑、张问陶与刘墉合作的书画《祝寿图》、禊湖书院碑记等，还有备受各地书法家推崇的周元理之孙周光纬镌刻的《董其昌临颜真卿赠斐将军诗》条石。

两百多年的烟云，历史转角的故事，革命跌宕的诗话，都装入了这座江南老宅子。

4

说完房子的故事，来讲讲吴江黎里代表人物柳亚子以及他朋友们的故事。

现代人对柳亚子的认识恐怕大多来自毛泽东与柳亚子的对诗，这已是他中年以后的事了。

柳亚子出生于清光绪十三年（1887）五月，原名慰高，号安如，父亲赞成变法维新，接受西方民主思想，孩子们也深受影响。1903 年初，十六岁少年柳慰高因崇奉卢梭"天赋人权说"，取字人权，号亚卢，意即"亚洲的卢梭"，他的妹妹们后来分别取字公权、均权，再后来，因为特别崇拜辛弃疾，柳慰高改名柳弃疾，字稼轩，号亚子。

柳亚子的父亲柳念曾（钝斋），学问深厚，原为分湖望族北厍柳氏，在柳亚子十二岁时举家由大胜村迁入黎里，住进了周受恩堂；母亲费淑芳曾师从徐山民（徐达源）的女儿徐凡如（一作丸如）读书学诗，《诗经》《唐诗三百首》熟读能诵。柳亚子自幼跟着母亲受教，非常喜爱古诗，九岁时已在高祖柳树芳（胜溪居士）的《胜溪竹枝词》书边留下品读字迹。这册竹枝词共五十首，题材涉及人文历史、乡土风俗、园林桥梁等。或许由于祖上遗风，书香里长大的柳亚子很早就有志于乡邦文献，对吴江乡贤前辈的诗文集都进行了研读，譬如王晓庵、吴兆骞、叶燮等等，后来还为他们每人题了诗，此处录两首，选自柳亚子《磨剑室诗词集》：

题汉槎（吴兆骞）：

绝艳惊才吴季子,生归白发已婆娑。鞭鸾答凤寻常事,谁遣灵禽入网罗。

写叶横山（叶燮）：

僧衣初换宰官妆,苦节终惭午梦堂。门下归愚原不弱,诗书发冢更堪伤。

柳亚子喜藏书，特别是收集乡邦文献，对地方志格外重视，对《吴江县志》《同里志》等都做过许多考订或翻刻工作。当发现徐达源的《黎里志》流传过程中有许多缺失，就捐资补刻，寻得徐达源《禊湖诗拾》后增刻了一篇后记又重印面世。这样的事情还有许多。

1918年冬,柳亚子聚集了有志于保存乡里文献的同仁,一起成立了"松陵文献保存会"；1922年以后,柳亚子又编撰了《分湖诗征》等,对地方文化的保护和传承非常尽心。

柳亚子十二岁时背完了《杜甫全集》,十六岁已读完家里藏书,十七岁到上海进入爱国学社。作为有着革新思想的读书人,柳亚子热切关心国事。1906年初春的一天，在高天梅（即高旭）的引荐下，他在沪淞口的海轮上秘密谒见了孙中山先生，加入了同盟会；又由蔡元培介绍，加入了光复会，成了"双料革命党"。

这时的柳亚子刚满十九岁，青春正盛，满怀豪情，也正经历着一段隐秘的恋情，恋人是爱国女学的学生。柳亚子在自述文章中回忆这段往事时以"L女士"称呼她，两人都有着随时准备为革命献身的爱国热情。

然而早在柳亚子十六岁时，父母就已将他与盛泽郑慈谷的女儿郑佩宜定了亲。两人从未见过面，有着新思想的柳亚子心里是抵触这样的封建婚约的，可是两家商定的婚期将近，柳亚子决定抗婚，到朋友乡下老家躲了起来。

柳亚子这未来岳父郑慈谷，字式如，也是维新变法的拥护者，提倡实业救国，创办了商会，掀开了盛泽这座丝绸重镇的全新商业史；还首开兴学之风，创办了郑氏小学，这是盛泽镇上第一所新式学堂。女儿郑瑛，字佩宜，是原配王夫人所生，上面还有两个哥哥，王夫人在佩宜三岁时就过世了，佩宜由祖母抚养长大，早慧而端庄，知书又达理，在郑氏学堂与兄长们一同听课学习，接受着新知识新思想的教育。

这些情况柳亚子并不了解。平时柳亚子最敬畏的大姑母认定他只是年轻人的一时狂热和盲目抵触，因此寻出躲在朋友家抗婚的柳亚子，极力说服他，从家族到个人，说了个底透依然不见效，就采用激将法："既然如此，敢不敢到郑家小住几天？"年轻气盛的柳亚子自然说不怕。大姑母已将佩宜认作义女，所以柳亚子以亲戚之名做客了郑家。

佩宜比柳亚子小一岁，两个年纪相仿思想接近的青年人自然会面，自然交谈，居然如流水般有说不完的话题，连情感也是在波澜不惊中漫延浸透。柳亚子了解了郑家之后，对郑式如的思想和行事十分钦佩，对温婉多识的佩宜充满欣赏，心里突然很感谢这样的命运安排，或许这就是避也避不开的姻缘。

1906 年的金秋时节，柳亚子与郑佩宜举行了吴江历史上第一桩"文明婚礼"：只鞠躬，不跪拜；新娘不戴头面不盖方巾，只穿红色衣裙；新郎也不穿官样礼服，只穿长袍马褂。婚礼开风气之先，一时轰动全县。

婚后不久，柳亚子请人刻了一枚"平生不二色"的方章，作为此生立身行事的座右铭。两人风雨同舟相敬相携，既是生活的爱人也是革命的友人。在郑佩宜五十八岁寿辰时，柳亚子为夫人献上两首七律表达情意，赞扬妻子如燕妮夫人："怀抱平生马克思，最难燕妮共艰危。苍生满眼成何济，青史他年已有辞。黻佩未能偕负戴，风云还拟仗镃基。何当奋我垂天翅，安稳双栖到凤池。"

成家立业后，"双料革命党"柳亚子开始酝酿成立一个以文为主的社会团体，与同盟会一文一武共襄国民革命。

经过两年的筹备，1909 年 11 月 13 日，在苏州虎丘山正式成立了中国近代史上第一个革命文学团体——南社，主要发起人是柳亚子、陈去病、高天梅（即高旭）。之所以取名南社，与陈去病有一定关联，他当时改其字为巢南，源自古诗"胡马依北风，越鸟巢南枝"之名句，"胡""越"对峙，他说："南者，对北而言，寓不向满清之意。"柳亚子也曾解释道："它的宗旨是反抗清朝，名为南社，就是反对北庭的旗帜了。"

南社成立后存在了二十多年，由最初的十几人发展到一千多人，许多省份都有分社，比如广东的粤社、东北的辽社、湖南的湘社等。南社在浙江的分社叫越社，鲁迅也曾是越社的一员。南社几乎囊括了当时大半个中国知识分子精英，其《南社丛刻》共出版了二十三册，提倡新文化，宣传民主思想，与同盟会相呼应，成为推动民主革命的火种。

辛亥革命一举推翻了两千多年的封建帝制，建立共和，柳亚子到任总统府秘书仅三日，便以不习惯机关生活为由辞去职务，回到上海办报，尽知识分子的本分。

袁世凯复辟后，柳亚子深感国事难为，回到黎里，纵情诗酒，创作了大量旧体诗歌。后来茅盾先生曾评价柳亚子：作为南社的标杆人物，是前清末年到解放后这一长时期内在旧体诗词方面最卓越的革命诗人，他的诗可称之为"史诗"。毛泽东也称其为"有骨气的旧文人"。

1923 年柳亚子与黎里教育会一起成立了《新黎里》报社，国内外发行，柳亚子任总编辑，时常撰写通俗易懂的白话文章，大胆谈论婚姻问题、劳工问题，倡导新思想。报社广泛向进步青年约稿，刊登了进步女青年张应春《剪发问题》《束胸和社交》等激进文章，支持妇女解放运动。《新黎里》像一盏时代明灯，灯越显得亮，说明黑暗就越深，他们已将自己置于巨大的危险之下。

张应春是黎里葫芦兜村人，出生于 1901 年农历十月初一，因农谚"十月应小春"而取名张应春。父亲张农是清末秀才，也是南社成员，是黎里女子小学高小部的国文教员，柳公权、柳均权都是他的学生。张应春与柳均权是同学，也是同桌好友，来往密切，因此柳亚子很早就认识了这个有进步想想的活力女生。

1920 年，十九岁的张应春考入上海中国女子体育学校，毕业后远赴厦门厦岭学校任教。1923 年柳亚子介绍她进入上海松江景贤女中任教。这一年孙中山改组了中国国民党，实行"联俄、联共、扶助工农"三大政策，柳亚子以老同盟会员资格加入中国国民党，在 1924 年的国民党"一大"中当选为中央监察委员会委员。张应春也在这期间加入了改组后的国民党，她心中的偶像是辛亥女杰秋瑾，因此自号"秋石"。

1924 年还发生了一个标志事件。这一年 3 月 8 日，为纪念国际三八妇女节，何香凝代表广大妇女走上广州街头，把"保护童工孕妇、革除童养媳、革除多妻制，禁止蓄奴纳妾，废除娼妓制度""争取妇女解放"等口号第一次喊了出来。这是我国书面记载的第一次全面争取妇女权益的运动，影响了一代有觉知意识的女性同胞。

1925 年夏，张应春在《新黎里》上发表《怎样可以补救我们年长失学的女同胞们》，筹备暑期妇女学校，计划办一份推进妇女运动的专门报刊，拟作《吴江妇女》，得到了柳亚子的大力支持和肯定。1926 年 3 月 8 日，在国际妇女节这天，《吴江妇女》创刊号问世，以介绍国际妇女节为中心内容，柳亚子写了发刊词，开宗明义；该刊的宗旨是打倒帝国主义和军阀，推翻旧礼教、要求妇女和全人类的自由平等。

《吴江妇女》积极倡导女权解放，宣传革命思想，第四期时正值"五卅运动"一周年，张应春在首篇发表《我们应该怎样纪念五卅》，像大革命到来之前鼓舞士气的演讲，激动人心，但危险也在慢慢积聚。

1926 年 5 月，国民党二届二中全会在广州召开，时任国民党中央执行委员的毛泽东、国民党中央监察委员的柳亚子都出席了这次会议。这是两人的初次会晤，对蒋介石破坏国共合作的看法一致，对时局的判断也达成共识，诗词的切磋更是让彼此有了互敬的好感。

1927 年上海工人第三次武装起义后不久，以蒋介石为主导的国民党新右派在上海发动反对国民党左派和共产党的武装政变，大肆屠杀共产党员、国民党左派以及革命群众，实行"清党"，史称"四一二"反革命政变。这天在南京大纱帽巷十号中共地下交通处开会的人员被秘密逮捕，时任中共江浙区委妇女运动委员会委员的张应春正风尘仆仆赶来南京，会同国民党妇女部长陈君起一同来参会，刚进入大纱帽巷就被潜伏在此的侦缉队逮捕，几天后被秘密处死，年仅二十七岁。

柳亚子也在此次的通缉名单上，5 月 8 日夜里，军警直扑吴江黎里搜捕柳亚子，夫人郑佩宜非常机警，听到异响就及时将柳亚子及其衣物用品暗藏于复壁。好在是深宅大院，从军警在院外杂乱叩门到进入内宅有着缓冲时段，佩宜与女佣趁此时机已飞快拖移矮柜挡住复壁墙门遮蔽了视线。躲在里面的柳亚子闻听外面动静，自料死劫难脱，口占绝命诗，瞑目待毙：

曾无富贵娱杨恽，偏有文章杀祢衡。

长啸一声归去也，世间竖子竟成名。

他在后来的《柳亚子诗集》中自述：五月八日夜半，余为宵人构陷，缇骑入室，匿复壁中，口占绝命词二十八字，瞑目待尽。后竟得脱。每诵吴祭酒"故人慷慨"之句，不知吾涕之何从也。

吴祭酒即骏公吴伟业（梅村），曾为清国子监祭酒，他在《贺新郎·病重有感》曰："故人慷慨多奇节。为当年、沉吟不断，草间偷活。"柳亚子言每诵此句便"不知吾涕之何从也"，是表达友人遇难他在独活的复杂心绪。

柳亚子从复壁中逃出来后急急赶往上海，在友人唐蕴玉女士掩护下化名唐隐芝，郑佩宜化名郑佩平，女儿柳无非改名唐婉仪，于5月15日早上东渡日本避难。

轮船驶出上海码头，柳亚子思绪难平，作《东渡舟中即事》："万里蓬山一发青，自携琴剑涉沧溟。年时无复飞腾意，愁听鱼龙怒吼声。"

此时柳亚子还不知张应春已遇害。6月10日夜里做了噩梦，第二天早上竟惊闻噩耗，悲愤不已，泪洒诗文《六月十日夜，梦张秋石女士，翌晨闻其噩耗，感成一绝》：

血花红好染胭脂，英绝眉痕入梦时。

挥手人天成永诀，可怜南八是男儿。

南八，即唐朝名将南霁云，在安史之乱中宁死不降英勇牺牲。柳亚子此句亦让人联想到张应春的偶像秋瑾《满江红·小住京华》中的壮怀激烈："身不得，男儿列，心却比，男儿烈。"秋瑾、秋石，都是如此胸襟，英雄肝胆。

国内局势逐渐安定后，柳亚子于 1928 年 4 月携家人返回上海，随即赶往南京，打探张应春遇害的前前后后，要为她安葬立碑，却遍寻不着遗骸，有消息说当时是乱刀捅死抛尸秦淮河……

张应春的老家在分湖北边的莲荡湖畔，这里掩埋着明代才女叶小鸾。柳亚子在乱石蔓草间找见小鸾墓，决定要在小鸾的墓侧为张应春营造衣冠冢，让两个年纪轻轻就逝去的分湖优秀女性毗邻作伴。

然而要做妥这件事并不容易，政治压力巨大。直到 1931 年底，一切准备就绪后，一天夜里突击建起了衣冠冢。棺木内以应春生前用过的梳妆盒戴上帽子作为烈士之首，再摆放上衣、长裤、鞋袜。柳亚子请南社旧友于右任书写了墓碑：呜呼秋石女士纪念之碑。于右任不仅是柳亚子的老友、是诗人、是书法家，也是敢于发声的社会活动家，"四一二"政变后，他曾在西安召开六万人大会声讨这种屠杀罪行。现在他是官员，1931 年春开始担任监察院院长，因此，由他书写的墓碑暂时可作张应春的"护身符"。

柳亚子的政治战线始终与宋庆龄、何香凝保持一致，奉行孙中山的三大政策，谴责蒋介石违背三民主义，破坏国共联合。1945 年 8 月，抗战胜利后，毛泽东赴重庆与蒋介石进行国共谈判，在重庆桂园寓所宴请了柳亚子、沈钧儒等人。席间，柳亚子赠毛泽东七律一首：

阔别羊城十九秋，重逢握手喜渝州。

弥天大勇诚能格，遍地劳民战尚休。

霖雨苍生新建国，云雷青史旧同舟。

中山卡尔双源合，一笑昆仑顶上头。

9 月 6 日，毛泽东在周恩来、王若飞的陪同下又到重庆沙坪坝南开学校津南村看望柳亚子，柳亚子正准备将毛泽东《七律·长征》一诗收入《民国诗选》，于是请毛泽东校正，并向毛泽东索诗。事后，毛泽东便将一首旧词题赠给了柳亚子，附信说："初到陕北看见大雪时，填过一首词，似与先生诗格略近，录呈审正。"这就是后来全民能诵的《沁园春·雪》，柳亚子惊为神作，认为是千古绝唱，随即作《沁园春·次韵和毛主席咏雪之作，不能尽如愿也》：

廿载重逢，一阕新词，意共云飘。叹青梅酒滞，余怀惘惘；黄河流浊，举世滔滔。邻笛山阳，伯仁由我，拔剑难平块垒高。伤心甚，哭无双国士，绝代妖娆。

才华信美多娇，看千古词人共折腰。算黄州太守，犹输气概；稼轩居士，只解牢骚。更笑胡儿，纳兰容若，艳想秾情着意雕。君与我，要上天入地，把握今朝！

后面的故事已无需赘述，读者基本都是熟知的了。

1950 年，柳亚子捐出了自己名下的黎里房产，连同旧宅中的全部藏书，计有书籍 44000 余册，以及私人信札 400 余件。1958 年 6 月 21 日，柳亚子病逝于北京，享年七十一岁。四年后，郑佩宜离世。

柳亚子无疑是值得敬佩的文人，精神独立，人格自守，这些珍贵品质除了家族影响还有教师传授，那么他的师承是谁呢？大多人只知其为蔡元培、章太炎弟子，其实还有一个授之学问及精神引导的老师——清末民初的国学大师金松岑。

5

金松岑，即金天羽，原名懋基，又名天翮，字松岑，号壮游、鹤望，笔名金一、爱自由者，自署天放楼主人，祖籍安徽歙县，祖上迁居吴江同里几代后，他出生在同里金氏祖宅的慎修堂。

让我们回过头来重新聚焦这座水中古镇，古镇中的名镇，原名"富土"

的同里。

同里在五六千年前的"崧泽文化""良渚文化"时期，已经有先民在此繁衍生息，因自然条件优越，非常适宜生存，成为吴地最富庶的鱼米之乡，故称之为"富土"。这里在先秦时期已经形成集市，汉唐初显繁华，宋代始以镇制，本埠人性格保守低调，因"富土"名字过于惹眼，就将富土二字拆分组合而成"同里"作为镇名。

同里盛产稻米，水陆四通八达，宋代已有米市，清代时米行林立，形成方圆数十里的粮食贸易中心。富甲一方的同里由"川"字形的水流纵横分割成七个小岛，随处水波桥影，绿树成荫，许多达官贵人在此建造花园宅邸，比如众所熟知的任家退思园。

前面章节中已出现过同里的桥：思本桥、三元桥、得春桥……已出现过的同里乡贤：南宋叶茵，清代任兰生，近代陈去病、范烟桥……

同里古桥当然远不止提到的这些，应有不下几十座。其中有座距今五百多年历史的古桥普安桥，又称小东溪桥，也是人们口中的"读书桥"，其桥联即为"一泓月色含规影，两岸书声接榜歌"，所以历代人才辈出的乡贤也不止文中提到的这几位，还有明代造园大家计成、清代经学大师朱鹤龄等，近代有《文汇报》创始人严宝礼、列宁著作最早的中译者金国宝……

自号垂虹亭长的陈去病（伯儒、佩忍、巢南）与金松岑是同龄人，两人亦师亦友，柳亚子是金松岑的学生，范烟桥也是，还有费孝通、潘光旦、王绍鏊、王謇、任传薪等，曾朴也受其影响颇深，所以金松岑的《孽海花》写了前六回之后，与曾朴商议好回目就由曾朴去续了。

金松岑出生于清朝同治十三年（1874），这一年发生了一个大事件：三千名日本兵在台湾琅乔强行登陆。二十年后中日甲午战争爆发，同里热血青年金松岑、陈去病、蔡寅发起组织了"雪耻学社"，学社呼吁"炎黄种族皆兄弟，华夏兴亡在匹夫"，意图维新救国。

1900年，八国联军攻陷北京，沙俄大举入侵中国，尽屠黑龙江左岸六十四屯居民，血流成河。触目惊心的世事再次震醒了有觉知的国人，知识分子们在"师夷长技以制夷"的启蒙思想影响下积极开办新式教育，救亡图存。1902年4月，金松岑在同里章家浜创办了同川学堂，这是吴江新式学校之始，开设了外语、音乐及数理化等课程，用现代化知识武装新青年，践行梁启超先生的"少年中国说"，力图以教育救国。

在蔡元培邀请下，金松岑赴上海加入中国教育会和爱国学社，与好友陈去病一起在同里创办了中国教育会同里支部。

陈去病原名庆林，因"匈奴未灭，何以家为"的触动，毅然改名"去病"，立志救国。在去日本留学前作《将游东瀛赋以自策》："长此笼樊剧可怜，誓将努力上青天。梦魂早越三千里，壮志期偿廿九年。不肖破家拼一掷，要须仗剑历三边。由来弧矢男儿事，莫负灵鳌去着鞭。"少年壮志，豪气冲天。

在东京学习期间，陈去病积极加入了拒俄义勇队，发表《革命其可免乎》，宣言"不革命非丈夫"。同一时期，金松岑亦作《补题二十二岁海上钩鳌小影》，直抒胸臆地呼唤革命风潮的到来："革命风潮撼九天，太平洋海涨年年。不应袖却屠龙手，归钓槎头缩项鳊。"

陈去病从日本归来，友人齐聚同里退思园畅谈时事，金松岑有感而作《陈君去病归自日本，同人欢迎于任氏退思园，醉归不寐，感事而作》，其二曰："战云海上结楼台，万马齐喑亦可哀。报道学生军出现，猛狮荒鹫一徘徊。"诗中对日俄意欲瓜分东三省而中国却依然"万马齐喑"深表忧虑，同时又因留日学生组织了拒俄义勇队而深受鼓舞。

金松岑积极活跃在教育界、文学界，以唤醒民众为己任。中国留日学生江苏同乡会在1903年4月创办了《江苏》月刊，陈去病任编辑，金松岑是刊物的主要撰稿人，诗、文、小说形式不拘，他构思的那部旨在揭露帝俄侵略野心的小说《孽海花》第一、二回首发在《江苏》第八期"小说"栏，署名"麒麟"；传诵一时的名文《国民新灵魂》发表在第五期"社说"栏，署名"壮游"。

自幼注重经世之学的金松岑，十八岁为诸生，属于清末的旧文人，却有着独立的新思想，在风云激荡的岁月里敢为天下先，于1903年8月发表了中国第一部女权主义著作《女界钟》，为中国女权运动敲响了第一下振聋发聩的钟声。

洋洋四万言的《女界钟》是中国近代妇女解放运动史上一部划时代的著作，将女权革命与民族革命紧密联系起来，视女性解放为解救民族国家之要举，"撞自由之钟，张独立之旗"，树起了女权独立的旗帜。"爱自由，尊平权，男女共和，以制造新国民为起点，以组织新政府为终局"，明确表达自由、平权、共和的思想既适用于两性之间，也适用于整个社会，以此培育新国民、组织新政府，这是他的政治理想——落地有声的文字在百年后回看也是非常有见地的。当时署名"爱自由者金一"的金松岑因这部书而声满东南，成为近代中国女权思想发展史上彪炳史册的开路先锋。

1904年金松岑又与常熟的丁祖荫发起成立《女子世界》月刊，在发刊词中慷慨陈词："女子者，国民之母也。欲新中国，必新女子；欲强中国，必强女子；欲文明中国，必先文明我女子；欲普救中国，必先普救我女子，无可疑也。"他构想了一幅二十世纪中国女性走出家庭服务于社会和国家的愿景，将理想女性定位为"女国民""国民之母"和"文明之母"。

金松岑鼓励女子入学，创作了《女学生入学歌》，共六段，其中一段为："天仪地球万国图，一日三摩挲。理化更兼博物科，唱歌音韵和，女儿花发文明多。新世界，女中华。"充满生气力量的歌词叩击着国人心扉，宛若看见晚清新式女子站在二十世纪的起跑线上，放眼世界，奋起直追。

同年十月，陈去病在上海创办了戏剧刊物《二十世纪大舞台》，旨在"提倡民族主义，唤起国家思想"。金松岑于刊上发表《祝自由神》歌谣，歌词分四章，配有简谱，词章"流美浅显"，音律"和平勇壮"，既是近代中国音乐教育的重要创获，也是二十世纪初新派诗的优秀成果，后来收入《国民唱歌》，广为传唱。

金松岑与思想一致的伙伴们激勇在革命的潮头。在 1903 年《苏报》案发后他迅速策应，回到同里筹措经费、聘请律师，为章太炎、邹容辩护，并义不容辞资助出版了《革命军》一书，这是中国近代思想史上第一部系统地、旗帜鲜明地宣传民主共和思想的著作，被誉为中国近代《人权宣言》；这一时期，金松岑还翻译并出版了日本人宫崎寅藏宣传孙中山革命事迹的《三十三年落花梦》。

金松岑的弟子柳亚子也在老师的影响下成为革命潮流中的代表人物，1906 年与陈去病在上海创办了《复报》，1909 年又一起成立了南社，为民主共和呐喊。

这是百余年前，上个世纪之初，中华大地上知识分子的觉醒与奋争，他们在革命浪潮里充当了思想的先锋，是近代史新一页的缔造者。

民国成立后，金松岑当选为江苏省议员，在苏州授徒讲学。1912 年任吴江县教育局局长，两年后卸任；后任江南水利局局长，不久后离职，任安徽通志馆编纂。

1919 年五四运动后，金松岑与章太炎、高燮等发起提倡"国学"，尊崇孔子"集千圣百王诸先哲之大成，传万世一系之文化"，设国学会，编印《国学论衡》《文艺捃华》等杂志。1921 年，金松岑与陈衍等组织中国国学会，邀章太炎到苏州，一起在国学会讲学。1927 年春应聘上海光华大学中文系教授。

此时，好友陈去病在上海持志大学（上海外国语大学前身）任教，后为中文系主任，兼任古物保管委员会江苏分会主任、国民党中央党部党史编纂委员会编纂等。1931 年以年老多病为由陆续辞去所有职务，专注于碑刻。他的父、叔当时被誉为"一门孝友"，孙中山曾为之题写"二陈先生之墓"，也为陈去病母亲倪太夫人手书"女之师表"，陈去病以此墨宝刻石建坊。次年，回到同里休养，落成"绿玉青瑶馆"堂楼，此名出自母亲先祖倪瓒的诗句，以寄托对母亲的怀思，门额由书法家杨天骥书写。多年以后的某一时段，题字遭到破坏，如今我们在陈去病故居看到的字为1994年维修时苏州大学钱仲联教授重新题写。

1933年10月4日，陈去病去世，享年六十。同龄好友金松岑深感年纪越长同行者越少，逐渐退居乡里，为摆脱汉奸纠缠，又在苏州濂溪坊隐居，闭门著述，寄情诗歌，留有《天放楼诗集》共二十卷之多。他的诗内容广阔，才调纵横，古典文学研究学者钱仲联先生言其诗歌"全面反映了六十年中的历史面貌，极尽用旧形式写新内容的能事，高据于所处时代古典诗歌之顶峰"。

金松岑家富藏书，积书在天放楼，曾向清华大学图书馆赠书13566册，共2356种，其中不乏元明善本和名家校勘之本。1947年1月，金松岑病逝于苏州，门下学生私谥"贞献先生"，表达谨记教诲、不忘恩师。

在金松岑的影响下，他的不少学生都积极从事了现代教育事业，如潘光旦、王佩诤（即王謇），还有任传薪，他是退思园主人任兰生之子，在老师的思想引领下，于1906年2月以退思园为校舍，聘请名师创办了丽则女学，这是吴江第一座女子学堂。任传薪慷慨捐赠家藏书籍五万余册，建立图书馆，又购买了大量新图书，如整套《大英百科全书》；还开设自然实验室、音乐室等，购买了自然实验仪器全套、动植物标本一套、钢琴一架，后来出国考察时还从德国带回电影放映机一部，这些教学设施在当时江南同类学校中是罕有的，可谓对家乡的教育尽心竭力。

丽则女校成为后来同里小学的前身。

金松岑创办的同川学堂于1907年更名为"同川两等公学"，分初、高两部分，高级部即"同川自治学社"，金松岑主持校政。后来历经"同文中学""仁美中学"，直至成为如今的"同里中学"。

枫江漫——古诗词里巡游吴江

当岁月成为历史，金松岑化作校园内一尊雕像，人们始终记得他对这片乡土的一份诚挚热爱，他的学识、思想、气节也会继续在学生身上发扬和光大。

6

与金松岑同一时期，吴江还有几位在近代教育史上有着一席之地的教育家，如费璞安，比金松岑小五岁，松陵镇人，曾在清末最后一场科举考试中获得生员资格。1905年留学日本，在"教育救国"思想影响下潜心攻读教育专业，归国后应张謇之邀到南通任教于中国第一个师范学堂——通州民立师范。

辛亥革命风起云涌时费璞安积极参与吴江光复，随张謇组织联合请愿，进京面见段祺瑞，吁请变法立宪，后来被选为吴江县议长，又任江苏省教育厅视学，是创办同里仁美中学的发起者之一，其多年心血专注于教育，与知识界进步人士黄炎培、史量才、郑辟疆等来往密切。

费璞安的父亲与同里四大姓之一的杨敦颐是好友，两家结下娃娃亲，于是费璞安成了同里女婿。杨家女儿杨纫兰从小受到良好教育，与费璞安成婚后还继续上了女子学堂，在吴江开办了第一所现代蒙养院（即幼儿园），是一名有着新思想的知识女性。金松岑的《女界钟》序言就是杨纫兰所写，封面题字为她的弟弟杨千里，即书法家杨天骥。

杨天骥不仅书法精湛，也热心教育，曾在上海澄衷学堂执教，他学贯中西，新式的思想和新鲜的教法深受学生爱戴。有个叫胡洪骍的学生，特别推崇杨先生，在他的启蒙和推荐下读了严复译本《天演论》，打开了眼界与思维，成为"适者生存"的信奉者，于是将名字改成胡适，字适之。后来成为著名思想家、文学家的胡适在他《四十自述》中写道："澄衷的教员中，我受杨千里（天骥）先生的影响最大。""我去看他，他很鼓励我，在我的作文稿本上题了'言论自由'四个字。"

杨天骥对姐姐杨纫兰的几个孩子影响也很大，特别是那个小儿子。杨纫兰与费璞安共养育了五个子女，个个成才，其中最小的那个孩子，费璞安给他取名"通"字，以纪念自己在南通初次任教中国首个师范学堂的经历，这个孩子就是后来著名的社会学家——费孝通。

1910年11月2日出生在吴江松陵的费孝通是家中最小的孩子，上面已有三个哥哥一个姐姐。费璞安与杨纫兰都非常重视孩子们的教育，家庭读书氛围浓厚，费孝通启蒙很早，约四岁即入蒙养院，六岁入小学，一路成长中，父母的言传身教，舅父杨千里的爱护指引，都对他产生了很大影响。

费孝通1928年高中毕业升入东吴大学，有志学医，充满悬壶济世的美好愿望。随着时代动荡，爱思考的他逐渐改变了想法，决定要做个社会学者，医生只能对个体救死扶伤，而这个社会更需要救治，关乎整体人类的福祉。

一个想法的改变，让我们有了一位中国社会学和人类学的奠基人。

1930年费孝通转入燕京大学攻读社会学。在这里，他与女同学王同惠相识，两人志同道合，互生情愫。燕京大学毕业后，费孝通考入清华大学社会学及人类学系研究生，1935年毕业，成为中国最早在本土获得社会人类学硕士的青年学者，并取得公费留学资格。费孝通与王同惠也在此时喜结连理，可谓双喜临门。

喜事过去没几个月，一个让人悲伤的故事就发生了。

这年底，夫妻俩一同赴广西瑶山进行社会调研，山路曲折险峻，向导走得太快没有停下来等候，以致他们迷了路。探索中费孝通误入了瑶人设下的虎阱，被木石压住动弹不得，王同惠奋力将木石逐一搬开，但费孝通伤势太重，已无法坐立。王同惠急急地奔出林子呼救，却从此一去不返。

次日傍晚终于有人发现了奄奄一息的费孝通，第七天在急流的山涧中，发现了王同惠的遗体，判断是情急奔走中坠落悬崖，溺水而亡。

这个不幸的消息令人肝肠寸断。

费孝通身心俱伤，几经调养，终于回到吴江，来到姐姐费达生所在的开弦弓村继续疗伤。

伤势初愈，能坐起来了，费孝通开始整理妻子留下来的瑶山资料和村寨调查笔记，完成了第一部民族研究著作《花蓝瑶社会组织》（1936年），在编后记中写道："我为了同惠的爱，为了朋友的期望，在我伤情略愈，可以起坐的时候，我就开始根据同惠在瑶山搜集的材料编这一本研究专刊。这一点决不足报答同惠的万一，我相信，她是爱我，不期望着报答的，所以这只是想略慰我心，使我稍轻自己的罪孽罢了。"

费孝通在家乡的水土和亲情中疗愈着自己，社会学者的目光使他注意到了姐姐费达生在乡村用心努力的事业。

费达生比费孝通大七岁，从苏州女子蚕校毕业后，在校长郑辟疆的推荐下到日本留学，考入东京高等蚕丝学校制丝科（东京农工大学前身），1923年毕业回国后回到母校任教。女蚕校校长郑辟疆是蚕丝教育家，他要把培育的改良蚕种及现代科学养蚕技术向农村推广，成立了蚕业推广部，请达生参加推广部工作，指导和帮助当地蚕农用新法养蚕缫丝。在庙港小学校长陈杏荪的倡议下，郑辟疆选定了庙港的开弦弓村为桑蚕改革基地。1929年开始，费达生在开弦弓村帮助农民成立了生丝精制运销合作社，这是我国现代史上第一个由农民自己办的丝厂，为当时国内外各界所瞩目。费孝通看着姐姐每天忙忙碌碌乐在其中，也对这个"现代中国极有价值的试验"发生了兴趣，在小村庄开始了这趟意料之外的田野调查。

开弦弓是七都庙港的一个自然村落，据说是因依傍在一条东西向、弯弓状的小清河一侧，南村像张弓，北村像支箭，故成村名。七都北濒太湖，河港纵横，古有七十二港三十六溇之说，陆龟蒙曾用诗句"处处倚蚕箔，家家下鱼筌"来描绘这一带水乡渔村的生活：家家户户都有捕鱼的竹篓和蚕宝宝的吐丝架子。费孝通在这里走访乡亲，对乡村的生活现状、历史与文化的沿革等方方面面做了充分的社会调查，做了详尽记录，为了书写方便，他给吴江这个小村庄取了一个学名：江村。

带着这份调查报告，费孝通赴英国伦敦政治经济学院读博士，1938年毕业的时候，根据开弦弓的情况写了《一个中国农村的经济生活》作为毕业论文，这就是后来获得英国皇家授予的赫胥黎奖章的作品《江村经济》，详细地讲述了这个中国江南村落的经济背景、风俗人情、婚姻财产、手工业与商业活动，以及宗教、娱乐等状况，包括对村民日常开支、营养衣着等都有记述，立体而又翔实，既有学术价值，也有阅读美感，以文字和数据构建了一个二十世纪三十年代民国乡村的生活图景。

1939年，《江村经济》英文原本在伦敦出版，费孝通在首页写道："请允许我以此书来纪念我的妻子。1935年，我们考察瑶山时，她为人类学献出了生命。她的庄严牺牲使我别无选择地永远跟随着她。谨以此书献给我的妻子。"

四十七年之后，《江村经济》终于有了中文本出版与国人相见，了却费孝通先生一桩心愿，作诗《老来羡夕阳》：

> 愧赧对旧作，无心论短长。
>
> 路遥试马力，坎坷出文章。
>
> 毁誉在人口，浮沉意自扬。
>
> 涓滴乡土水，汇归大海洋。
>
> 岁月春水逝，老来羡夕阳。
>
> 合卷寻旧梦，江村蚕事忙。

"志在富民，思在乡土"的费孝通先生在 1947 年还著写完成了《乡土中国》。如果说《江村经济》是一个土生土长的里人在本乡村民中间进行观察而写就的，《乡土中国》则是一个公民对自己人民的探究报告，它们都可以看作是一个民族研究自己民族的人类学实地调查成果。

多年以后，已是著名人类学家、社会学家的费孝通先生再度回到吴江老家，与乡亲父老相见，有感而作《返乡》："倦鸟归林落日前，儿女相偎小桥边。依然不尽太湖水，后辈白头皆少年。"多少往事过去，家乡的人，家乡的水，始终是他心头的依托。

费老重访江村共 26 次之多，这里也成为他研究探索乡村发展的基地。1985 年九访江村时已七十五岁，带着小城镇建设的课题撰写了《江村五十周年》。太湖之上乘兴游览，日光碎处万波闪烁，他望着这片母亲湖心有所感，赋诗两首：

（一）

太湖三万六千顷，稚翁满舱笑语盈。

自从陶朱片舟去，时代兴衰说到今。

（二）

湖风吹轩入梦来，七十老翁志未衰。

振笔犹欲书心愿，莫道湖边起暮霭。

五年后，已八十高龄的费老依据多年来对民族发展的观察与探索，站在人类学研究者的维度提出"各美其美，美人之美，美美与共，天下大同"十六字箴言，科学而又切实，随着时间推移正在逐渐显现其现实意义。

费老最后一次造访江村是二十一世纪的 2002 年，已九十二岁高龄，他以开弦弓村为样本研究了一辈子，就是为了完成年轻时"治疗社会疾病"的心愿，社会生态良好、民富才能国强。

2005年4月，费老在北京逝世，享年九十五岁。四个月后，一百零三岁的姐姐费达生亦仙逝而去，她被人们誉为"嫘祖娘娘""蚕花娘娘"，就像一只春蚕一样，为蚕丝事业奉献了一生。

费孝通的思想是超前的，他在八九十年前关注的问题今天我们仍旧在持续关注，他的"江村"以"富民"为理念在吴江生长发展，并以此为范本不断创新；费达生在这片"蚕箔落地，有钱栽秧"的乡土上倾尽一生推广科学养蚕技术，她的愿望也已落地开花，蚕丝业不断发展，制丝工艺也进一步改良，吴江丝绸就如绵绵不绝的太湖水波，不息流淌。

7

说到这如水丝绸，怎能不提盛泽。

种桑养蚕、缫丝织绸是江南这一带的传统产业，"中国绸都"盛泽在明代就以"日出万绸，衣被天下"闻名于世。

苏州籍明代文学家冯梦龙的笔下曾多次写到吴江，摘录一段他所描摹的吴江盛泽：

"苏州府吴江县离城七十里有个乡镇，地名盛泽。镇上居民稠广，土俗淳朴，俱以蚕桑为业。男女勤谨，络纬机杼之声，通宵彻夜。那市上两岸绸线牙行，约有千百余家，远近村坊织成绸匹，俱到此上市。四方商贾来收买的，蜂攒蚁集，挨挤不开，路途无伫足之隙。乃出产锦绣之乡，积聚绫罗之地。江南养蚕所在甚多，惟此镇处最盛。"有几句口号为证：

> 东风二月暖洋洋，江南处处蚕桑忙。
>
> 蚕欲温和桑欲干，明如良玉发奇光。
>
> 缫成万缕千丝长，大筐小筐随络床。

美人抽绎沾唾香，一经一纬机杼张。

咿咿轧轧谐宫商，花团锦簇成匹量。

莫忧八口无餐粮，朝来镇上添远商。

　　几百年前的这幅景象可谓"绸都"盛泽的真实写照，是历史的倒影，亦是通向现实的轨道。

　　盛泽的地理位置也是春秋时期吴越两国的交界，因此最早的地名叫"合路"。清乾隆《盛湖志》记载："盛泽古名合路，因春秋间吴越相争，盛泽与黄溪皆边城之地，可为吴，可为越，难为分析，故名合路。后禾城迁徙，是处化为青草，故孙吴时名为青草滩。至唐宋时仍名为合路村。"

　　后来又怎么称作了盛泽，这里面有三种说法，其中得到比较广泛认同的说法来自于明末清初的盛泽名人汤豹处，他记录说："吴赤乌初，盛斌结寨于此，故名。寨讹为泽，音近耳。"即三国东吴赤乌初期，孙权派盛斌在青草滩至野和溪建围屯兵作田，故名盛寨，当地方言中"寨"与"泽"读音接近，慢慢转化成了盛泽。

　　古时的野和溪即今黄家溪，在本书第一章出场过、写过一组"才到松陵即是家"的磐野居士黄由，官至刑部尚书后，于宋庆历年间退休归乡，在野和溪筑造了别业"尚书第"，与溪水竹林为伴，子孙亦在此繁衍，后来这里就称作"黄家溪"。

　　有泽有溪，此地河网纵横，称为盛泽倒也符合"水泽旺盛"之意。其盛湖（俗称西白漾）烟波浩淼，有"小洞庭"之称。东南侧的目澜洲风景怡人，是盛泽八景之"目澜夕照"所在地。盛湖之水源自天目山，经烂溪入盛湖，养育着这里的世代乡民，盛湖也成了盛泽的代称。

　　盛泽还有一个别致的雅称——"红梨"，来自另一处水泽——红梨湖，俗称桥北荡，相传因元末明初富商沈万三在湖滨四周遍植红梨树而得名。这个雅称特别为文人所喜爱，中和桥上就有这样一副桥联：金波遥映红梨渡，玉带长垂绿晓庄。与红梨渡相对应的绿晓庄是明末文学家、书画家卜舜年的居处，有书楼名曰"绿晓斋"，后来此地就被称为绿晓庄。也是由于卜舜年的缘故，人们为纪念这位盛泽最负盛名的才子，将盛湖雅称为"舜湖"。

盛泽初以村名，明嘉靖年间，随着居民日增，以绫绸为业，形成集中市场，至清顺治建镇，民间有俗语说："先有黄家溪，后有盛泽镇。"

盛泽镇的商埠繁华为清初邑中诸镇第一，到乾隆年间，成为不可替代的"中国绸都"，直到如今。

盛泽这个水乡绸都在明代已有相当规模，明末诗人周灿曾有诗描绘当时情形：

> 吴越分歧处，青林接远村。
>
> 水乡成一市，罗绮走中原。
>
> 尚利民风薄，多金商贾尊。
>
> 人家勤织作，机杼彻晨昏。

周灿即周光甫，为明崇祯四年进士，任御史巡按江西时闻听京师失守，遂脱身官场回归故里盛泽，与同道文友组成诗社，以诗画自娱。其弟周金甫娶的就是盛泽归家院的徐佛，昵称她为"欢喜佛"，周金甫卒后徐佛削发入了空门。

盛泽烂溪周氏是江南望族，周灿是本书出场过的明代尚书周用的裔孙，先祖可追溯到周敦颐，后世亦有周树人和周恩来。

前文出现过的蚕丝专家郑辟疆也是盛泽人，为振兴我国蚕丝业奋斗了大半个世纪，积极培养人才，推广科学技术，与费达生共事多年。1950 年，这对志同道合的师生结为伉俪，他们为桑蚕制丝事业奉献了一生。

绸都盛泽的商业繁荣也有桥联诗句为证：风送万机声，莫道众擎犹易举；晴翻三尺浪，好从饮水更思源。这是盛泽白龙桥上的桥联，此桥初建于清代康熙初年，由于战乱被毁后，于 1908 年由盛泽绸业人士捐银原址重建，"式廓旧规模，有客来游歌利涉；蔚成新气象，行轮无阻便通商"。

位于黄家溪的泰安桥比白龙桥还要古老，建于明崇祯五年（1632），可说是盛泽丝绸业发展的见证——黄家溪从明朝中后期到清初已成为市井稠密的集镇，一眼望去"烟火千家两岸回"。由于农村家庭丝织业的兴起，丝绸作坊增多，有时缺少织绸的帮手就会出去雇人，因此每天早晨都有人立在泰安桥、长春桥（今已不存）"雇织"，等待雇主前来雇佣，这种找活做的方式称为"走桥""找做"。（清道光《黄溪志》）

养蚕、缫丝大多都是女人做活，劳作过程中融进了细密的心思，自古以来"丝"与"思"是情歌里传统惯用的谐音，于是"作蚕丝"有了这样一首诗："春蚕不应老，昼夜常怀丝。何惜微躯尽，缠绵自有时。"这是南北朝时期一位无名氏女子的心事，她自喻春蚕，蚕丝如情丝，从心田里不断萦绕，情思甜美，甘愿作茧缠绵至死。李商隐的"春蚕到死丝方尽"的名句亦由此生发而来。

在江南一带以种桑织绸为主业的家庭，已逐渐由从事这项劳作的妇女当家。特别是在郑辟疆、费达生与同仁们共同推动下开办了蚕丝工厂后，吸纳了附近许多女青年进厂，成了可以"挣工资"的人，女性地位起了有趣的变化。费孝通在《江村经济》中举了个小例子："一个在村中工厂工作的女工因为下雨时丈夫忘记给她送伞，竟会公开责骂她的丈夫。这是很有意思的，因为这件小事指出了夫妻之间关系的变化。根据传统的观念，丈夫是不侍候妻子的，至少在大庭广众之下，他不能这样做。另外，丈夫不能毫无抗议或反击便接受妻子的责备。"

这是二十世纪三十年代，江南女子的地位因为经济状况的改变而得到了提升。时至今日，女性普遍有了自觉意识，只有实现经济独立才能有精神和人格的独立已成为共识，"作蚕丝"做出了时代发展的印记。

丝绸养育的盛泽也是"锦绣之冠"。始于宋代末年的"宋锦"已于2006年被列入第一批国家级非物质文化遗产名录。2014年亚太经济合作会议的晚宴上，各国领导人及夫人穿上了盛泽制作的宋锦"新中装"亮相，成为一道别样风景为世界瞩目。中国传统的桑蚕丝织技艺在盛泽持续传承生发，蚕丝经纬编织着吴江丝绸文化，成为国际友谊的纽带，绽放丝之芳华。

8

与盛泽相邻的震泽同样桑蚕业发达，陆鲁望隐居于此时亦有诗云："四邻多是老农家，百树鸡桑半顷麻。尽趁晴明修网架，每和烟雨掉缫车。"

明代开始，震泽的长漾、北麻漾所缫之丝已为丝中上品。乾隆年间的《震泽县志》曾有记载明末清初这里"桑树蔽野，殆无旷土"的情况，可见世世代代的丝绸纺织已经十分普遍，成为独具风貌的乡土文化。

环太湖一带桑蚕缫丝被人们习惯称为"湖丝"，最好的湖丝是"七里丝"，泛指在南浔、震泽这一带所产的丝，特点是"细、圆、匀、坚、白、净、柔"，后来雅称为"辑里丝"，是皇家贡品丝。1851年参加首届世博会获得了金奖。现今震泽已成为蚕丝养育出的"中国丝绸小镇"，床品蚕丝被声名远播，吴头越尾一起撑起了一片绫罗绸缎的天空。

而震泽给我印象最深的不仅是丝产品，还有茶。

说到茶，想起唐代诗人元稹有一首很有意思的宝塔诗《一字至七字诗·茶》：

茶，

香叶，嫩芽。

　　慕诗客，爱僧家。

　　碾雕白玉，罗织红纱。

　　铫煎黄蕊色，碗转曲尘花。

　　夜后邀陪明月，晨前命对朝霞。

　　洗尽古今人不倦，将知醉后岂堪夸。

　　读来饶有趣味，茶的雅韵之气尽显。茶文化是中华传统文化不可或缺的一部分，每个地方都有自己的特色茶，比如苏州一带最负盛名的碧螺春绿茶，杭州则是龙井。

　　茶道中泡茶极为讲究，苏东坡《汲江煎茶》曾诗意描述了取水、煎茶到饮茶的全过程：

　　活水还须活火烹，自临钓石取深清。

　　大瓢贮月归春瓮，小杓分江入夜瓶。

　　雪乳已翻煎处脚，松风忽作泻时声。

　　枯肠未易禁三碗，坐听荒城长短更。

　　这是苏轼在儋州作的诗，虽如此，却不具地理意义，全然是江水煎茶饮茶的美妙、简淡和从容，令我联想到松江第四桥下水，倪瓒曾甘泉煎茶亦是如此。

　　但是我说的震泽之茶，却是另一种风味，它在雅俗之间独树一帜。

　　记得我刚参加工作不久第一次到震泽，工作伙伴热情地给我沏了一杯茶，知道我不是本地人，特意给我介绍，这是震泽特产之一"熏豆茶"——一杯香茗五颜六色，里面除了绿的茶叶，还有红的丁香萝卜碎、青豆子、黄桔皮、白芝麻……上面还浮着一抹金色桂花。

　　我头一次见这样的茶，也学着大家"边吃边喝"，气味清新，口感特别，心想这一杯下去都能当饱了。镇上的同事十分热情，见我半杯放着就给我续杯，边跟我说这熏豆茶制作有很多工序的，特别是熏青豆又很讲究工艺，要先把摘选剥好的毛豆洗净去皮，用灶火煮熟，在太阳下晾干，然后隔着铁丝网用文火慢慢熏，这个火用什么柴都有讲究，来回翻着烘烤，直到毛豆子皮肤起皱微干微硬，又不能太硬，弹性要恰到好处全凭经验功夫……说完抓了一把给我看，让我直接吃吃尝尝——果然，一粒一粒软硬适当的豆子，深深的碧绿，弹性十足，越吃越香，单独作为小吃也别有风味。

茶水喝得差不多了，我见杯底剩了不少"内容"，感觉有些失礼，又没见有茶匙，就观察当地人喝完茶水怎么处理残料，竟是旋转着杯子把里面的东西倒进嘴里，如果还有剩余，就一手握着杯子仰头保持喝的姿势，再用另一只手掌心娴熟地叩打杯底，砰砰，砰砰砰，不断敲击，那些豆子芝麻之类的就乖乖滑落或跳进茶客口中，一套动作自然得如行云流水，架势甚为豪爽，简直看呆了我。

后来了解到熏豆茶还有各种加料，比如加入震泽有名的黑豆腐干，或者笋尖等，茶里这些佐料也叫"茶里果"，名副其实的"吃茶"。

古法制作的熏豆茶据说已流传了数千年，是震泽的特色，也是吴头越尾一带的特产，现在已经是"非遗"食品。

震泽给人的记忆点当然不止这熏豆茶，你若走在宝塔街，很难忽略颐塘河畔一处水乡大宅门——师俭堂，一座六进穿堂式深宅大院。庭院设计恢弘，布局巧妙，雕刻精美，是吴地最南端的苏式园林，有"江南第一堂"的美称。以师俭命堂名，有"后世贤，师吾俭"的勤谨节俭之意，也是堂主徐氏一门教诲后代需继承的风尚。

师俭堂徐氏为徐偃王之后，徐偃王即西周时期徐国第三十二代国君，他的后代徐旷在清兵入关后南渡到太湖边，十代之后自徐永昭开始在震泽定居，其孙徐学健首创震泽保赤局（即保护妇女儿童免被拐卖并收养弃婴的机构），并建义塾、修桥梁，急公好义，善名远播。

　　徐氏族人英才辈出，世代经营丝业、米业等，在清道光年间已是震泽首富，产业遍及全镇，号称"徐半镇"。传到今人熟知的"徐半镇"徐汝福已是第十四世孙。

　　徐汝福为徐学健之孙，出生于道光十八年（1838），他沿袭了徐门家风，保持着乐善好施、贤良节俭，是晚清工商士绅中典型的儒商。

　　徐氏家门崇文，从小都用功读书，徐汝福两个弟弟因过于刻苦劳累而死，令其父徐荣森懊悔不已。震泽有一年发大水，饿死许多灾民，徐家设厂施粥，救济乡民，徐荣森看见少年徐汝福忙前忙后帮着做事很有条理，人也机灵，于是让他弃学转而治理家事，跟着打理家族生意。

　　徐汝福头脑灵活，能审时度势，在太平军攻打江南时，徐汝福就开始组织囤粮，筹建团练，以保地方安危。太平军攻占苏州后，徐汝福组织团练抵抗，想办法联合湖州团防，自己拿出所有积蓄以助兵饷，直到太平军四面围攻震泽，意识到已无法保全震泽，于是带着家人突围到了上海。

　　太平军战火波及了整个东南，只存上海尚可避难，四面八方的百姓都逃难过来。此时江苏巡抚李鸿章驻扎在上海，听闻徐汝福很有才干，"闻君之才，檄办理抚恤事宜"，任命他为江苏抚恤总局局长。

　　父亲徐荣森听闻百般叮咛徐汝福，担任一方职务就要尽一份责任，要不惜钱财，尽心尽力造福一方。临终前继续嘱咐徐汝福，要照顾流离失所的家乡亲戚和旧日朋友，而他死后只需草草埋葬即可，不许浪费一文钱。

　　徐汝福谨遵父亲的嘱托，为战时善后救济紧急筹款，在上海成立"兴仁会"，筹得白银一万几千两，汇往震泽，按大人二元、幼者一元的标准救济贫困乡民。

　　当时百姓因战事频繁无法正常耕作，乡下闹了粮荒，徐汝福出面说服官府，允许洋商的米船下乡，并要求沿途不收税，大量米船涌入吴江境内，百姓得以渡过难关。

江苏抚恤总局在同治三年时移驻苏州，徐汝福回到震泽，邀请镇上贤达一起创办了粥厂，每日施粥300碗，对特困户直接施米，受益者众。

战乱摧毁了镇上不少地方，包括原有的几家私人典当行，蚕民正在紧急时刻告贷无门，徐汝福提议由公众集资办典当，并率先出资，以低息质贷给蚕民，帮大家摆脱困境，此举开创了长三角地区最早的"公典"。徐汝福又发动丝业同仁设立丝捐公所，使得地方上一切善举有了稳定的经费来源。

真正的富人是有富贵灵魂之人，他们的财富来源于社会，也深知有责任回报社会，徐汝福做到了这种精神的传递。

徐汝福对徐氏族人亦倍加爱护，不仅抚养孤儿，还聘请老师教授贫寒学子，凡十岁以上父母无产业的子女，都提供读书或工作的机会，受惠者不下百余人；还把乡里的建设时刻放在心上，主持重修了战时损毁的思范桥、仁安桥、城隍庙，诚如祖辈所期望的那样，不惜钱财，造福一方。

战乱也摧毁了祖屋师俭堂，徐汝福着手在原址重建，有了我们今天看见的样子。

这座庭院深深的园子东轴，有一处叫"鉏经园"的花园（鉏为锄的古字），每到暮春时节，园内那株百余年树龄的木香适时盛开，洁白的花朵开满枝条，藤蔓爬满了整面墙，迎风招展的花朵如瀑布倾泻一般披挂下来，散发着时光的幽香……再多的文字都不如亲自到场，一进一进走入庭院，在万朵木香花中聆听光阴深处的轻语。

徐汝福在光阴深处只匆匆走过三十八年，官至礼部郎中。三十八岁这年元旦母亲去世，徐汝福悲伤过度一病不起，病榻上召集同族人商议修族谱、建义庄，给子女们书写数百言的家训。几个月后徐汝福不治而亡，葬在乌程县马腰村（今属湖州）。长子徐泽之请来俞樾撰写墓志铭，俞樾即曲园主人、红学家俞平伯的曾祖，他饱含情感高度评价了将官、儒、商集于一身的徐汝福一生的业绩及为人品质。

徐汝福为徐门也为震泽打造了师俭堂，将花园取名"鉏经园"是有用意的，源于"带经而锄"的成语典故，说的是西汉有一个精通经学和历法的官员名叫倪宽，他幼时聪明好学，但家中贫穷上不起学，他就时常帮人种田挣学费。每当下地干活的时候，总是把经书挂在锄把上，休息时就认真研读，因而有了为人们传颂的"带经而锄"的故事。徐汝福在承接了祖训崇俭尚廉后，又以此典故勉励自己和子孙，可谓用心良苦。这是徐汝福留给震泽这片土地的精神遗产，震泽盛产优秀学子也与有这样的乡贤前辈有着不可或缺的因果关联。

9

如果要用一处景观来代表震泽的美，我会选"慈云夕照"，古塔云影，水天绚烂，这幅如诗画卷蕴含了古今，循环不已，特别是这种美连接着广垠的天空，目光所及引人遐想。

当夕阳入水，夜色降临，仰望神秘的星空，那里有一颗国际编号207716的小行星，或许它会告诉你，三百多年前，这里曾经有一位"小镇天文学家"——王晓庵。

没错，王晓庵就是王锡阐，这颗小行星的名字就叫"王锡阐星"，一个人文底蕴深厚的农村小镇出诗人出文学家都属平常，在科技尚不发达的几百年前，自民间出了一个天文学家，的确有点让人刮目。这位学究天人一直以米是本乡人的骄傲，而外埠人却对其所知甚少，是时候再度走近"来自星星的他"。

王锡阐字寅旭，又字昭冥，号晓庵、余不、天同一生，明朝崇祯元年（1628）出生，确切地说，是"天文历算学家"。他有个妹妹王锡蕙，字树百，从小能诗能文非常机敏，在兄长的教导下也通历勾股法。

晓庵出生在明末之际，注定了命运与时局交错。十七岁这年清兵南下，南明覆灭，江南各地奋起抗清，晓庵亦自尽效忠，在父母的干预下自尽未遂，就放弃科考隐居乡间，以教书为业。

二十二岁时，吴江一带文人成立了惊隐诗社，王晓庵与好友顾炎武、潘柽章、吴炎等都参加了诗社，"以故国遗民，绝意仕进，相与遁迹林泉，优游文酒，芒鞋箬笠，时往来于五湖三泖之间"。

潘柽章的弟弟潘耒是顾炎武的学生，也以王晓庵为师学习多年，幸而有他，后世人得以看到王晓庵的大部分遗稿，此乃后话。潘柽章与吴炎都是吴江平望人，两人精通史事，因念及明代没有成史，他们就效仿《史记》体例合著《明史记》，由王晓庵负责撰写其中"表历诸志"。令人遗憾并痛心的是，1663年，还是鳌拜左右康熙朝政的时候，爆发了牵连近百人的"明史案"，为清初最大的文字狱案件，这两位好友因参与校阅了庄廷龙的《明史辑略》而被凌迟处死，两人的妻子也在流徙途中自尽。

悲伤又愤慨的王晓庵与顾炎武都做了悼念诗文，而惊隐诗社也在此重创之下无形中解散了。这件事对王晓庵影响很深，除了为二节士作了《齐仕门》《广宁门》等诗篇，到晚年仍在参与搜集潘柽章、吴炎遗稿。

王晓庵自小对神秘的天空抱有好奇之心，青少年时期就迷上了天文历算，每有空暇就钻研天文书籍，惊隐诗社受到重创后，更是从文学彻底进入了天文学。

在明朝末年，中国整个学术界对欧洲天文学发展的了解处于闭塞状态。自基督教会传教士东来之后，才传入了欧洲的天文数学知识，陌生的三角几何学、明确的地球概念及相应的仪器对中国的上层知识分子都产生了重大影响。师从利玛窦的徐光启本着先译西法再"熔彼方之材质、入大统之型模"的设想主持了《崇祯历书》的编译，打开了国人眼界。

当时行用的中西两种历法都原理深奥，一般人不经专授难以掌握，王晓庵却"无师授自通大意"，像是天意相通，就这样开始了毕生的天文之路。

王晓庵从了解中西历法入手开始了他的研究。"与人相见，终日缄默，然与论古今，则纵横不穷，家贫不能多得书，得亦不尽读，读亦不尽忆，间有会意，即大喜雀跃"，他曾这样自述读书推究之乐。基于对中西历法有比较多的认识，他对两种历法都提出了自己的见解，且言之有据，这些阐论及批评引起广泛重视。

如果说屈原当年磅礴的天问是文学式的浪漫主义，王晓庵的天问精神则是切实学究型的科技浪漫，他仰首天外，埋首苦干，"每遇天晴霁，辄登屋，卧鸱吻间仰察星象，竟夕不寐"。观测天象要一个推测结果，往往都是以一个回归年为单位进行的，许多天文学家都是在这种长期、枯燥甚至是无效的过程中度过了一生。王晓庵就这样年复一年不断观测、不断计算、不断记录，其中康熙二十年（1681）的日食记录最为详细，这是他离世的前一年，观测后写下的《测日小记序》，留下了很有价值的经验之谈。

在朋友的眼中，晓庵"为人孤介寡合，古衣冠，独行踽踽，不用时世一钱"。他始终穿着汉人衣服，不用清朝钱，可见其"性狷介，不与俗谐"的个性，因此终生穷困潦倒，却矢志于学，一直在艰苦条件中潜心研究天文历算，"诸割圆勾股测量之法，他人所目眩心迷者，锡阐手画口谈，如指黑白。每言坐卧尝若有一浑天在前，日月五星横行其上，其精专如是。"他通过毕生观测推演，写出了讨论行星运动的《五星行度解》。

晓庵针对当时中西历各种门户之见提出"考证中历古法之误，而存其是；择取西说之长，而去其短"的方式进行研讨，是非常灵活的学者态度。限于当时条件，晓庵未能接触到欧洲天文学的最新发展，但其出色的研究才能，精深独到的见解，以及一生致力于探求数理之本的努力，使他在明清天文学史中占有重要的一席位置，同时代人也对其评价甚高，他与当时北方的历算名家薛凤祚被并称为"南王北薛"。

清初天文学家、数学家、被世界科技界誉为与英国牛顿和日本关孝和齐名的"三大世界科学巨擘"梅文鼎曾评说："历学至今日大著，而能知西法复自成家者，独青州薛仪甫、吴江王寅旭两家为盛。薛书授予西师穆尼阁，王书则于历书悟入，得于精思，似为胜之。"这是极高的评价，薛有师授，晓庵则全凭自悟而得精髓，是"自学成才"的又一古代模本。

王晓庵的生活聚焦在星空，穷困一生也未改初衷，晚年状况"已无粗粝能供客，尚有诗篇可解嘲"，似乎仍然乐在其中，着实让我羡慕了这种超越尘俗的幸福——"来自星星的快乐你不懂"。

这位学究天人去世时五十五岁，由于无子，学无传人，加之他的著作都用篆体字书写，大多人不识，因此遗稿颇多散佚。直到几年后，曾经的学生潘耒返回故里，着手搜集整理了五十余种幸存遗稿并予刊行，包括《大统历法启蒙》《晓庵新法》《历策》《五星行度解》《日月左右旋问答》《推步交朔序》《测日小记序》等，终于保住了这批无比珍贵的著作。

王晓庵卒后葬在震泽镇西（今震泽中学东侧）。清道光十四年（1834）春，曾与晓庵一起教授"濂洛之学"的生前故交张履祥前往拜谒时任江苏巡抚的林则徐，请檄修王晓庵之墓，林则徐赞许王晓庵"生有益于人"，死后"潜德未曜，宜祀于乡贤"，于是捐资重修王晓庵墓，建立墓门，环绕种植梅树数株。三年后在墓东建成"王贤祠"，题额"学究天人"。

王贤祠现在是王晓庵纪念馆，庭院四季葱翠，花草繁盛，立有顾炎武《太原寄王高士锡阐》等五块诗碑，顾炎武曾赠诗给这位天人朋友："白云满江天，高士今何处？"现今高士应该已经活在了家乡人心里，人们不曾忘记独立发明了计算金星、水星凌日之法并提出精确计算日月食方法的古乡贤，对他充满敬佩，为纪念他在吸收欧洲天文学优点基础上发展了中国天文学，后世学子在震泽中学设立了"晓庵天文社"，延续了先贤不懈的天问精神。

纪念馆东面有座精巧的小石桥，就叫"晓庵桥"，来纪念馆的人经常会在这里驻足片刻，感受来自星空的风，穿过岸边的老榉树，穿过晓庵桥，在水波微漾中向着太湖深处而去。

10

与古太湖同名"震泽"的小镇，天然带着一汪古韵，一千多年前陆龟蒙曾在此留下《震泽别业自遣》："数尺游丝堕碧空，年年长是惹春风。争知天上无人住，亦有春愁鹤发翁。"太湖深处的风飘渺在烟波中，垂丝摇曳，云影倒映，是水在流还是云在走，走出了时间的轮廓。

古太湖的芳名曾有震泽，笠泽，具区，五湖，它的三大出水干流以松江为主，娄江、东江都从松江分流。"震"在易经卦象里指东方，下而有水曰"泽"，相传是大禹在东方这一片莫大水域治水时，为了太湖泄洪而开挖了娄江、松江和东江。《尚书·禹贡》中记："三江既入，震泽底定。"

在唐代以前，南起浪打穿（今吴江菀坪）、北至瓜泾口的太湖水域都是松江上源。唐元和五年（810）在源头建筑了吴江塘路，江流逐渐减弱。

唐宋以前，松江是太湖主要排洪入海通道，黄浦江是其支流。北宋时，松江进水口宽五六十里。宋庆历年间，续筑松江长堤，横截江流，造吴江垂虹桥，宽千余丈，成为松江第一要口，彼时庞山湖还尚深广，接纳吴江塘路诸桥窦水流入松江。

如前面章节所述，古名松江、吴江的这条江水，在元代至元十五年（1278）华亭府改为松江府后，松江、吴江遂改称"吴淞江"。

八至十二世纪中，随着海岸线不断东移，吴淞江入海口淤塞加速，河道渐趋浅窄。清嘉庆《上海县志》记载："唐时阔二十里，宋时九里，后渐至五里、三里、一里。"曾经宽有万米的大江逐渐瘦身。

元代至元二十年（1283），开浚太仓通海港浦，自刘家港（今浏河）

导水入海。到元末明初时，淤垫加剧，江尾几乎成为平陆。

明永乐二年（1404），户部尚书夏原吉受命治理，引吴淞江水经刘家港入海，放弃了吴淞江下游旧江（后称虬江），利用原有河道开凿范家浜（今陆家嘴），上接黄浦江中游，通达泖湖。自此，太湖水经淀山湖、泖湖等流入黄浦江，再注入长江，吴淞江便降为黄浦江的支流，也就是人们常说的"黄浦夺淞"。

明代后，洞庭东山大缺口逐渐淤塞，形成狭长淤浅的东太湖。此后吴江长桥河淤浅为两条细流，庞山湖成为沼泽，继而围垦成田，瓜泾港遂成吴淞江源头，泄水量大为减少。

如今的吴淞江，源出吴江松陵太湖瓜泾口，流经松陵镇、穿过吴中区的车坊、甪直、再过工业园区独墅湖、昆山千灯，尾部抵达上海，成为著名的"苏州河"。这条"黄金水道"流动的是航运水利，是生态发展，是人文互通，无论经济还是文化，都是长三角一体化中重要的一脉。

以上有些内容已分散在前面诸章节中，再一次以梳理历史的形式对吴江水的前世今生集中作个简短陈述，是想将时空碎片连接起来，还原这条江一个更清晰的全貌，流淌不息的河流在不断变化，伴随着两岸城郭的变大变强，也伴随着一代又一代人的成长，那些熟悉的地名里，盛满了远古的乡愁。

曾经，上海是春秋吴国的属地，苏州一度像是上海的母亲，上海的简称"沪"就与吴淞江紧密相关——"沪"，古字为"滬"，原为吴淞江一带常用的捕鱼工具，即以绳索编结一排竹栅插在河中。唐代陆龟蒙曾在记叙渔具时讲解"列竹于海澨曰'滬'"。宋时朱长文的《吴郡图经续记》中释义松江东泻海口曰"滬渎"，也就是后来的"吴淞口"。西晋时期就开始称作"沪渎"，久而久之上海简称为"沪"。

而今，上海已是东方之都，成了长三角的龙头，这一条江水，贯穿了上下游，也贯穿了古今。

"明初诗文三大家"之一的苏州文人高启，辞官归隐就在吴淞江边的青丘，他写《至吴淞江》：

> 江净涵素空，高帆漾天风。澄波三百里，归兴与无穷。
> 心期弄云月，迢递辞金阙。晚色海霞销，秋芳渚莲歇。
> 久别钓鱼矶，今朝始拂衣。忘机旧鸥鸟，相见莫惊飞。

江面澄净，水波浩瀚，诗人归兴愉悦，终于可以开始恬淡疏朗的自在生活了。一日，他沿着江水去寻访另一位隐士："渡水复渡水，看花还看花。春风江上路，不觉到君家。"（《寻胡隐君》）就像跟着春风去旅行，一路春水摇荡，顺着江水赏着沿岸的烂漫春花，不知不觉就到了朋友家，这一江春水的情意，令我想起宋代李之仪《卜算子·我住长江头》，仿效一下可戏作："我住松江头，君住松江尾。日日思君不见君，共饮松江水。"

松江尾已达上海，吴淞江从吴江出发，带着吴文化的气息，流经之处，都有着相通的水乡风韵。车坊，千灯，归有光，顾炎武，沿途风光旖旎，自然的呈现，人文的生长，一路绵延到上海。这种一路顺行，连而不断的方式，从水路发展到公路，再到高铁，现在又发展出地下铁，地铁从吴江开始，经昆山，一路无缝对接到达上海，像一条"新河流"。

吴淞江流经的青浦，一百多年前有个三十二岁的文学青年陆士谔，他创作了一部以梦为载体的幻想小说《新中国》，他梦见了百年之后的上海，看见"一座很大的铁桥，跨着黄浦，直筑到对岸浦东"——如今我们果真已建成13座跨越黄浦江的大桥；他还梦见了万国博览会将要在上海举行——上海于2010年成功举办了世博会；他在游历中惊喜地发现租界的治外法权已经收回，昔日趾高气扬的洋人见了中国人彬彬有礼；看见以往街头的电车也改为地下行驶，"把地中掘空，筑成了隧道，安放了铁轨，日夜点着电灯，电车就在里头飞行不绝"——现在地铁已是上海公共交通的主力；他还看见空中有各式飞车飞艇，可行可停，可升可降，往来自如，水中有风驰电掣的各式汽油艇、电气船，人们还可穿上精致的水行鞋如履平地行走在水面，湖光山色尽情欣赏……

这是百年前的青年大胆畅想的新中国，如今大多已是司空见惯的现实，再过百年，更新的中国，更新的"河流"，又会是怎样？未来的答案已在今日启航。

11

再度回到松江、吴江、吴淞江，古老的枫江又一轮秋天已经开始了。

千林落木，枫冷吴江，有一种清愁，便从远古，轻轻泛起。

诗人周文（年代不详，一说先秦一说宋或明）独自夜泊吴江，感秋而吟：

> 去魄如秋水，清晖未破云。眼看林影黑，何处照离群。
>
> 愁人几点泪，不许秋风吹。吹入吴江里，江流无尽时。

秋风吹落离人泪，惊碎了秋声。独行天涯的岁月，一分秋更添一分愁，江水流不尽的离思，是人类共有的一份孤独。

孤独也是一种原始生命的能量，它让人思考"我将如何存在"。唐代诗人刘长卿独行在秋风里，满怀心事来到吴江，清露生凉夜，半窗落月下，感慨写下《松江独宿》：

> 洞庭初下叶，孤客不胜愁。明月天涯夜，青山江上秋。
>
> 一官成白首，万里寄沧洲。久被浮名系，能无愧海鸥。

每每读到刘长卿，我都替他深切感叹生不逢时，他虽号称"五言长城"，年轻时求学却屡考不第，终于考中进士时，未及揭榜就爆发了安史之乱。到唐肃宗即位后，他被任命到苏州作长洲县尉，上任不久因"耿介直言"被诬入狱，遇大赦才获释，好像人生的每一步都踩在了变音符上。

这首诗作于公元 761 年的秋天，刘长卿奉命回到苏州，这时的江南刚经历过战乱，原本富庶繁华的吴地也变得萧条破败，令人无限感伤。读刘长卿的诗，经常不知如何安慰这个"风雪夜归人"，或许松江的风光能给他心灵的安抚。

比刘长卿晚出生半个世纪的白居易和刘禹锡，避过了最动乱的时期，这对心有灵犀的好友都曾做过苏州刺史，对松江别有情感。刘禹锡在松江送别友人时云："吴越古今路，沧波朝夕流。从来别离地，能使管弦愁。"（《松江送处州奚使君》）白居易离开苏州后总念念不忘，一日晚起后看着案几上堆积的公文，向往着松江，"明朝更濯尘缨去，闻道松江水最清"。

宋朝诗人常念起松江的非苏东坡莫属，几度往来松江不说，在题淮山楼时也会想到"举手揖吴云，人与暮天俱远"，魂牵"后夜松江月满"。月满的中秋夜，陈舜俞在松江独游垂虹时亦想起朋友们，特别是苏轼，他深知此地是苏子心心念念的旧游之地，于是写下《中秋佳月独游垂虹亭有怀胡完夫苏子瞻钱安道》："月光清极向中秋，千古松陵此夜游。寥沈更无云碍眼，沧浪合是我维舟。"

北宋还有一对"政敌朋友"——司马光与王安石，也曾途经吴江留下诗句。他们对着同一江水，写下同样题为"松江"的诗篇，又各自有过怎样的心绪冥思？

> 吴山黯黯江水清，欲雨未雨伤交情。
> 扁舟荡漾泊何处，红蓼白苹相映生。
>
> ——司马光

来时还似去时天，欲道来时已惘然。

只有松江桥下水，无情长送去来船。

——王安石

暮过烟波，灯火渺茫，从古而今的吴淞江，流淌着世代人的命运。历史人物在时代困局里挣扎浮沉，给他们带去了思考，也带给当下站在结局而看的我们颇有意味的感受。

王安石与司马光私下交情不错，只是治国理想不同，起起伏伏间，王安石又何尝不想放下尘世宿命，做一个"散发弄扁舟"的诗人，如果来日得以放浪江湖，他最理想的隐处就是松江垂虹，有诗为证："霜泽与天杳，旁临无限情。他时散发处，最爱垂虹亭。飘然平生游，舍我戴吴星。欲往独不得，都门看扬舲。"这是王安石在《送裴如晦宰吴江》中吐露的心声，饯行宴上同席的还有梅尧臣，他也作了同题诗：

吴江田有粳，粳香春作雪。

吴江下有鲈，鲈肥脍堪切。

炊粳调橙齑，饱食不为饕。

月从洞庭来，光映寒湖凸。

长桥坐虹背，衣湿霜未结。

四顾无纤云，鱼跳明镜裂。

谁能与子同，去若秋鹰掣。

梅尧臣描绘着秋日丰收的吴江，品美食，赏美景，对裴如晦将入职的地方充满艳羡之情。

朱敦儒经过吴江时也是秋天，他放船纵棹，作《念奴娇·垂虹亭》：

放船纵棹，趁吴江风露，平分秋色。帆卷垂虹波面冷，初落萧萧枫叶。万顷琉璃，一轮金鉴，与我成三客。碧空寥廓，瑞星银汉争白。

深夜悄悄鱼龙，灵旗收暮霭，天光相接。莹澈乾坤，全放出、叠玉层冰宫阙。洗尽凡心，相忘尘世，梦想都销歇。胸中云海，浩然犹浸明月。

自言"我是清都山水郎"的朱敦儒既继承了苏轼又自成一家，是宋词抒情又言志的开拓者，陆游、辛弃疾都深受其影响，词风果然不同凡响，胸中云海，浩然清畅，洗尽凡心的秋色，婉明如月。

元代诗人黄镇成过吴江时在扁舟之上吟咏："松江渡头开钓船，松江水碧秋粘天。夜来酒醒山月上，只在芦花深处眠。"枫江红处芦花白，吴江之秋，是冷暖相宜的。

当枫树像偷了天酒醉了容颜，乾隆弘历在宫墙内亦惦念起吴江秋色："吴江雨落涨平流，洗不褪红枫叶秋。"（《秋江晓雨》）

"谁谓古今殊，异代可同调"，诗词里照见吴江，水摇水中影，晃动的往事铺陈在昨天，悲欢离合流泛而去，又随风而来。千百个一样枫红叶落的秋天，千百个不一样喜忧的秋天，你的我的，生命的风光，天涯岁月稠。

我在这片土地上行走，在古诗词里漫游。

回首长风明月水云间，已是蒹葭苍苍，白露凝霜，吴江就如在河之洲的佳人，我溯游从之，溯洄从之，佳人宛在水中央……

后　记

　　写这本书就像是一次诗词旅行式的情感表达，也许我在命运里已经蕴蓄了许久。

　　我不是土生土长的吴江人，所以相对于真正的本地土著而言，打开吴江的方式是不同的，我是由远而近、由外入里，由纸上虚拟到足下现实，慢慢与吴江熟识，日久生情。

　　刚提笔写这部"情书"的时候，我很兴奋，多年读古籍累积的笔记就像等好了似的纷纷冒出头来，它们躺在角落那么久想不到终有一天重见天日。我也突然领悟，当初仅凭兴趣随手随心所记，看似细微无用、毫无意义，却原来是未来那个自己的委托。

　　可是兴奋过去之后，就像长跑到了临界点，有了艰难的感觉，缓行了下来。

　　我觉察自己，好像从本心出发却渐渐生出了更多的想法：每一处地方文化，以本土为根生长，壮大，而它们都是源远流长的中华文脉的一部分，也应尽可能"走出地方"，相互连接，共同撑起华夏文明的苍穹。

　　想法没错，但是一着力就错了，佛家云"着相"了。

　　我停了下来，要重新确认出发的位置。

写作因此停顿了两个月，表达的念头还是时常牵扯着我，也许是那些旧时笔记已在自动集结、兰舟催发，内心开始纠结，担心自己新意不足，流于泛调陈腔，也担心做的是孔乙己式的"回字的四样写法"。

我给自己的宗旨是不做史料的搬运工，时刻警惕其中"书三写，鱼成鲁，虚成虎"的传误，"丹青难写是精神"，切不可"独守千秋纸上尘"，我希望能达到的是严谨纪实又轻松有趣，融会贯通地与朋友们分享这片热土的古往今来。

可是，我能做得到吗？

又沉下心思仔细想了一回：我的笔记有自己的角度和思路方向，并不是详写吴江简史，只是与心之吴江更深入的交流，不做大妄想，只找小切口，即便是细小的涓流，也是活水。那么，写就是了，但问耕耘莫问收获。

初心找回，于是又开始沉潜其中以苦作乐地写，整个三伏天，吴江上空漂浮着从古至今的蝉鸣，时而收声，我便听见了自己敲击键盘的声音，此起彼伏交替，我从古籍里走入实地，又从现实境域进入古诗词，来回穿越。终于，"日落山水静，为君起松声"，这微风带着我，漫过了火热夏天，染红了秋日枫叶，有了这部情书——《枫江漫》。

书稿刚收尾，收到《枫江漫——古诗词里巡游吴江》入选"苏州市2023 年度重点作家作品创作扶持项目"的通知，这是对我这部作品的最大肯定，这意外之喜让我充满了感激，也感到了压力，希望笔下的呈现还算饱满。

历经数月完成的这部书，其实更像是它用数年时间自己"长出来"的，从我踏上这片土地开始，似乎就在一个字一个字地"录入"了，我在生活，也在体验、在探寻，然后这些字经年累月埋伏在某处，一经召唤就乘风而来。

然而书不尽言，言不尽意，语言一经说出，定义便是束缚，惟将这封情书折成一只小船，古诗词里泛舟，吴江水没有停息，不系之舟就能一直巡游，直到一个叫吴江渡的岸口，不妨登陆走一走。

2023 年深秋，初稿于松陵

又 记

第二稿完成于 2024 年春节，几经修改校对后三月份终于基本定稿。

从起笔到搁笔又是一轮春天，我很尽兴，也很感恩，那些诗人不再是史料里一个个静止的名字，而是与我对饮、倾谈的文学友人，沉入他们的眼睛，我看到了古老的昨天，仿佛感受到宇宙正在我的目光之间，江流涌动。

我想对他们说声感谢，以及书中提及与未提及的师友们。

在我写作之初，吴江作协主席周浩锋先生"长篇大散文"形制的提议对我很有启发，在图书馆工作的好友李红梅（即作家叶凉初）也给我提供了一些文献参考方向。初稿完成后，时任吴江文联主席王庆先生仔细阅读并提出了相当专业且有益的建设性意见，他真诚、严谨以及对细节的推敲令我十分感动，还借给我一些地方文化学者的书籍。在他的提议基础上，我做了认真修订和增补，使得整体更有厚重感。他对此书的重视是一个文化人对家乡不可抑制的热爱，我很幸运借了地方文化的光，大家都想将本土文化做出完满的呈现，我能为此尽一份力也深感荣幸。

写作过程中我一点没偷懒，在诗词中寻找、梳理与吴江相关的蛛丝马迹，有许多地方算是"独家发见"，可是总感觉笔力有限，铺陈不足，常常到吴江图书馆的古籍室查阅地方文献以考辨和补充，一个人占据了整

枫江漫——古诗词里巡游吴江

间屋子，既孤独又快乐，除了大量阅读地方县志等历史资料，也翻阅了不少本土文史专家的书籍，对这些前辈深表敬意。他们对乡邦文化的热忱与守望让我深信，我们不是孤行者，我们正以各自的方式在"热爱可抵万难"的路上同行，并在文字中相遇。

中华文化之渊博胜于汪洋，吴文化只是其中一瓢，我取吴江一滴水，也有写不尽之憾，只在历史的背影里微微勾勒了一个我心中的吴江。或许我的文学性书写相对来说是有些跳跃的方式，只希望能引出更多的人将目光投射到既熟悉又陌生的故土，以不同方式缩短时差与代差，让历史文化鲜活在今夕，赋予当代的表达，并共同谱写到未来。

2024.6.20 终稿